m

—————— 阅读之前 没有真相

午 夜 文 库

阿加莎·克里斯蒂
侦探小说

阿加莎·克里斯蒂
Agatha Christie (1890—1976)

无可争议的侦探小说女王，侦探文学史上最伟大的作家之一。

阿加莎·克里斯蒂原名为阿加莎·玛丽·克拉丽莎·米勒，一八九〇年九月十五日生于英国德文郡托基的阿什菲尔德宅邸。她几乎没有接受过正规的教育，但酷爱阅读，尤其痴迷于歇洛克·福尔摩斯的故事。

第一次世界大战期间，阿加莎·克里斯蒂成了一名志愿者。战争结束后，她创作了自己的第一部侦探小说《斯泰尔斯庄园奇案》。几经周折，作品于一九二〇年正式出版，由此开启了克里斯蒂辉煌的创作生涯。一九二六年，《罗杰疑案》由哈珀柯林斯出版公司出版。这部作品一举奠定了阿加莎·克里斯蒂在侦探文学领域不可撼动的地位。之后，她又陆续出版了《东方快车谋杀案》《ABC谋杀案》《尼罗河上的惨案》《无人生还》《阳光下的罪恶》等脍炙人口的作品。时至今日，这些作品依然是世界侦探文学宝库里最宝贵的财富。根据她的小说改编而成的舞台剧《捕鼠器》，已经成为世界上公演场次最多的剧目；而在影视改编方面，《东方快车谋杀案》为英格丽·褒曼斩获奥斯卡大奖,《尼罗河上的惨案》更是成为几代人心目中的经典。

阿加莎·克里斯蒂的创作生涯持续了五十余年,总共创作了八十余部侦探小说。她的作品畅销全世界一百多个国家和地区,累计销量已经突破二十亿册。她创造的小胡子侦探波洛和老处女侦探马普尔小姐为读者津津乐道。阿加莎·克里斯蒂是柯南·道尔之后最伟大的侦探小说作家,是侦探文学黄金时代的开创者和集大成者。一九七一年,英国女王授予克里斯蒂爵士称号,以表彰其不朽的贡献。

一九七六年一月十二日,阿加莎·克里斯蒂逝世于英国牛津郡沃灵福德家中,被安葬于牛津郡的圣玛丽教堂墓园,享年八十五岁。

阿加莎·克里斯蒂 侦探作品年表

波洛系列

1920　The Mysterious Affair at Styles《斯泰尔斯庄园奇案》
1923　Murder on the Links《高尔夫球场命案》
1924　Poirot Investigates《首相绑架案》
1926　The Murder of Roger Ackroyd《罗杰疑案》
1927　The Big Four《四魔头》
1928　The Mystery of the Blue Train《蓝色列车之谜》
1932　Peril at End House《悬崖山庄奇案》
1933　Lord Edgware Dies《人性记录》
1934　Murder on the Orient Express《东方快车谋杀案》
1935　Three-Act Tragedy《三幕悲剧》
1935　Death in the Clouds《云中命案》
1936　The ABC Murders《ABC谋杀案》
1936　Murder in Mesopotamia《古墓之谜》
1936　Cards on the Table《底牌》
1937　Dumb Witness《沉默的证人》
1937　Death on the Nile《尼罗河上的惨案》
1937　Murder in the Mews《幽巷谋杀案》
1938　Appointment with Death《死亡约会》
1938　Hercule Poirot's Christmas《波洛圣诞探案记》
1940　Sad Cypress《H庄园的午餐》
1940　One, Two, Buckle My Shoe《牙医谋杀案》
1941　Evil Under the Sun《阳光下的罪恶》
1943　Five Little Pigs《五只小猪》
1946　The Hollow《空幻之屋》
1947　The Labours of Hercules《赫尔克里·波洛的丰功伟绩》
1948　Taken at the Flood《顺水推舟》
1952　Mrs. McGinty's Dead《清洁女工之死》
1953　After the Funeral《葬礼之后》
1955　Hickory Dickory Dock《山核桃大街谋杀案》
1956　Dead Man's Folly《弄假成真》
1959　Cat Among the Pigeons《鸽群中的猫》
1960　The Adventure of the Christmas Pudding《雪地上的女尸》

阿加莎·克里斯蒂 侦探作品年表

1963　The Clocks《怪钟疑案》
1966　Third Girl《第三个女郎》
1969　Hallowe'en Party《万圣节前夜的谋杀》
1972　Elephants Can Remember《大象的证词》
1974　Poirot's Early Stories《蒙面女人》
1975　Curtain—Poirot's Last Case《帷幕》

马普尔小姐系列

1930　The Murder at the Vicarage《寓所谜案》
1932　The Thirteen Problems《死亡草》
1942　The Body in the Library《藏书室女尸之谜》
1943　The Moving Finger《魔手》
1950　A Murder Is Announced《谋杀启事》
1952　They Do It with Mirrors《借镜杀人》
1953　A Pocket Full of Rye《黑麦奇案》
1957　4.50 from Paddington《命案目睹记》
1962　The Mirror Crack'd from Side to side《破镜谋杀案》
1964　A Caribbean Mystery《加勒比海之谜》
1965　At Bertram's Hotel《伯特伦旅馆》
1971　Nemesis《复仇女神》
1976　Sleeping Murder《沉睡谋杀案》
1979　Miss Marple's Final Cases《马普尔小姐最后的案件》

其他系列及非系列

1922　The Secret Adversary《暗藏杀机》
1924　The Man in the Brown Suit《褐衣男子》
1925　The Secret of Chimneys《烟囱别墅之谜》
1929　Partners in Crime《犯罪团伙》
1929　The Seven Dials Mystery《七面钟之谜》
1930　The Mysterious Mr. Quin《神秘的奎因先生》
1931　The Sittaford Mystery《斯塔福特疑案》
1933　The Witness for the Prosecution and Other Stories《控方证人》
1934　Why Didn't They Ask Evans?《悬崖上的谋杀》

阿加莎·克里斯蒂 侦探作品年表

1934　The Listerdale Mystery《金色的机遇》
1934　Parker Pyne Investigates《惊险的浪漫》
1939　Murder Is Easy《逆我者亡》
1939　And Then There Were None《无人生还》
1941　N or M?《桑苏西来客》
1944　Towards Zero《零点》
1945　Sparkling Cyanide《闪光的氰化物》
1945　Death Comes as the End《死亡终局》
1949　Crooked House《怪屋》
1950　Three Blind Mice and Other Stories《三只瞎老鼠》
1951　They Came to Baghdad《他们来到巴格达》
1954　Destination Unknown《地狱之旅》
1958　Ordeal by Innocence《奉命谋杀》
1961　The Pale Horse《灰马酒店》
1967　Endless Night《长夜》
1968　By the Pricking of My Thumbs《煦阳岭的疑云》
1970　Passenger to Frankfurt《天涯过客》
1973　Postern of Fate《命运之门》
1991　Problem at Pollensa Bay《神秘的第三者》
1997　While the Light Lasts《灯火阑珊》

出版前言

纵观世界侦探文学一百七十余年的历史，如果说有谁已经超脱了这一类型文学的类型化束缚，恐怕我们只能想起两个名字——一个是虚构的人物歇洛克·福尔摩斯，而另一个便是真实的作家阿加莎·克里斯蒂。

阿加莎·克里斯蒂以她个人独特的魅力创造着侦探文学史上无数的传奇：她的创作生涯长达五十余年，一生撰写了八十余部侦探小说；她开创了侦探小说史上最著名的"黄金时代"；她让阅读从贵族走入家庭，渗透到每个人的生活中；她的作品被翻译成一百多种文字，畅销全球一百五十余个国家，作品销量与《圣经》《莎士比亚戏剧集》同列世界畅销书前三名；她的《罗杰疑案》《无人生还》《东方快车谋杀案》《尼罗河上的惨案》都是侦探小说史上的经典；她是侦探小说女王，因在侦探小说领域的独特贡献而被册封为爵士；她是侦探小说的符号和象征。她本身就是传奇。沏一杯红茶，配一张躺椅，在暖暖的阳光下读阿加莎的小说是一种生活方式，是惬意的享受，也是一种态度。

午夜文库成立之初就试图引进阿加莎的作品，但几次都与版权擦肩而过。随着午夜文库的专业化和影响力日益增强，阿加莎·克里斯蒂的版权继承人和哈珀柯林斯出版公司主动要求将版权独家授予新星出版社,并将阿加莎系列侦探小说并入午夜文库。这是对我们长期以来执着于侦探小说出版的褒奖,是对我们的信任与鼓励,更是一种压力和责任。

新版阿加莎·克里斯蒂作品由专业的侦探小说翻译家以最权威的英文版本为底本,全新翻译,并加入双语作品年表和阿加莎·克里斯蒂家族独家授权的照片、手稿等资料,力求全景展现"侦探女王"的风采与魅力。使读者不仅欣赏到作家的巧妙构思、离奇桥段和睿智语言,而且能体味到浓郁的英伦风情。

阿加莎作品的出版是一项系统工程,规模庞大,我们将努力使之臻于完美。或存在疏漏之处,欢迎方家指正。

新星出版社
午夜文库编辑部

Agatha Christie

Over the next few years, we plan to celebrate two very important Agatha Christie anniversaries. In 2015, it is the 125th anniversary of her birth in Torquay, South Devon, England, and in 2020 it will be 100 years after her first book, THE MYSTERIOUS AFFAIR AT STYLES, featuring her famous detective, Hercule Poirot, was published. This is therefore a very appropriate moment to publish a new edition of her works, and I am delighted that HarperCollins has chosen to work with New Star on these new editions. New Star is China's top crime publisher, and has a strong and dedicated editorial staff and a continued passion for Agatha Christie, making them the ideal partner. It is the right time to make these classic books available in modern translations and so to bring Agatha Christie's books anew to her many fans in China, giving them a new reason to re-read these much-loved stories, as well as introducing them to a whole new audience. How delighted Agatha Christie would have been that her stories (as she called them) are still giving so much pleasure to so many people all over the world!

I think there are two very remarkable things about Agatha Christie's stories. The first is that they are so adaptable. It doesn't really matter which language they appear in, the stories and the plots still give the same thrill, still provide the same puzzles, and the characters still have the same attraction. Readers in China will I am sure enjoy Hercule Poirot and Miss Marple just as much as we do in England, and readers in China will still be transfixed by the surprises and horrors of AND THEN THERE WERE NONE, one of the great classics of 20th century detective fiction, as we are here.

Agatha Christie

The second is that the stories give a wonderful picture of England, particularly rural England, at the time Agatha Christie lived. She wrote books from 1920 until 1970 but it is sometimes hard to tell which part of her life each book was written in. Her characters and the life they lived were very much the same. The life we all live is changing very quickly these days but "the Agatha Christie world" stays the same. Perhaps the Miss Marple stories provide the best example of this, and in some ways THE BODY IN THE LIBRARY and NEMESIS are quite similar, despite the fact that thirty years elapsed between the time they were written.

Perhaps I might end by mentioning three Agatha Christies (other than the ones mentioned above) which I think demonstrate why she is so popular, even in the twenty-first century. The first is MURDER ON THE ORIENT EXPRESS, one of the most famous with one of the most ingenious and human plots. Read this on one of your long train journeys in China! Next is A MURDER IS ANNOUNCED, a Miss Marple which was her 50th book. It has my favourite murderer in it! And last is ENDLESS NIGHT - a story about evil and how it affects three young people, written at the time when I knew her best, and understood how deeply she cared and sympathised with young people and the world they lived in.

Whichever are your favourites I hope you enjoy these stories that New Star are introducing to you again. I think it is a great publishing event.

Mathew
Grandson of Agatha Christie
Chairman of Agatha Christie Ltd

致中国读者

(午夜文库版阿加莎·克里斯蒂作品集序)

在未来的几年中,我们将要筹备两个非常重要的关于阿加莎·克里斯蒂的纪念日。二〇一五年是她的一百二十五岁生日——她于一八九〇年出生于英国的托基市;二〇二〇年则是她的处女作《斯泰尔斯庄园奇案》问世一百周年的日子,她笔下最著名的侦探赫尔克里·波洛就是在这本书中首次登场。因此,新星出版社为中国读者们推出全新版本的克里斯蒂作品正是恰逢其时,而且我很高兴哈珀柯林斯选择了新星来出版这一全新版本。新星出版社是中国最好的侦探小说出版机构,拥有强大而且专业的编辑团队,并且对阿加莎·克里斯蒂的作品极有热情,这使得他们成为我们最理想的合作伙伴。如今正是一个良机,可以将这些经典作品重新翻译为更现代、更权威的版本,带给她的中国书迷,让大家有理由重温这些备受喜爱的故事,同时也可以将它们介绍给新的读者。如果阿加莎·克里斯蒂知道她的小故事们(她这样称呼自己的这些作品)仍然能给世界上这么多人带来如此巨大的阅读享受,该有多么高兴啊!

我认为阿加莎·克里斯蒂的作品有两个非常重要的特征。首先它们是非常易于理解的。无论以哪种语言呈现,故事和情节都同样惊险刺激,呈现给读者的谜团都同样精彩,而书中人物的魅力也丝毫不受影响。我完全可以肯定,中国的读者能够像我们英国人一样充分享受赫尔克里·波洛和马普尔小姐带来的乐趣;中国读者也会和我们一样，读到二十世纪最伟大的侦探经典作品——比如《无人生还》——的时候，被震惊和恐惧牢牢钉在原地。

第二个特征是这些故事给我们展开了一幅英格兰的精彩画卷，特别是阿加莎·克里斯蒂那个年代的英国乡村。她的作品写于二十世纪二十年代至七十年代间，不过有时候很难说清楚每一本书是在她人生中的哪一段日子里写下的。她笔下的人物，以及他们的生活，多多少少都有些相似。如今，我们的生活瞬息万变，但"阿加莎·克里斯蒂的世界"依旧永恒。也许马普尔小姐的故事提供了最好的范例：《藏书室女尸之谜》与《复仇女神》看起来颇为相似，但实际上它们的创作年代竟然相差了三十年。

最后，我想提三本书，在我心目中（除了上面提过的几本之外）这几本最能说明克里斯蒂为什么能够一直受到大家的喜爱。首先是《东方快车谋杀案》，最著名，也是最机智巧妙、最有人性的一本。当你在中国乘火车长途旅行时，不妨拿出来读读吧！第二本是《谋杀启事》，一个马普尔小姐系列的故事，也是克里斯蒂的第五十本著作。这本书里的诡计是我个人最喜欢的。最后是《长夜》，一个关于邪恶如何影响三个年轻人生活的故事。这本书的写作时间正是我最了解她的时候。我能体会到她对年轻人以及他们生活的世界关心至深。

现在新星出版社重新将这些故事奉献给了读者。无论你最爱的是哪一本，我都希望你能感受到这份快乐。我相信这是出版界的一件盛事。

阿加莎·克里斯蒂外孙

阿加莎·克里斯蒂有限责任公司董事长

马修·普理查德

二〇一三年二月二十日

阿加莎·克里斯蒂侦探小说全集㊽
犯罪团伙
Partners in Crime

Agatha Christie

[英]阿加莎·克里斯蒂 著
林培菊 译

新 星 出 版 社　NEW STAR PRESS

目录

1	第一章	公寓精灵
9	第二章	一壶清茶
21	第三章	粉色珍珠绯闻
40	第四章	阴险的陌生人历险记
58	第五章	小牌戏老K
66	第六章	披挂报纸的绅士
76	第七章	失踪女士谜案
91	第八章	盲人魔法
104	第九章	迷雾魅影
123	第十章	假钞悬案
139	第十一章	太阳谷之谜
154	第十二章	杀机暗伏的房子
175	第十三章	无懈可击的伪证
196	第十四章	牧师的女儿
203	第十五章	红房子
215	第十六章	大使的靴子
233	第十七章	代号十六的男人

第一章　公寓精灵

托马斯·贝尔斯福德夫人在长沙发椅上挪动了一下，忧郁地透过公寓窗户朝外望去。窗外的风景并不开阔，只能看见街对面的一片街区。托马斯·贝尔斯福德夫人叹了口气，然后打了个呵欠。

"我觉得，"她说，"有什么事要发生。"

她丈夫抬头瞪了她一眼，以示不赞同。

"小心，塔彭丝，你这个粗俗的说法吓到了我。"

塔彭丝又叹口气，然后神情恍惚地闭上双眼。

"就这样，汤米和塔彭丝结婚了，"她吟诵着，"从此以后幸福地生活在一起。六年后，他们还是一如既往地幸福。这简直不可思议，事情的结局总是和你最初想的大相径庭。"

"一个深刻的结论，塔彭丝。但不是你的原创。许多著名的诗人和杰出的牧师过去也曾说过，而且说得更好——如果你能原谅我这样说的话。"

"六年前，"塔彭丝继续说，"我肯定发过誓，只要有充裕的钱，有你这样一位如意郎君，我的生活就会像一首甜蜜的歌，就像某位你似乎比较熟悉的诗人说的那样。"

"难道是我或者是钱让你厌烦了？"汤米冷冷地问。

"'厌烦'？你用词不当，"塔彭丝温和地说，"我只是习惯于上天赐予我的福分，仅此而已。就像一个人除非患了感冒，否则是不会感觉到能用鼻子呼吸是多么惬意的事情。"

"你能允许我离开你片刻吗？"汤米提议，"比如说，带上附近的其他女人去夜总会之类的。"

"没用，"塔彭丝说，"你在那儿也只能看见我和其他男人在一起。我清楚地知道你从没在乎过其他女人，而你却不确定我是否在乎过其他男人。女人就是这样敏感透彻。"

"那只是因为男人的谦虚，给女人那么高的评价。"她的丈夫嘟囔道，"但是你到底怎么了，塔彭丝？为什么老是唉声叹气？"

"我不知道。我只是希望发生点事情，让人兴奋的事情。难道你不再想追踪德国间谍了吗，汤米？想想过去我们经历的那些危险而疯狂的日子。当然，我知道你现在多多少少还在为安全局做事，但那只不过是一份纯粹的坐办公室的工作。"

"你的意思是，你想让我假扮一个布尔什维克走私犯或其他什么人，被他们派到黑暗的俄国去？"

"那也没什么用，"塔彭丝说，"他们不会让我跟你去，而我是个闲不住的人。我要有事做。我一直喋喋不休，说的就是这个。"

"做点女人分内的事。"汤米摇着手，建议道。

"每天早饭后干二十分钟活儿，让一切都井井有条，你没有什么可抱怨的，对吧？"

"你的家务活儿做得无可挑剔，塔彭丝，简直整齐划一。"

"我确实喜欢被人感激。"塔彭丝说。

"当然，你有工作，"她继续说道，"但是告诉我，汤米，难道你从没有热切地渴望过来点刺激，期待有什么事情发生？"

"没有，"汤米说，"至少我认为没有。想有事情发生好啊——不过可不见得是什么令人愉快的事情。"

"多么胆小的男人,"塔彭丝叹了口气,"难道你就没有暗暗地渴望过浪漫的、冒险的生活?"

"你一直都看什么书,塔彭丝?"汤米问道。

"想想,这该有多么刺激,"塔彭丝自顾自继续说,"如果我们听到疯狂的敲门声,打开门一看,却晃进来一个死人。"

"如果他死了,怎么晃进来?"汤米反驳道。

"你知道我什么意思,"塔彭丝说,"他们总是在死之前摇摇晃晃,然后倒在你的脚下,喘息着吐出几个谜一般的单词,'斑点豹'之类的。"

"我建议你认真学习叔本华或伊曼努尔·康德的课程。"汤米说。

"对,那类事情对你倒有好处,"塔彭丝说,"你越来越大腹便便,安逸舒适。"

"谁说的,"汤米愤愤地说,"倒是你自己,整天做瘦身运动。"

"人皆如此,"塔彭丝说,"说你大腹便便,我只是打了个比方,你现在真是心宽体胖,容光焕发,养尊处优。"

"我不知道你脑子里成天在想什么。"她丈夫说。

"冒险精神,"塔彭丝压低声音说,"总比渴望艳遇强。当然,我有时也会渴望艳遇,梦想邂逅一个男人,一个英俊帅气的男人——"

"你邂逅了我啊,"汤米说,"这还不够?"

"一个棕色皮肤、身材瘦削却十分强健的男人。他可以驾驭一切,可以套住野马——"塔彭丝继续梦呓般地说。

"还应装配上羊皮裤和牛仔帽。"汤米挖苦地插了一句。

"而且他一直生活在荒无人烟的旷野中，"塔彭丝毫不理会他，继续说，"我会让他疯狂地陷入爱河。而我，当然会断然拒绝他，从而信守我的结婚誓言，但我的心却会秘密地随他而去。"

"妙极了，"汤米说，"我经常希望遇到一位无与伦比的美丽动人的女孩。一个金发女郎，她无可救药地爱上我，只是我不会拒绝她——坦率地说，一定不会。"

"真是玩世不恭。"塔彭丝说。

"你到底怎么了，塔彭丝？"汤米说，"你从来没这样说过话。"

"没怎么，但是我的内心一直不平静，"塔彭丝说，"你看，心想事成是很危险的——包括有足够的钱，想买什么就买什么。当然也包括买帽子在内。"

"你已经买了大约四十顶帽子了吧，"汤米说，"而且它们看起来都一样。"

"看起来一样，其实并不一样。它们是有细微差别的，我今天上午就在维奥莱特商店看到了一顶十分漂亮的帽子。"

"除了买自己根本不戴的帽子，你是不是没有更有意义的事情做？"

"是的，"塔彭丝说，"就是如此，如果有更有意义的事做，我想我应该能干好。哎，汤米，我多么希望有令人兴奋的事情发生。我觉得——我真觉得这样会对我们有好处。如果我们能发现一个精灵——"

"啊！"汤米说，"你这话说的，真是莫名其妙！"

他站起来，穿过房间，拉开写字台的一个抽屉，拿出一张小小的快照，递给塔彭丝。

"哦，"塔彭丝说，"看来你已经把它们都冲洗出来了，这是哪张？是你拍的，还是我拍的？"

"我拍的，你拍的没有洗出来，曝光了，你总是这样。"

"高兴吧，"塔彭丝说，"发现有件事你比我做得好。"

"一个愚蠢的评论，"汤米说，"但我不和你计较，我想让你看的是这个。"

他指着照片上的一小道白色斑点。

"那是胶片上的划痕。"塔彭丝说。

"根本不是，"汤米说，"塔彭丝，那是个精灵。"

"汤米，你这个白痴！"

"你自己看！"

他递给她一个放大镜，塔彭丝透过镜片仔细审视着那张照片。借助一点儿想象，胶片上的这道划痕确实有点像一种长有双翼的小生物——就在壁炉架上。

"它竟然有翅膀，"塔彭丝喊道，"多么有趣，一个真正的精灵，我们房间的精灵，我们是不是该给柯南·道尔写封信？哦，汤米，你认为她会给我们带来好运吗？"

"你很快就知道了，"汤米说，"你整个下午不都在极力希望有什么事情发生吗？"

这时门开了，一个十五岁的高个儿少年——是男仆还是听差似乎不太好确定——以夸张的语调问道："您在吗，夫人？前门门铃刚响了。"

"我希望阿尔伯特别再去看电影了。"塔彭丝叹了口气。她点头示意后，阿尔伯特退了出去。"他现在一副长岛管家的派头。谢天谢地，我终于纠正了他跟客人要名片，再用一个浅托盘送进来的习惯。"

门再次打开，阿尔伯特大声通报"是卡特先生"，似乎那是一个皇室头衔。

"是局长。"汤米小声说,十分吃惊。

塔彭丝欢喜地叫了一声,跳起来去迎接客人。来者高个子,灰头发,一双眼睛仿佛能洞察一切,再加上一脸疲惫的微笑。

"卡特先生,见到你真是太高兴了。"

"非常感谢,汤米夫人,现在回答我一个问题,一向可好?"

"很好,但是太闷了。"塔彭丝答道,眨了下眼睛。

"会越来越好的,"卡特先生说,"很快我就能看到您高兴的样子了。"

"这话,"塔彭丝,"听起来令人兴奋。"

阿尔伯特,仍旧像个长岛男仆那样,端茶进来。当他干净利落地完成任务,随手关上门后,塔彭丝再次大声说:"您一定有什么事,对不对,卡特先生?您是不是要交给我们一个任务,去黑暗的俄国?"

"并非如此。"卡特先生说。

"但是终归有什么事吧。"

"是的——是有事。我想您不是那种怕事的人,对吧,汤米太太?"

塔彭丝的眼睛兴奋地亮了。

"局里确实有任务——我想——我只是设想——这任务可能适合你们俩。"

"请您接着说。"塔彭丝急切地说。

"我看您订阅了《先导者日报》。"卡特先生继续说,随手从桌上拿起那份报纸。

他翻到了广告栏,把报纸推到汤米面前,用手指着一则广告。

"念念。"他说。

汤米照做。

  国际侦探所所长：西奥多·布兰特，承办私人业务。机密大案及高端业务咨询代理，最大的自由裁量权。免费咨询。黑海姆大街一一八号，华盛顿区。

他疑惑地看着卡特先生。后者点点头，道："这个侦探所已经濒临关闭有一段时间了，"他低声说，"我的一个朋友以极低的价格盘下了它，我们想让它再次运转起来——比如，先尝试六个月。在这段时间内，当然，得有一个所长。"

"西奥多·布兰特怎么不接着干呢？"汤米问。

"西奥多·布兰特恐怕不是很谨慎。实际上，苏格兰场已经干预此事。女王陛下已签批将其拘留，对我们想知道的事情，他只字不露。"

"懂了，长官，"汤米说，"至少，我认为懂了。"

"我建议你以生病为由向你的办公室请六个月假。当然，如果你愿意运作一个名叫西奥多·布兰特的私人侦探所，那可和我一点儿关系也没有。"

汤米平静地望着他的上司。

"还有什么指示吗，先生？"

"我相信布兰特先生做过一些涉外业务，你要留意贴有俄国邮票的蓝色信件。这些信来自一个火腿商人，他急于找到自己的妻子。他的妻子几年前以避难的名义来到这个国家。弄湿邮票，你就会发现邮票背面的数字：16，复印这些信件，把原件送给我。当然，如果有人来办公室提及数字16，也要立刻向我报告。"

"是，先生，"汤米说，"还有什么任务吗？"

卡特从桌上拿起手套，准备离开。

"你可以随意运作这个侦探所，我想——"他的眼睛眨了眨，"在一些普通侦探事务中一试身手，可能会让汤米夫人愉快些。"

第二章 一壶清茶

几天后,贝尔斯福德夫妇接管了那家国际侦探所。他们的办公室在一栋有些破败的建筑物的三楼,地处布卢姆斯伯里大街。在他们办公室外的那个小小的写字间里,阿尔伯特放弃了长岛男仆的角色,摇身一变成为办公室助理,他把这个角色扮演得无可挑剔。一纸袋糖果,墨水染黑的手指,蓬乱的头发,这就是他对这个角色形象的演绎。

穿过外面的写字间,经过两扇门,就到了里面的办公室。其中一扇门上用油漆写着"办公重地"几个字,另一扇门上则漆着"非请莫入"。这扇门后,是一个小巧而舒适的房间,里面摆放着一张硕大的办公桌;桌上有许多贴着精美标签的文件袋,里面空空如也;还有几把结实的皮座椅。办公桌后,冒牌的布兰特先生坐在那儿,他竭力摆出一副似乎一辈子都在经营这个侦探所的架势。自然,在他肘边,还有一部电话。塔彭丝和他已经成功地演练过内部通话,阿尔伯特也深谙其妙。

毗邻的房间是塔彭丝的,里面有一台打字机,一对必要的桌椅——和她的顶头上司相比档次就逊色得多;另外还有一个用来煮茶的小煤气炉。

万事俱备,开门揖客。

塔彭丝,正处于一开始的新鲜阶段,内心抱有一些强烈的希望。

"简直太妙了,"她宣告,"我们将追踪谋杀案犯,发现家族的秘密财宝,找到失踪者,侦查贪污公款的罪犯。"

这时汤米觉得有责任给她泼点冷水。

"淡定,塔彭丝,别老想着你平时读的那些廉价小说。我们的委托人——如果我们有委托人上门的话——只会是那些想跟踪妻子的丈夫,或是些想盯丈夫梢的妻子。搜集离婚证据是私家侦探的主要业务。"

"啊哈!"塔彭丝挑剔地皱了皱鼻头。

"我们不碰离婚案子,我们要提高新工作的起点。"

"行……行吧。"汤米不置可否地说。

现在开张一个星期了,他们情绪低落地对照着工作记录。

"三个蠢女人,她们的丈夫失踪好几周了,"汤米叹了口气,"我去吃午饭时有人来过吗?"

"一个胖老头和他轻浮的老婆,"塔彭丝悲观地叹着气说,"我从报纸上看到,离婚案连年增长,但是直到上周,我才真正体会到这点。懒得再说'我们不接离婚案',都把我嘴皮磨出茧子了。"

"我们已经把这条写到广告中了,"汤米提醒她,"所以以后不会这么糟糕了。"

"我也相信我们的广告有足够的吸引力,"塔彭丝闷闷不乐地说,"同时,我是不会退缩的,实在不行,我就自己犯个案子,你来侦破。"

"那有什么好处?想想我的感受,就是那次,我向你求一个温柔的告别,在布尔大街还是常青藤大街来着?"

"你在怀念单身汉的日子。"塔彭丝尖锐地说。

"老贝利①,我指的是。"汤米说。

"好吧,"塔彭丝说,"必须得想想办法了,我们有能力,但无用武之地啊。"

"我一直喜欢你的乐观,塔彭丝,你似乎从没怀疑过天生我才必有用啊。"

"当然了。"塔彭丝瞪大了眼睛。

"但是毕竟你没有专业知识啊。"

"啊,我读过近十年来出版的每一本侦探小说。"

"我也读过,"汤米说,"但是我有种感觉,这些侦探小说对我们实际帮助并不大。"

"你总是这么悲观,汤米。自信点——自信很了不起哟。"

"是,你总是这样。"她的丈夫说。

"在侦探小说中,办案当然很容易,"塔彭丝沉思着,"因为作家是逆向追踪,我的意思是,如果一个人知道结果,他就可以按结果安排线索。我在想——"

她住了嘴,皱起眉头。

"什么?"汤米好奇地问。

"我有个主意,"彭塔说,"不过还没想好,正在想。"她一下站起身来,"我想我要出去买和你提过的那顶帽子。"

"哦,老天!"汤米叫道,"又买帽子!"

"那顶帽子不错。"塔彭丝郑重其事地说。

她一脸坚定地出去了。

---

① 即中央刑事法院(Central Cniminal Courot),位于英国伦敦,通常以所在街道称为老贝利,负责处理英格兰和威尔士的重大刑事案件。

接下来的几天,汤米时不时会好奇地问到那个主意。塔彭丝只是摇摇头,说再给她点时间。

接下来,一个美好的早晨,第一个顾客光临了,从此别的一切都被抛诸脑后。

外面的写字间响起了一阵敲门声,阿尔伯特——刚刚把一颗酸味糖果放到双唇之间——冲了过去,同时嘴里迸出"请进"二字。由于惊喜和慌乱,他一下整个儿吞下了那颗酸味糖果。因为这回看来真的来买卖了。

一个高个子年轻人,穿着考究而帅气,踌躇地站在门口。

"一个标准的花花公子。"阿尔伯特自言自语,他在这方面的判断力还是很强的。

这个年轻人大约二十四岁,一头卷曲的漂亮黑发,眼圈涂成粉红色的圆弧,几乎没有下巴可言。

阿尔伯特一阵狂喜,按下桌上的按钮,几乎同时,一串清脆的打字声从写有"办公重地"的房门方向传来,显然塔彭丝已经冲到了自己的岗位上。这种紧张忙碌的气氛更加重了这个年轻人的紧张。

"我说",他问,"这儿是……侦探所,布兰特卓越侦探所?是吗?嗯?"

"您要见布兰特先生本人吗,先生?"阿尔伯特问道,一脸怀疑,似乎不敢肯定这事能不能安排。

"啊——是的,小伙子,这是个好主意,可以吗?"

"您没有预约吧,我想?"

来访者显得更加不安,抱歉地说:"恐怕没有。"

"事先打个电话是明智之举,先生。布兰特先生总是忙得不可开交,现在他正在接电话,苏格兰场打过来的咨询电话。"

这番话恰到好处地令这个年轻人肃然起敬。

阿尔伯特压低声音,仿佛老朋友般向他透露。

"是一件重大的政府部门文件失窃案,他们想让布兰特先生接手这个案子。"

"哦,真的?他一定是个厉害的角色。"

"一点不错,先生,我们老板可以说是个大人物。"

年轻人在一张硬木椅子上坐下来,他完全没有意识到,自己正被两双眼睛窥视着。一双是塔彭丝的,她在急速的打字间歇中,透过两个安装巧妙的偷窥孔窥探。一双是汤米的,好似猎手正在等待合适的时机下手。

这时,阿尔伯特桌上的电话急促地响起来。

"老板现在有空。我看看他是否有时间见您。"阿尔伯特说着,消失在写有"非请莫入"大字的门后。

很快他就出来了。

"请随我来,先生。"

来访者被引进那间私人办公室,一个笑容可掬、满头红发的年轻人,带着一副笃定的神情站起来欢迎他。

"请坐,您有事咨询吗?我是布兰特。"

"哦,真的吗?我的意思是,您原来这么年轻啊。"

"老年人的时代已经过去了,"汤米摇着手说,"谁酿成的战争?老年人。谁造成的失业现状?老年人。谁为现在发生的每一桩腐败负责?我不得不再次回答,老年人。"

"我认为您说得对,"客人说,"我认识一个人,他是个诗人——至少他自称是诗人——他和您见地一致。"

"让我来告诉您,先生,在我那些训练有素的员工中,没有一个人比二十五岁大一天,真的。"

既然训练有素的员工由塔彭丝和阿尔伯特组成,这个声明当然是真的。

"现在——请谈谈您的事吧。"布兰特先生说道。

"我想请您寻找一个下落不明的人。"这个年轻人脱口而出。

"那么,您能为我提供细节吗?"

"哦,这事不太好说。我的意思是,这件事十分复杂微妙。她可能是被胁迫的——这真的很难解释。"

他无助地望着汤米。汤米觉得有点厌烦,他本来正要出去吃午饭,而此时他预感到要从这个客人口里获得详情,恐怕既费时间又枯燥无趣。

"她是完全出于自愿地离开呢,还是你怀疑她被诱拐了?"他直截了当地问。

"我不知道,"这个年轻人说,"我一无所知。"

汤米拿起一个便签本和一支铅笔。

"首先,"他说,"能告诉我您的尊姓大名吗?我的办公室助理受过良好的训练,从不问顾客姓名。这样咨询谈话才能做到绝对保密。"

"哦,是的,"年轻人说,"这是个好主意,我的名字……呃……我的名字是史密斯。"

"哦,不,"汤米说,"请说真名。"

来访者有些敬畏地看了看汤米。

"呃——圣文森特,"他说,"劳伦斯·圣文森特。"

"很奇怪,"汤米说,"极少有人真名叫史密斯。我自己就一个都不认识。但是那些隐藏真实姓名的人十有八九用史密斯来代替真名。我准备以此为专题写篇文章。"

这时,他桌上的蜂鸣器小心翼翼地嘟嘟响起来。这意味着塔彭丝要求上场了。汤米正想吃午饭,对圣文森特先生又不太喜欢,无疑乐于把这儿的处理权拱手相让。

"请原谅。"他说着拿起话筒。

他的面部表情急遽地变化——惊讶,错愕,得意扬扬。

"您不必客气,"他对着话筒说,"首相先生本人?既然如此,我马上就来。"

他挂好听筒,转身面对他的顾客。

"亲爱的先生,我不得不请您原谅。一个紧急命令。您愿意把案件详情向我的机要秘书陈述一下吗,她会妥善处理一切的。"

他疾步走向旁边的房间。

"鲁宾孙小姐。"

塔彭丝轻快地走进汤米的办公室,黑发梳理得一丝不苟,衣领和袖口干净整洁,整个人显得干练而娴静。汤米略作介绍后便离开了。

"一位您感兴趣的女士失踪了,我理解,圣文森特先生。"塔彭丝轻柔地一面安抚来客,一面坐下来,拿起布兰特先生的便签本和铅笔,"一位年轻女士?"

"嗯,十分年轻,"圣文森特说,"年轻……呃……呃……非常漂亮,漂亮极了。"

塔彭丝一脸严肃。

"天啊,"她小声道,"但愿——"

"您不会认为她真的发生什么不测了吧?"圣文森特忧心忡忡地问道。

"哦,我们得往好处想,"塔彭丝说,带着假装的高兴语气,这让文森特先生更加惊恐万分。

"哦,听着,鲁宾孙小姐,我请您一定要帮帮我。不惜代价,无论如何，我只求她别出什么事。您看起来十分有同情心，不瞒您说，我对这个女孩倾慕无比。她是个尤物，绝对的尤物。"

"告诉我她的名字和一切有关她的情况。"

"她叫珍妮特，我不知道她的姓。她在一家帽饰店工作——布鲁克大街的奥维莱特夫人帽店。她正直坦率，曾无数次指出我行为上的错误……昨天我去那儿，等她出来……别人都出来了，唯独没有她。接着我得知她那天上午根本没去上班，也没有请假——老奥维莱特夫人对此很生气。我打听到她的住址，就去那儿找她。她前一天晚上也没回家，家里人也不知道她去了哪里。我都要疯了。我想过报警。但是后来一想，珍妮特如果实际上没什么事，如果她只是出走了，我这样做她势必会很生气。然后我想起来，她曾经指着报纸上你们的广告告诉我，一个来店里买帽子的女人热情地夸赞你们的能力和判断力之类的事情，所以我就立刻找到这儿来了。"

"我明白了，"塔彭丝说，"那么她住在哪儿？"

年轻人给了她那个女孩的地址。

"就这样吧，我想，"塔彭丝沉思着，"这就是说——我能这样理解吗，你和这个年轻女孩订婚了？"

圣文森特先生的脸红了。

"哦，不——还没有，我对任何人都未提及此事。但是可以告诉您，一见到她我就会向她求婚，如果还能再见到她的话。"

塔彭丝把便签本放到一边。

"您需要我们提供二十四小时特殊服务吗？"她问道，显得煞有介事。

"什么样的服务？"

"收费双倍，但是我们会投入最精干的人员到这个案子中。

圣文森特先生，如果这位女士还活着，我明天这时候就能告诉您她在哪儿。"

"什么？啊，我是说，太好了。"

"我们只雇用专业人员——并且，我们承诺结果。"塔彭丝爽快地说。

"但是，我说，您知道，你们得有最顶尖的人手吧。"

"哦，当然。"塔彭丝说，"另外，您还没有向我们介绍这位年轻女士的特征。"

"她有一头无与伦比的秀发，金黄色的，蓬松浓密，好像宜人的晚霞——是的，宜人的晚霞。你知道，以前我从没有发现过晚霞般美好的东西。她又像首诗，这首诗远比我想象的更有韵味。"

"金发，"塔彭丝毫不动情地说，记在便签本上，"这位女士身材怎样？"

"嗯，高挑的身材，一双美极了的眼睛，深蓝色，我想。常带着果断的神情——有时会让男人自惭形秽。"

塔彭丝又写了几个字，然后合上便签本，站起身来。

"如果您明天两点打电话来，我想我们会有好消息给您。"她说，"再会，圣文森特先生。"

等汤米回来，塔彭丝正在查阅一本《德布雷特家谱大全》。

"我已经掌握了详情，"她简洁地说，"劳伦斯·圣文森特是切瑞顿伯爵的侄子和继承人。我们如果努力破了这个案子，就能在上层人士中打响名号。"

汤米仔细读着便签本上的记录。

"你认为这个女孩究竟出了什么事？"他问。

"我认为，"塔彭丝说，"这个女孩是自愿出走的。她不能自拔地爱上了这个年轻人，为了让自己平静下来，才不得已出走。"

汤米疑惑地看着她。

"我知道书里会这样写，"他说，"但是我从没见过现实生活中哪个女孩会这样做。"

"没有吗？"塔彭丝说，"好吧，也许你说得对，但是我敢说，劳伦斯·圣文森特会完全相信这种说法。另外，我承诺二十四小时出结果——这是我们的特殊服务。"

"塔彭丝——你这个天生的傻瓜，你怎么能这么承诺？"

"突然灵光一现，我觉得这样听起来非常专业。不要担心，让妈咪来，妈咪最有办法。"

她出门去了，只留下一肚子不满的汤米。

过了一会儿，汤米站起来，叹了口气，出去看看有什么能做的，同时诅咒着塔彭丝过于活跃的想象力。

四点半他返回办公室，疲惫不堪，精神不振，他发现塔彭丝正从一堆文件夹后面抽出一袋饼干。

"你看起来焦躁不安，"她评论道，"你干什么去了？"

汤米抱怨道："去了几家医院，看看能不能遇到有那样特征的女孩。"

"我没告诉你让我来吗？"塔彭丝不满地问道。

"你单枪匹马，在明天两点前是找不到那个女孩的。"

"我能——更确切地说，我已经找到了！"

"已经找到了？！你在说什么？"

"小菜一碟，华生，很简单。"

"那她现在哪儿？"

塔彭丝伸手指指身后。

"她就在你隔壁的办公室里。"

"她在那儿干什么？"

塔彭丝不禁大笑起来。

"好了，"她说，"俗话说，早做准备方可万无一失。她正在摆弄那把壶、那个煤气炉和半磅茶，这个结果早就预料到了。"

"你知道，"塔彭丝继续柔声地说，"我去奥维莱特夫人商店买帽子，几天前我遇到了一个女孩，她是我过去在医院工作时的老相识，战后她不再做护士，开了一家帽店，后来自己的店倒闭，就在奥维莱特夫人帽店找了份工作。是我们两个筹划的整个事件。她故意反复提到我们的那个广告，让圣文森特铭记在心，然后就离家出走。这便是布兰特卓越侦探所的完美业绩。既为我们做了宣传，也给了圣文森特必要的刺激，促使他求婚，不然珍妮特对此简直要心灰意冷了。"

"塔彭丝，"汤米说，"你简直让我大吃一惊！这整个事情是我听到过的最不道德的生意，你帮助并诱迫这个年轻人去娶一个门不当、户不对的姑娘——"

"够了，"塔彭丝打断他，"珍妮特是个极好的女孩——但让人想不明白的是，这个女孩居然真的倾心于那个软脚蟹。你一眼就能看出他那个家族缺少什么，那就是新鲜的血液。珍妮特将会让他重生。她会像妈妈一样照顾他，让他放下鸡尾酒，离开夜总会，让他过上正常健康的乡村绅士的生活。好了，来见见她吧。"

塔彭丝打开隔壁办公室的门，汤米紧随其后。

一个高个儿女孩，赤褐色头发，愉快的脸庞，她放下手中热气腾腾的壶，微笑着转过身来，露出一排整齐洁白的牙齿。

"希望您会原谅我，考利护士——贝雷斯福德夫人，我应该这样称呼您。我想您可能会需要一杯茶。以前在医院工作的时候，每天凌晨三点，您都会给我煮壶茶。"

"汤米,"塔彭丝说,"让我来给你介绍我的老朋友,史密斯护士。"

"史密斯,你是说史密斯?多么奇怪!"汤米说道,摆摆手,"不是吗?哦,没什么——我正打算写一篇小专题文章。"

"振作精神,汤米。"塔彭丝说。

她倒给他一杯茶。

"现在,我们举起杯来,为国际侦探所干杯!布兰特卓越侦探所!祝它无往不胜!"

第三章　粉色珍珠绯闻

1

"你到底在做什么？"塔彭丝问道，她正走进"国际侦探所"（即布兰特卓越侦探所）里面的密室，发现她的老板正趴在地板上的一大堆书上。

汤米挣扎着站起来。

"我正要把这些书整理到那个橱柜顶上，"他抱怨道，"该死的椅子却散了架。"

"什么书啊，到底？"塔彭丝问道，随手拿起一本来，"《巴斯克维尔的猎犬》。有空时我还想再读一遍。"

"你读明白了吗？"汤米说，仔细地拍打着身上的尘土，"追随大师的日日夜夜之类的故事。你看，塔彭丝，我不得不承认我们在这个行当里或多或少是业余水平——当然，从某种意义上来说，连业余水平都够不上。但是艺多不压身。这些都是卓越的侦探大师的侦探小说，我想尝试他们不同的探案风格，看看会有什么不同的结果。"

"嗯，"塔彭丝说，"我常常琢磨，这些侦探在现实生活中是什么样的呢?"她拿起另一本,"成为桑代克博士①可不是件容易的事,你没有医学经验,法律方面的更没有,我也从没听说过科学是你的强项。"

"不会吧,"汤米说,"但不管怎样,我买了一架很好的照相机,我可以拍下脚印,放大影像,诸如此类。现在,我的朋友②,用用你那小小的灰色细胞,对这些东西怎么看?"

他指着橱柜底层,那儿安静地躺着一件前卫的晨衣,一双土耳其拖鞋和一架小提琴。

"这不是明摆着吗?我亲爱的华生。"塔彭丝说。

"准确地说,"汤米说,"是歇洛克·福尔摩斯的范儿。"

他拿起小提琴,随意地拨了一下琴弦,刺耳的声音让塔彭丝难以忍受地叫了一声。

这时,桌上的蜂鸣器响了,这表明外面的办公室来了顾客。阿尔伯特,那个办公室助理,正在应付他。

汤米迅速把小提琴放回橱柜,把书一脚踢到桌子后面。

"不用那么着急,"他说,"阿尔伯特会施展伎俩拖住他们,说我正在和苏格兰场通电话。去你的办公室,立刻开始打字,塔彭丝。让办公室显得繁忙而有活力些。不,还是当速记员,正在记录我的指令。在阿尔伯特把那个猎物带进来之前,我们先来看看来者何人。"

他们凑近窥视孔,这个窥视孔设计得十分巧妙,可以一览无余地看到外面的办公室。

来客是位姑娘,和塔彭丝年龄相仿,高个子,黝黑,脸色憔

---

① 英国作家奥斯汀·弗里曼笔下的侦探(参见《歌唱的白骨》,新星出版社二〇一〇年九月出版)。曾在圣玛卡勒特医院的附属医学专科学校学习病理学与法医学。后来在博物馆工作,获得律师资格。依赖科学推理,人称"科学侦探"。
② 原文为法语。

悴，眼神桀骜不驯。

"衣着简朴，但引人注目。"塔彭丝评价道，"让她进来，汤米。"

一分钟后，这个女孩就和大名鼎鼎的布兰特先生握手了，塔彭丝则坐在旁边，故作端庄地低垂着眼睛，手中拿着便签本和铅笔。

"我的机要秘书，鲁宾孙小姐，"布兰特先生挥了挥手，"您不用顾忌。"然后他向后靠在椅背上，半闭着眼睛，用疲倦的语气说，"这个时间乘坐公交车来这儿，得有多么拥挤啊。"

"我坐出租车来的。"这个姑娘说。

"哦。"汤米愤愤不平地说，他的目光落在她手套中露出来的那张蓝色车票上。这个女孩顺着他的目光看去，然后笑了，抽出那张车票。

"您是说这个？我在人行道上捡到的。我家隔壁的一个小朋友收集这东西。"

塔彭丝咳嗽了一声，汤米给了她一个不满的白眼。

"我们言归正传吧，"他尖刻地说，"您需要我们的服务，是吗——小姐？"

"我是金斯敦·布鲁斯家的，"女孩说，"住在温布尔顿。昨晚，和我们一起吃晚餐的一位夫人丢了一颗昂贵的粉色珍珠。圣文森特先生当时也在现场，餐桌上，他偶然提到了你们侦探所。今天上午我母亲让我过来，请你们查清这件事。"

女孩情绪低落，甚至可以说很不愉快。显然，她和她母亲在这件事情上没有达成一致，她老大不乐意才来的这里。

"我明白了。"汤米说，有点困惑，"您还没有报警？"

"没有，"金斯敦·布鲁斯小姐说，"我们没有那样做。要是最终发现那东西滚到了壁炉下面或者别的什么地方，报警就太愚蠢了。"

"哦！"汤米说，"可说不定那颗珠宝只是丢失了呢？"

金斯敦·布鲁斯耸了耸肩膀。

"人们总是小题大做。"她嘟囔着。汤米清了清喉咙。

"当然，"他含糊地说，"我现在非常忙——"

"我十分理解。"女孩说，站起身来。塔彭丝注意到她的眼睛里闪过一丝如释重负的神情。

"但是，"汤米接下来说，"我想我还是能抽出时间去趟温布尔顿。您能给我地址吗？"

"埃奇沃思大道，月桂树府邸。"

"请记下来，鲁宾孙小姐。"

金斯敦·布鲁斯小姐犹豫了一下，然后很不礼貌地说："那么我们恭候您的大驾，再见。"

"古怪的女孩，"等她离开后，汤米说，"我几乎看不透她。"

"我怀疑就是她偷了那东西。"塔彭丝沉思道，"来，汤米，我们赶紧把书收好，开车去那儿看看。顺便问一下，你要扮演谁，还是神探歇洛克·福尔摩斯？"

"我想我还需要锻炼一下，"汤米说，"我刚才在那张汽车票上栽了跟头，不是吗？"

"是的，"塔彭丝说，"如果我是你，就不会在那个女孩面前一试身手——她像只刺猬一样浑身是刺，还很不高兴，唉，可怜的姑娘。"

"我想你已经对她了如指掌了，"汤米挖苦地说，"只凭她鼻子的形状。"

"我来告诉你咱们将会在月桂树府邸发现什么，"塔彭丝说，丝毫也不顾忌汤米的情绪,"一屋子势利小人,一心想挤入上流社会;她的父亲,如果有一个父亲的话,一定有一个军衔。女儿不得不重蹈他们的生活方式,而她鄙视这样的生活。"

汤米最后看了一眼那些书,此时它们已经被整齐地摆放在了书架上。

"我想,"他沉思着说,"我今天就要当一回桑代克博士了。"

"我没看出这个案子涉及什么法医方面的东西。"塔彭丝说。

"可能没有,"汤米说,"我只是急于要用一用我的照相机!它将被证明拥有迄今为止最好的镜头。"

"我知道那类镜头,"塔彭丝说,"你调好快门,缩小光圈,开始倒计时,大家把注意力集中到一点,人人都灵魂出窍,嘴里喊着'茄子'。"

"只有那些毫无追求的人才会只满足于喊'茄子'。"

"嗯,我打赌,我用它照出的效果会比你照的更好。"

汤米对她的挑战毫不理会。

"我应该有个挖烟斗的工具,"他有些遗憾地说,"不知在哪儿能买到?"

"阿拉敏姑姑上个圣诞节不是送给你一个吗?"塔彭丝热心地说。

"确实,"汤米说,"那时我认为它是一个怪模怪样的开瓶器,还觉得严格的禁酒主义者姑妈把它作为礼物送给我真是太好笑了。"

"我,"塔彭丝说,"将扮演波尔顿①。"

汤米有些轻蔑地看着她。

---

① 波尔顿和汤米要扮演的桑代克博士都出自奥斯汀·弗里曼笔下。

"波尔顿，确实不一般，但你无法模仿他。"

"不，我能，"塔彭丝说，"我高兴时会不由得搓手，这个很好学。我倒是希望你会采集到石膏脚印。"

汤米不说话了。他们去车库拿挖烟斗的工具，之后出门发动车子，向温布尔顿疾驶而去。

月桂树是一座大房子，一道道山墙蜿蜒曲折，延伸至角楼。空气中弥漫着新油漆的味道，四周环绕着整齐的花圃，里面盛开着朱红色的天竺葵。

汤米还没来得及按门铃，一个高个子男人，留着白色小胡子，以一种夸张的军人姿势打开了门。

"我一直在恭候您的光临，"他夸张地解释道，"布兰特先生，是不是？我是金斯敦·布鲁斯上校，请随我来书房。"

他把他们带进了房子后面的一个小房间内。

"小圣文森特告诉我贵侦探所的辉煌业绩，我自己也留意过你们的广告。这个二十四小时承诺结果的特殊服务是一个了不起的新概念。这正是我需要的。"

汤米心里狠狠诅咒着塔彭丝这个不靠谱的新点子，嘴里却回答道："承蒙夸奖，上校。"

"整件事太令人烦恼了，先生，确实令人烦恼。"

"或许您愿意告诉我们事件的经过。"汤米说，带着一丝不耐烦。

"当然，马上。当时，我们的老朋友劳拉·巴顿夫人正在家里做客，她是已故的克拉韦伯爵的女儿。现任伯爵，她哥哥，曾经在上议院做了一次著名的演讲。正如我刚才所说，她是我们的一位亲密的朋友。我的几位美国朋友也要来做客，哈密尔顿·贝茨一家，他们渴望见到她。'这还不容易，'我说，'她就在我们家，你们来度周末吧。'你知道美国人对头衔的热情，布兰顿先生。"

"是的，除了美国人，其他国家的人有时也这样，金斯敦·布鲁斯上校。"

"是啦！千真万确，亲爱的先生，我最恨势利眼，正如我所说，贝茨一家来度周末了。昨天晚上，我们正打着桥牌，哈密尔顿·贝茨夫人的项链扣子坏了，所以她就摘下来，把它放在了小桌子上，打算上楼的时候拿上去。但是，她却忘了。我必须解释一下，布兰特先生，这个项链的坠子上镶着两颗小钻石，下面悬挂一大颗粉红色珍珠。今天早晨，在贝茨夫人放项链的小桌上只发现了那条项链，而珍珠，那颗价值连城的珍珠，却被扯走了。"

"谁发现的这条项链？"

"客厅女仆格拉迪丝·黑尔。"

"她有嫌疑吗？"

"她已经跟随我们很多年，一直非常诚实。但是，当然，没人保证——"

"那倒是，您愿意把您所有仆人的情况向我介绍一下吗？当然，也告诉我们昨晚用餐时都有谁？"

"有个厨师——她才来了两个月，但她没有机会到客厅——厨房帮手也不例外。然后就是女仆了，艾莉斯·卡明斯，她也跟随我们几年了。另一位是劳拉女士的侍女，当然，她是法国人。"

金斯敦·布鲁斯上校似乎着重强调了这点。汤米，并不为他所披露的这个侍女的国籍所动，问道："当然，就餐的人有哪些？"

"贝茨先生和贝茨太太，我们一家——我妻子和女儿，以及劳罗拉女士。小圣文森特。晚餐后雷尼先生来逗留了一会儿。"

"雷尼先生是谁？"

"一个最令人厌烦的家伙——一个声名狼藉的社会主义者：十分英俊，但是夸夸其谈。这个人，我不妨告诉您，我一点也不信任他。一个危险的家伙。"

"那么，实际上，"汤米讽刺地问道，"雷尼先生是您的怀疑对象？"

"确实如此，布兰特先生。对这一点，我相当肯定。鉴于他的立场，他做事也不可能有什么底线。当我们都沉浸在打牌的乐趣中时，对他来说，还有什么比悄悄扯下那颗珍珠更容易的事吗？有好几次，我们都入迷了，心无旁骛——一次是对无王牌的一手叫牌再加倍时，我记得另一次是我妻子藏牌，引起大家不快的争论时。"

"果真如此，"汤米说，"我只想弄明白一件事——贝茨夫人对这件事是什么态度？"

"她想让我报警，"金斯敦·布鲁斯上校不情愿地说，"不过是在我们到处都找遍了之后。我想，万一这颗珍珠只是掉在哪儿了呢？"

"于是您劝服了她？"

"我特别不喜欢把事情张扬出去，我的妻子和女儿也这样认为。然后我妻子想起来小圣文森特昨晚在餐桌上谈到过您的侦探所——特别是您承诺的二十四小时特殊服务。"

"是的。"汤米说道，心里却七上八下。

"您看，这么做有百利无一害。即使我们明天报警，也只是表明我们认为这颗珍珠丢了，正在找。另外，今天上午我们没有允许一个人离开。"

"除了您的女儿，当然。"塔彭丝终于开口了。

"是的,除了我女儿,"上校赞同,"她自告奋勇立刻去找你们,请你们帮忙处理此事。"

汤米站起来。

"我们会尽力给您一个满意的答复,上校。"他说,"我要看一下客厅及放项链的桌子,还想问贝茨夫人几个问题。然后,我要见见仆人——或者我的助手,鲁宾孙小姐可以做这个差事。"

一想到要面对面询问仆人,汤米的神经就由于犯怵而紧张起来。

金斯敦·布鲁斯上校打开门,引领他们穿过走廊。这时,一个声音从他们要去的房间敞开的门内清晰地传了出来,根据声音判断,说话的正是上午去见他们的那个女孩。

"您清楚地知道,妈妈,"她说,"她确实把一个茶匙放在暖手筒中带回了家。"

接下来,他们被介绍给金斯敦·布鲁斯夫人,她是一个满面愁容、举止倦怠的女士。金斯敦·布鲁斯小姐微微点头以示欢迎,脸色更加阴沉。

金斯敦·布鲁斯夫人滔滔不绝地说着。

"——但我也清楚地知道是谁拿的那把茶匙,"她断定,"那个可怕的社会主义者,那个年轻人。他热爱俄国,爱德国,仇恨英国——不是他,还能是谁?"

"他从未碰过它,"金斯敦·布鲁斯小姐怒气冲冲地说,"我一直注视着他——一直。我不会看不到。"

她扬起下巴,挑战似的看着他们。

汤米打断她们的谈话,要求和贝茨夫人谈一谈。当金斯敦·布鲁斯夫人和她的丈夫及女儿一起离开去找贝茨夫人时,他沉思地吹了声口哨。

"我在想,"他轻轻地说,"是谁往她的暖手筒中放进了一个茶匙呢?"

"我也在想。"塔彭丝回答。

贝茨夫人急匆匆闯入房间,后面跟着她的丈夫。她身体强壮,声音果断坚定。哈密尔顿·贝茨先生却显得忧郁温顺。

"我知道,布兰顿先生,您是私家侦探,办事雷厉风行。"

"雷利风行,"汤米说,"那的确是我做事的风格。贝茨夫人,请回答我几个问题。"

其后事情进展迅速。汤米检查了那条损坏了的项链,以及放项链的桌子。在他苦思冥想之际,贝茨先生冒出来,提醒他这颗珍珠的价值——也没忘用美元计算。

尽管汤米反复推敲,但还是一筹莫展。

"我想这样吧,"他最后说道,"鲁宾孙小姐,您能帮我去走廊拿来那套特殊的照相设备吗?"

鲁宾孙小姐照他的吩咐做了。

"我自己的一个小发明,"汤米说,"看外形,只不过是一台普通的照相机。"

看到贝茨夫妇吃惊的表情,他心里有些得意。

他给项链拍了照,给放项链的桌子拍了照,又给那个房间拍了几张照。然后鲁宾孙小姐就被派去和仆人们面谈。看到金斯敦·布鲁斯上校和贝茨夫人脸上热切的盼望之情,汤米觉得有必要来点权威的发言。

"现在的关键是,"他说,"这颗珍珠到底还在不在这座房子里。"

"正是。"金斯敦·布鲁斯上校被对方一语道破关键所折服。

"如果没在这座房子里,那么它就可能在任何地方——但是,如果就在这座房子里,那么它一定被藏在什么地方——"

"那势必要搜查一下。"金斯敦·布鲁斯上校提议,"就这样,我委托您,布兰特先生,搜查一下整座房子,从阁楼到地下室,一处也别放过。"

"哦,查尔斯,"金斯敦·布鲁斯夫人眼泪汪汪地嘟囔,"你认为这样做明智吗?用人们会很反感,我敢肯定他们会因此辞职。"

"我们会最后搜查他们的住处,"汤米安慰她说,"小偷一定会把珠宝藏在最不可能被发现的地方。"

"我似乎也读过一些类似的案子。"上校赞同道。

"就是这样,"汤米说,"您可能还记得雷克斯与贝雷的案子,那个案子就是类似的先例。"

"哦——呃——是的。"上校说,看起来有些困惑。

"现在,最不可能被发现的地方就是贝茨夫人的房间。"汤米继续说。

"天啊!这也太聪明了吧!"贝茨夫人赞赏地说。

没有犹豫,她带着汤米上楼去自己的房间。在那儿,汤米再次运用了他那特殊的专用照相设备。

这时塔彭丝过来找他。

"您不会反对吧,贝茨夫人,我的助手想检查一下您的衣柜?"

"当然,请便,这儿还需要我吗?"

汤米答复没有必要再耽搁她,贝茨夫人离开了房间。

"我们或许还能瞎猫碰到死耗子,"汤米说,"但我个人不相信这次还能撞上狗屎运找到这个东西。去你的二十四小时承诺,塔彭丝。"

"听着,"塔彭丝说,"用人们都没问题,我确信。但是我从那个法国侍女口中套出点东西。劳拉女士似乎在这儿待了一年,有一次,她和金斯敦·布鲁斯夫人的一些朋友出去喝茶,等回到家,一把茶匙从她的暖手筒中掉了出来。每个人都认为是偶然掉进去的,但是,说到相似的盗窃案,我可知之甚多。劳拉女士总是跟一些人混在一起。她一文不名,我想,她和那些还在乎头衔的人一起出去,只是为了寻求点快活。茶匙可能只是个偶然事件——也可能还有更多的内幕。但是她待过的不同的房子里,竟然发生了五起不同的盗窃案。有时是些不重要的东西,有时却是昂贵的珠宝。"

"哇!"汤米说,吹了一个长长的口哨,"那只老鸟的巢在哪儿,你知道吗?"

"穿过走廊就是。"

"那么我想,我们就悄悄过去暗地搜查一下。"

对面那个房间的门半开着。这是个宽敞的房间,陈设着白色的家具和玫瑰粉的窗帘。里面有一扇门通往浴室。就在这扇门边出现了一个女孩,苗条,黝黑,穿戴整洁。

塔彭丝仔细审视着这个女孩,注意到她的嘴唇在颤抖,脸上流露出吃惊的神色。

"这是艾莉斯,布兰特先生,"她一本正经地介绍,"劳拉女士的侍女。"

汤米迈进浴室,里面昂贵高档的物品令他惊叹。他即刻开始忙碌,以消除这个法国女孩的怀疑。

"您正忙着呢,艾莉斯小姐,是吗?"

"是的,先生。我在清理夫人的浴室。"

"哦,打扰了,或许您能帮我拍一些照片。我这儿有一台特殊的照相机,正用来拍这栋房子每个房间的内部。"

身后通往卧室的门突然发出"砰"的一声,汤米的话被这突然的响声打断了,艾莉斯也吓了一大跳。

"那是什么?"

"一定是风刮的。"塔彭丝说。

"我们去别的房间吧。"汤米说。

艾莉斯给他们开门,但是门把手却只是嘎嘎乱响地空转着。

"怎么啦?"汤米警觉地问。

"啊,先生,一定是有人从那边给锁上了。"她抓起一条毛巾又试了一下。

但是这次门把手却轻而易举地转动,门一下就打开了。

"真奇怪。刚才一定是卡住了。"艾莉斯说。

卧室里并没有人。

汤米拿起他的照相设备。塔彭丝和艾莉斯按汤米的指令开始工作。但是他却再三回头瞟那扇门。

"真奇怪,"他从牙缝里挤出几个字,"那扇门怎么会卡住呢?"

他仔细检查那扇门,打开,关上——门把手转动灵活。

"再拍一张,"他示意道,"您能把玫瑰色窗帘向后卷起来吗,艾莉斯小姐?谢谢,就是这样拿着。"

然后,熟悉的"咔嚓"声又响起来。他递给艾莉斯一个玻璃载片,把三角架递给塔彭丝,然后小心翼翼地收拾好相机。

汤米随便找了个借口让艾莉斯离开,等她一走出房门,他就一把抓住塔彭丝,急切地说:"听着,我有个主意,你能在这儿再待一会儿吗?搜查每个房间——这需要花些时间。试着和那只老狐狸——劳拉女士聊聊——但是别惊动她。告诉她你的怀疑对象是客厅女仆。但是,你要想方设法让她不离开这座房子。我马上开车离开这儿，会很快回来的。"

"好的，"塔彭丝说，"但是不要太自信，你忘了一件事。就是那个女孩。你不觉得那个女孩很蹊跷吗？我已经调查到她今天上午从家里动身的时间，她花了整整两个小时才到我们办公室。这太不可思议了。在到达咱们办公室之前，她去了哪儿？"

"这里面确实有些蹊跷，"她的丈夫赞同道，"好，继续顺着你的线索摸索，但是别让劳拉女士离开这栋房子。什么声音？"

他敏锐地听到外面的楼梯平台上隐隐传来一阵细微的沙沙声。他轻手轻脚地穿过房间，走到门边，但是没看到一个人影。

"好，再见，"他说，"我会尽快回来。"

2

塔彭丝有些担忧地看着汤米驾车离开。汤米十分自信，但她却不是那么乐观。她总觉得有一两个疑点无法解释。

她仍旧站在窗前，一直望着街道。突然，她看到一个人从街对面一处大门的遮阳棚下走出来，穿过马路，按响了门铃。

塔彭丝迅速冲出房间，冲下楼梯。格拉迪丝·黑尔，那个客厅女仆，正从这栋房子的后面冒出来，但是塔彭丝用手势命令她回去。然后她自己走到前门，打开大门。

一位瘦高个儿的年轻人站在台阶上，衣衫不整，眼神急切。

他犹豫了一下，然后说："金斯顿·布鲁斯小姐在家吗？"

"您能进来说吗？"塔彭丝说。

她侧过身，让他进来，接着关上门。

"雷尼先生，是吗？"她亲切地说。

他迅速地瞥了她一眼。

"呃——是的。"

"您能进来一下吗?"

她打开书房的门,房间里空无一人,塔彭丝紧随他进去,随手关上门。他皱了一下眉头,转过身面对她。

"我想见金斯顿·布鲁斯小姐。"

"我不太确定您能不能见到她。"塔彭丝镇定自若地说。

"您到底是何方神圣?"雷尼先生粗鲁地说。

"国际侦探所的侦探。"塔彭丝简洁地说——同时注意到雷尼先生不由自主地动了一下。

"请坐,雷尼先生,"她继续说,"开始吧,我们已经知道金斯顿·布鲁斯小姐今天上午曾经拜访过您了。"

这本来是个大胆的猜测,但是却被证实了。塔彭丝注意到他有一丝惊慌,接着单刀直入地说:"把那颗珍珠物归原主是件大事,雷尼先生。这栋房子里没有一个人想把这件事闹得沸沸扬扬,我们能不能想出一个妥善的办法?"

这个年轻人目光锐利地看着她。

"我不知道您对这件事了解多少,"他沉思地说,"不过,让我考虑一下。"

他把头埋在双手中间——然后问了一个完全出乎意料的问题。

"小圣文森特真的要订婚了?"

"千真万确,"塔彭丝说,"我认识那个姑娘。"

雷尼先生立刻笃信无疑。

"真见鬼,"他坦白地说,"他们没日没夜地劝说她——又不停地往他头脑中灌输'比阿特丽斯'[①]的形象。就是因为他将来

[①] Beatrice,但丁作品《神曲》中理想化了的一位佛罗伦萨女子,相传原型为但丁所倾心的女子。

会获得一个头衔。如果我有这个权利——"

"我们还是不谈政治吧，"塔彭丝急切地说，"您不介意告诉我，雷尼先生，您为什么认为是金斯顿·布鲁斯小姐拿了那颗珍珠？"

"我……我没有。"

"您就是这样认为的，"塔彭丝平静地说，"您一直等着那位侦探驾车离开，认为现场安全后，就想进来见见她。显然，如果是您自己拿了那颗珍珠，您根本不会看起来这么心烦意乱。"

"当时她的举止非常奇怪，"年轻人说，"她今天上午来告诉我这起珍珠失窃的事件，解释说正要赶去一家私人侦探所。她似乎急于要说点什么，却又说不清楚。"

"好了，"塔彭丝说，"我只关心那颗珍珠，您最好去和她谈谈。"

但就在这时，金斯顿·布鲁斯上校打开了门。

"午餐备好了，鲁宾孙小姐。我希望，您会和我们共进午餐。这位是——怎么是你？"

然后他住了口，盯着那位不速之客。

"显然，"雷尼先生说，"您并不欢迎我一起用餐。好吧，我告辞。"

"待会儿再回来。"当他经过身旁时，塔彭丝轻声说。

塔彭丝紧随金斯顿·布鲁斯上校进入宽敞的餐厅，一路听他吹胡子瞪眼地指责某些讨厌的闯入者。餐厅里一家人都已经到齐，在场的只有一个人塔彭丝不认识。

"劳拉女士，这位是鲁宾孙小姐，她正热心地协助我们。"

劳拉女士微微点了一下头，然后继续透过夹鼻眼镜盯着塔彭丝。她又瘦又高，笑容忧郁，声音轻柔，一双眼睛严厉而精明。

塔彭丝也迎着她的目光，狠狠盯着她，劳拉女士垂下了眼睛。

午餐后，罗拉女士带着一丝好奇加入谈话。调查得如何？塔彭丝恰到好处地强调怀疑的重点是客厅女仆。但是她的注意力并未真正放在劳拉女士身上。劳拉女士或许在衣服里藏过茶匙或其他什么东西，但是塔彭丝确信她没有拿这颗粉色珍珠。

接下来，塔彭丝继续搜查这栋房子。时间一点点流逝，没有汤米的一点消息，更让塔彭丝焦虑的是，雷尼先生也不见影踪。突然，塔彭丝走出一间卧室，撞到了"比阿特丽斯"金斯顿·布鲁斯小姐，她打扮妥当，正要下楼，似乎要出去。

"恐怕，"塔彭丝说，"您现在不能出去。"

那个女孩傲慢地望着她。

"我出不出去和您没有关系。"她冷冷地说。

"但是，是否通知警察却和我有关系。"塔彭丝说。

那个女孩的脸瞬间变得灰白。

"您千万不要——千万不要——我不出去，但是别通知警察。"她一把抓住塔彭丝，恳求道。

"我亲爱的金斯顿·布鲁斯小姐，"塔彭丝微笑着说，"这个案子对我来说，一开始就十分明朗——我——"

但是她的话被打断了。专注于和这个女孩谈话的塔彭丝一点也没有听到前面的门铃响。现在，汤米令人惊讶地出现了，他轻松地跳上楼梯。下面的大厅里，她看到一位大块头的粗鲁男人正摘下他的圆顶礼帽。

"苏格兰场的马里奥特探长。"汤米咧嘴一笑。

随着一声尖叫，"比阿特丽斯"金斯顿·布鲁斯小姐挣脱塔彭丝的手，冲下楼梯。就在这时，前门再次打开，雷尼先生进来了。

"现在可好,你把一切搞得一团糟。"塔彭丝悲哀地说。

"真的?"汤米说,迅速冲进劳拉女士的房间,冲进浴室,拿了一大块肥皂出来。探长正好沿着楼梯上来。

"她一声不吭就走了,"探长说,"看来是个老手,知道游戏什么时候结束。珍珠呢?"

"我一直猜测,"汤米说,递给他那块肥皂,"会藏在这里。"

探长快活地眨眨眼睛。

"一个老把戏,不过还不赖。把肥皂一分为二,挖出一块藏进珍珠,再把它合上,用热水使接缝处融合,干得漂亮,先生。"

汤米欣然接受夸赞。他和塔彭丝走下楼梯,金斯顿·布鲁斯上校奔向他,热情地握着他的手,来回摇晃。

"我亲爱的先生,不知该怎么感谢您,劳拉女士也想谢谢您。"

"我很高兴最终能让您满意,"汤米说,"但恐怕我不能再在这儿耽搁了。我有一个非常紧急的约会——和一位内阁成员。"

他匆忙走出房子,跳上车,塔彭丝也跟着坐到他身边。

"但是汤米,"她大叫,"他们不是还没有逮捕劳拉女士吗?"

"哦,"汤米说,"我没告诉你?他们没逮捕劳拉女士,但是已经逮捕了艾莉斯。"

"你明白了吧?"他继续说,而塔彭丝却坐在那儿目瞪口呆,"我以前经常手中拿着肥皂试图开门,但打不开——手滑。所以我一直纳闷艾莉斯拿肥皂干什么会把双手弄得那么滑。她拿了一块毛巾,你记得吧,所以门把手上就没有留下肥皂的痕迹。但是我想起来,如果是一个专业窃贼,做一个有盗窃癖嫌疑的女士的侍女是个不错的主意,而这位女主人经常出入不同的房子。所以我拍房间照片的时候设法拍了一张她的照片,我还劝说她拿着一张玻璃片。然后我便从容地把玻璃片送去给了可爱的老朋友苏格兰场。通过底片强光显影，成功显现出指纹——他们还辨认出了照片。原来艾莉斯是苏格兰场一位失踪多年的老朋友，她是个惯偷。苏格兰场完全可以派上用场了。"

"哦，原来，"塔彭丝终于回过神，说出话来，"那两个年轻的傻瓜只是像小说中写的那样，莫须有的怀疑彼此，但是为什么你出去时没有告诉我你干什么去了？"

"首先，我怀疑艾莉斯在偷听，其次——"

"什么？"

"我博学的朋友，你忘了，"汤米说，"桑代克大师不到最后一刻是不会揭晓谜底的。并且，塔彭丝，你和你的伙伴珍妮特上次不是先给我设了一局？我们两清了。"

第四章　阴险的陌生人历险记

1

"该死的无聊的一天。"汤米说，张大嘴打了个呵欠。

"差不多该是喝茶时间了。"塔彭丝说，也深深地打了个呵欠。

国际侦探所的生意并不兴隆。他们热切期盼的火腿商人的信件一直没有来，"连续不断"的案子也没有来临。

阿尔伯特，那个办公室助理，拿进来一个密封的包裹，放在桌子上。

"又是密封包裹的秘密，"汤米嘟囔着，"难道里面有俄罗斯大公夫人价值连城的珠宝？或者是能把布兰特卓越事务所炸为平地的可怕武器？"

"事实上，"塔彭丝说，撕开那个包裹，"这是我给弗兰西斯·哈维兰的结婚礼物，很漂亮，不是吗？"

汤米从她伸过来的手中拿起一个细长的银色香烟盒，上面刻着她笔迹的题词"致弗兰西斯——塔彭丝"，汤米打开又合上这个盒子，赞赏地点点头。

"你真大方，塔彭丝，"他发表意见，"我也想要一个这样的香烟盒，只是要金的，作为我下个月的生日礼物。想想花钱给弗兰西斯·哈维兰买这个东西，真是浪费啊，他一直是而且永远都是上帝所造出的最完美的白痴！"

"你别忘了战争中我经常开车带他一起兜风，那时他是个上校。啊！真是令人怀念的好时光啊！"

"是啊，"汤米由衷地赞同，"漂亮的女人们总是到医院来，紧握我的手，这一切还历历在目。但是我却没有——给她们送过结婚礼物。我相信新娘不会在乎你这件礼物的，塔彭丝。"

"这个盒子那么漂亮精巧，正适合放在口袋里，不是吗？"塔彭丝说，不理会他的评论。

汤米把烟盒放进自己的口袋。

"正好，"他赞同道，"喂，这儿有阿尔伯特送来的下午的邮件。极有可能是伯思郡公爵夫人委托我们去寻找她那只珍贵的京巴狗。"

他们一起把信件整理好，突然汤米吹了一声长长的口哨，手中高高举起一封信。

"蓝色的信封，俄国的邮戳！你还记得头儿说过的话吗？我们务必要留意这样的信件。"

"啊！太令人兴奋了，"塔彭丝说，"终于有事情发生了。打开，看看内容是不是和原先预料的一致。一个火腿商人，是不是？哦，等一会儿，我们应该买牛奶来泡茶。他们今天早晨忘了送来，我马上让阿尔伯特去买。"

她派阿尔伯特出去跑腿之后，又从外面的办公室匆匆回来，看到汤米手中拿着一页蓝色信纸。

"正如我们所料，塔彭丝，"他说，"差不多和头儿说的一模一样。"

塔彭丝从他手中拿过信仔细看。

信是用英文写的，措辞谨慎，语气僵硬，写信人自称是葛雷格尔·费奥多斯基,急于要找到他的妻子。委托国际侦探所不惜一切代价找到她。费奥多斯基自己由于猪肉生意危机,现在无法脱身离开俄国。

"我在想这封信的真实意图是什么。"塔彭丝若有所思地说,把信纸平铺在面前的桌子上。

"某种代码,我猜,"汤米说,"不过,这不关我们的事。我们的任务是尽快把它交给头儿。最好浸湿邮戳验证一下,看看下面是否标有数字'16'。"

"好的,"塔彭丝说,"但是我认为应该——"

她突然闭口不言,汤米被吓了一跳,抬头一看,一个男人结实的身影堵在门口。

这名闯入者外表威严,虎背熊腰,圆头圆脑,下巴方正有力,四十五岁上下。

"请您务必原谅,"这个陌生人说着,已经进了房间,手中拿着帽子,"我看您外面的办公室没有人,而这扇门又开着,所以我就贸然闯了进来。这里是布兰特国际侦探所,对吧?"

"是的。"

"那么您是——可能是布兰特先生?西奥多·布兰特?"

"我是布兰特,您有事咨询?这是我的秘书,鲁宾孙小姐。"

塔彭丝优雅地点头行礼,但是实际上一直透过下垂的睫毛仔细打量着这个陌生人。她在想这个人站在门口多久了,他看到了什么,又听到了多少?她注意到当他与汤米谈话时,他的眼光不时地来回看着她手中的蓝色信纸。

汤米以一种严厉的警告语气叫她履行眼前的职责。

"鲁宾孙小姐,请拿起记录簿。那么,先生,您有什么事需要我提供建议呢?"

塔彭丝拿起她的记录簿和铅笔。

这个大块头男人以一种刺耳的声音开始讲述。

"我叫鲍尔,查尔斯·鲍尔医生。我住在汉普斯特德,在那儿开了一个诊所。我来见您,布兰特先生,是因为最近发生了几桩离奇的事情。"

"是吗,鲍尔医生?"

"上周有两次,有人打电话叫我出急诊,但结果却发现这两个电话传唤是假冒的。第一次我以为是有人搞的恶作剧,但是第二次回来后发现我的一些私人信件被翻得一片狼藉。所以,我认为第一次也发生过同样的事情。我彻底检查了一下,发现我的整张桌子都被翻了一遍,各种文件都是在慌乱中被匆匆丢回抽屉的。"

鲍尔医生缓口气,盯着汤米。

"就是这样,布兰特先生。"

"谢谢,鲍尔医生。"汤米微笑着回应。

"您对这一切怎么想,嗯?"

"哦,首先我应该了解事实。您的桌子里都有什么?"

"我的私人文件。"

"当然,那么,那些私人文件是什么内容?它们对于一个普通的贼——或者什么特殊的人物来说有什么价值?"

"我根本看不出它们对普通的贼有什么价值,但是我对某些无名的生物碱的记录,倒有可能引起专业人士的兴趣。近几年来,我一直在做这方面的课题研究。这些生物碱有致命的剧毒,而且不易被检测到,还会引发未知的反应。"

"这种物质的秘密很值钱,是吧?"

"对那些道德沦丧的人来说,是的。"

"那么您怀疑会是谁干的呢?"

医生耸了耸他那宽阔的肩膀。

"目前,我只能说作案者并不是从外面破门而入的。这似乎表明是我家中的什么人干的,但是我不敢相信——"他突然停下来,然后又继续开口,声音沉重而严肃。

"布兰特先生,我必须全权委托您。我不敢把这件事报告给警察局,我一直几乎完全信任我的三个仆人。他们一直忠诚地为我服务。但是,知人知面不知心啊。另外,我和我的两个侄子一起生活,伯特伦和亨利。亨利是个好孩子——非常不错的小伙子——他从没让我操过心,品学兼优,上进努力。而伯特伦,很遗憾,是个完全不同的类型——狂野,放纵,一直游手好闲。"

"我明白了,"汤米若有所思地说,"您怀疑您的侄子伯特伦牵涉进了这件事。不过我并不认同您的看法,我怀疑那个好孩子——亨利。"

"但是为什么?"

"一贯如此。"汤米轻轻摇着手,"依我的经验,嫌疑人总是看起来无辜——反之亦然,我亲爱的先生。是的,毫无疑问,我怀疑是亨利。"

"对不起,布兰特先生,"塔彭丝用一种恭敬的语气说,"我能否这样理解,鲍尔医生提到的那些关于……呢……生物碱……的记录是和其他文件一起放在书桌里的吗?"

"它们是保存在书桌里,尊敬的年轻女士,但是放在一个隐秘的抽屉里,这个抽屉只有我知道在哪儿。因此,它们不容易被找到。"

"您到底想要我做什么,鲍尔医生?"汤米问,"难道您想进一步搜查一下?"

"是的，布兰特先生。我完全有理由相信有必要这样做。今天下午我接到了一封电报，是我几周前接诊的伯恩茅斯的病人发来的。电报上说我的病人情况危急，请求我马上过去。鉴于刚才告诉您的这些事件，我有些怀疑电报的真实性。于是我亲自发了一封电报，预付了复电款，询问我那位病人的情况，结果他安然无恙，也没有给我发任何请求。我想如果我假装中了圈套，按时去了伯恩茅斯，这应该是把那个罪魁祸首抓个正着的良机。他们——或许是他———定会等到家中的人睡下才动手。我建议你在今晚十一点钟到我的房子外面和我会合，我们一起把事情查个水落石出。"

"但愿如此，是应该抓他们个现形。"汤米沉思着说，用一把铅笔刀敲着桌面，"您的计划似乎天衣无缝，鲍尔医生，没有一丝破绽，让我想想——您的地址是——？"

"拉尔克斯宅邸，汉格曼斯莱恩巷——一个很冷清的地方。但是这并不妨碍我们在医学上有更广阔的视野。"

"正是。"汤米说。

来访者站起来。

"那么我今晚等你，布兰特先生。就在拉尔克斯，十点五十五分可以吗，稳妥起见？"

"一言为定。十点五十五分。再会，鲍尔医生。"

汤米站起来，按下了桌上的蜂鸣器，阿尔伯特立刻过来送客。医生的脚步有些蹒跚，但他强壮的体格显露出坚定的意志。

"一个难缠的家伙。"汤米自言自语，"好了，塔彭丝，我聪明的姑娘，你怎么看？"

"我告诉你一个词，"塔彭丝，"畸形足！"

"什么？"

"我说畸形足!我没有白研究经典侦探小说。[1] 汤米,这绝对是个圈套。不为人知的生物碱——我从没听说过这么蹩脚的故事。"

"我也觉得这件事不可信。"她的丈夫承认道。

"你有没有注意到他看信纸的目光?汤米,他是团伙中的一员。他们狡猾地意识到你不是真正的布兰特先生,他们出动,是来要我们命的。"

"既然如此,"汤米说,打开侧边的橱柜,深情地扫视着一排排书,"我们的角色也不难选择,这次便是奥克伍德兄弟[2]!我是戴斯蒙德。"他语气坚定地说。

塔彭丝耸耸肩。

"好吧,随便你。我倒宁愿是弗兰西斯。弗兰西斯是兄弟俩中更聪明的那位,戴斯蒙德总是把事情搞得一团糟,弗兰西斯却总是在关键时刻挺身而出,救场的总是他。"

"啊哈!"汤米说,"但我将会是超级戴斯蒙德。一旦我到达拉尔克斯——"

塔彭丝毫不客气地打断他。

"你今晚不是真的要去汉普斯特德吧?"

"为什么不呢?"

"闭着眼去钻圈套?"

"不对,我亲爱的姑娘,我是睁着眼钻圈套。这招叫出其不意,我想咱们的朋友——鲍尔医生一定会大吃一惊。"

"我可不喜欢这个主意,"塔彭丝说,"你知道戴斯蒙德不服

---

[1] 这个词出现在《福尔摩斯探案全集》中的《马斯格雷夫礼典》这个故事中。
[2] 英国作家瓦伦丁·威廉(Valentine Williams, 1883—1946)笔下的人物,首次出现在《神秘之手》(The Secret Hand)中。

从上级命令，擅自行动是什么后果。给我们的指示十分明确，马上把信上交，立刻报告发生的一切。"

"但是你并没有完全理解指示的精神，"汤米说，"如果有人来这儿，提到数字'16'，我们就要立报即告，但是目前并没有人这样做。"

"这是狡辩。"塔彭丝说。

"这样说可不好。我一直想单枪匹马干一次，我聪明绝顶的塔彭丝，别担心，我会毫发无损的。我会武装到牙齿再去。这件事的关键是，我有所防备而他们并不知情。头儿一定会拍着肩膀，夸奖我干得漂亮。"

"但是，"塔彭丝说，"我还是不喜欢这个主意，那个人壮得像只大猩猩。"

"啊哈！"汤米说，"但是别忘了我那把蓝鼻头自动手枪也不是吃素的。"

外面办公室的门开了，阿尔伯特走进来。他随手关上门，向他们走来，手里拿着一个信封。

"一位先生想见您，"阿尔伯特说，"我开始按惯例说您正在和苏格兰场通电话时，他却说他完全了解这一套，还自己就是从苏格兰场来的！他在一张名片上写了几个字，折起来放进了这个信封。"

汤米接过信封打开，看到那张名片时，一丝微笑掠过他的脸。

"这位先生在故弄玄虚逗你，阿尔伯特，"他说，"请他进来。"

他把名片扔给塔彭丝，上面署名迪姆彻奇探长。还用铅笔潦草地写着——"马里奥特探长的朋友"。

不一会儿，这位苏格兰场的探长进来了。迪姆彻奇探长从外表看和马里奥特侦探差不多,身材矮小敦实,眼神敏锐。

"下午好,"这位探长活泼地说,"马里奥特远在南威尔士,他出发之前要求我看着你们俩点儿,当然也看着这个地方。哦,上帝保佑你们,先生,"看汤米要打断他,他赶紧继续说,"我们——对这里的一切了如指掌。这里不是我们部门管辖,我不便插手,但是近来某些人知道了你们的底细,事情好像有些不对劲儿。今天下午好像有位先生拜访过这里,我不知道他是如何介绍自己的,也不知道他的真实姓名,但我还是对他略有了解。知道更多当然更好。如果我没猜错的话,他约你今晚在某个地方见面?"

"确实如此。"

"我想也是。在韦斯特勒姆路十六号,芬斯伯里公园——是不是?"

"这点您错了,"汤米微笑着说,"大错特错。拉尔克斯宅邸,汉普斯特德。"

迪姆彻奇看起来十分惊讶,他显然没有料到。

"真是出乎意料,"他脱口而出,"这里面一定有新的阴谋。你说拉尔克斯,汉普斯特德?"

"是的,我今晚十一点要去和他会合。"

"您不能这么干,先生。"

"你看吧!"塔彭丝脱口而出。

汤米的脸涨红了。

"如果您认为,探长——"他激动起来。

但是这位探长举起手安抚他的情绪。

"我来告诉您我的打算,布兰特先生,今晚十一点您应该在这儿,就在这间办公室里。"

"什么?"塔彭丝喊道,目瞪口呆。

"在这儿,这间办公室。不要问我是怎么知道的——我们部门间时常互通信息——你们今天收到了那些著名的'蓝色'信纸,我们已经关注这些信很长时间了。那位不知名的家伙就是闻风而来。他诱使你去汉普斯特德,等到确认你已上路,这幢房子空无一人的时候,就在晚上潜入这儿,不慌不忙地翻箱倒柜。"

"但是,为什么他会认为这封信就在这儿?他应该想到我会随身带着或交到什么地方。"

"请原谅,先生,这点正是他不知道的。他可能已经知道你不是真正的布兰特先生,但是他可能认为你是位'善良'的绅士,纯粹出于做生意的目的买下了这个侦探所。那么,这封信就会按常规的商业信件处理,也会与其他信件一起归档保存。"

"哦,我明白了。"塔彭丝说。

"我们也正想让他们这样认为。我们今晚,就在这儿,抓他个现形。"

"这是整个计划,先生?"

"是的。这是千载难逢的机会。现在,让我看看,几点了?六点整。你一般是几点下班,先生?"

"六点左右。"

"你一定要像往常一样下班。而实际上我们要尽快溜回来。我认为他们不到十一点不会来这儿,不过也可能提前。对不起,我要去外面看看有没有什么人在监视这里。"

迪姆彻奇一出办公室,汤米和塔彭丝就争论起来。

双方唇枪舌剑,各不相让,越来越激烈,都免不了说些尖酸刻薄的话。最后,塔彭丝突然让步了。

"好吧,好吧,"她说,"我投降。我回家待着,像个听话的小姑娘。而你却去抓捕坏蛋,和侦探们密谋策划——但是,你等着,年轻人。尽管你不带我玩,我还是要跟着你。"

迪姆彻奇这时回来了。

"危机解除了,"他说,"但是也不敢说太绝对。稳妥起见还是要像往常一样下班,一旦你走后,他们就不会再盯着这儿了。"

汤米打电话给阿尔伯特,吩咐他锁门。

然后,他们来到附近车库,平时就是从这里把车开走的。塔彭丝发动车子,阿尔伯特坐在她身旁。汤米和探长坐在后面。

不久,由于交通拥挤,他们被堵在街上的一栋房子前。塔彭丝扭头往后望了望,点点头。汤米和探长打开右车门,下了车,走到牛津大街中央,一两分钟后塔彭丝开车离去。

2

"现在最好不要进去,"当他们急急赶到黑尔汉姆大街时,迪姆彻奇说,"你带着钥匙吧?"

汤米点点头。

"那吃点晚饭如何?现在还早,正对面恰好有个小馆子,我们订个窗边的桌子,这样就可以一直观察这地方。"

按照探长的建议,他们的便饭进行得很愉快,汤米发现迪姆彻奇探长是个让人愉快的伙伴,他大部分公务都是和国际间谍打交道,能讲很多足以让朴实的听众瞠目结舌的传奇故事。

他们在小餐馆一直待到八点钟,迪姆彻奇提议开始行动。

"天色已经暗了,先生,"他解释道,"我们完全可以神知鬼不觉地溜进去。"

确实,外面天色漆黑。他们迅速穿过马路,警惕地打量了一下空荡荡的大街，溜进大门。然后他们拾级而上，走进这栋房子，上了楼，汤米掏出钥匙插进外面办公室的锁孔。

就在这时，他突然听到——也许只是他以为自己听到——迪姆彻奇在他身旁吹了声口哨。

"为什么吹口哨？"他厉声问道。

"我没有吹口哨，"迪姆彻奇十分吃惊地说，"我还以为是你吹的。"

"哦，有人——"汤米说。

他没有说完。一双强劲的手从后面抱住了他，他还没来得及喊叫，一团甜腻得令人作呕的东西就捂住了他的口鼻。

他拼命挣扎，但是徒劳无功。三氯甲烷药效发作了。他开始头晕，地板在面前上下晃动。他觉得透不过气来，紧接着昏了过去。

汤米缓缓醒过来，头痛难当，但全身并未丧失力量。他们只用了极少量的三氯甲烷，等麻醉剂充分发挥作用，便塞上他的嘴，确保他无法大喊大叫。

醒过来后，他发现自己半躺半坐地靠在里面办公室的一个墙角里。两个男人正匆匆翻找桌子里的东西，洗劫橱柜，一边翻找，一边无所顾忌地骂着粗话。

"真他妈晦气，"那个高个儿声音刺耳，"我们把这个倒霉的地方翻了个底朝天，那东西根本连个影儿都不见。"

"一定在这儿，"另一个男人咆哮道，"那封信不可能在别的地方。"

他边说边转过身，让汤米无比震惊的是，他看到后一个说话的正是迪姆彻奇探长。后者看到汤米惊愕的表情，咧笑狞笑起来。

"哦，我们年轻的朋友醒过来了，"他说，"有点吃惊吧——是，有点吃惊。但是，这也不足为怪。我们一直怀疑国际侦探所已经不是原来的那个侦探所了。我自告奋勇来看看是不是这么回事。如果新任布兰特先生确实是个间谍，那他就有极大的嫌疑，所以我先派了我的老朋友，卡尔·鲍尔打个前站。我让卡尔表现得可疑些，编一个离奇的故事。他依计而行，然后我适时地出现，以马里奥特的名义获得你的信任，剩下的你都清楚了。"

他大笑起来。

汤米急于想说点什么，但是嘴里塞的那团东西却让他说不出话来。他也急于想干点什么——得动用手和脚——但是，哎呀，这两个部位可是重点关注对象啊，已经被绑得结结实实。

最让他吃惊的是，站在他面前的这个男人变化如此之大。因为在他的印象中，迪姆彻奇探长是个典型的英国男人，没有人会误以为他是一个受过良好教育的外国人，因为他操着一口纯正的、不带任何口音的英语。

"考金斯，我的好朋友，"这个冒牌的探长对他长相凶恶的同伴说，"拿起你的家伙，站到这个囚犯旁边。我要拿掉塞口器。你要知道，亲爱的布兰特先生，大声喊叫没有用，是愚蠢透顶的行为。在你的同龄人中，你算是个非常聪明的家伙。"

他动作敏捷地拿掉汤米的塞口器，后退一步。汤米活动了一下僵硬的上下颌，舌头在嘴里转了一圈，吞了两口唾沫——却什么也没说。

"我欣赏你的自控力，"对方说，"看来你现在感觉还好，就没有什么要说的吗？"

"我想等等再说,"汤米说,"又不会变质。"

"啊哈,但我不想等。一句话,布兰特先生,那封信在哪儿?"

"亲爱的朋友,我不知道,"汤米揶揄道,"我又没随身带着。这一点,你知道得比我更清楚,但如果我是你,就会把这间房子翻个底朝天,我很喜欢看你和你的朋友考金斯一起玩捉迷藏游戏呢。"

面前的这个人沉下了脸。

"你很喜欢油嘴滑舌啊,布兰特先生,你看旁边那个彪形大汉。那是考金斯,像个炸药包……是的,一触即发的炸药包——钢铁也会被炸得粉碎,要是他被激怒的话……"

汤米痛苦地摇摇头。

"一次错误判断,酿成大错,"他嘟囔着,"塔彭丝和我错误估计了这次冒险行动。这可不是个简单的畸形足的故事,这是斗牛犬德拉蒙德的故事,而你就是那个独一无二的卡尔·彼得森①。"

"你在嘟囔什么废话。"另一个咆哮道。

"哈哈,"汤米说,"看来您没读过多少经典侦探小说,太遗憾了。"

"愚蠢的笨蛋!你到底给不给我们要的东西?我是不是该让考金斯把他的家伙拿出来啊?"

"耐心点儿,"汤米说,"我会照你们的吩咐做,只要你告诉我该做什么。你知道我可不想被撕成一片片的放在烤架上烤。我非常怕疼。"

---

① 《斗牛犬德拉蒙德》(Bull-dog Drummond),英国间谍小说,是英国作家沙波(Sapper)的代表作。卡尔·彼得森(Carl Peterson)是书中主角德拉蒙德的对手。

迪姆彻奇轻蔑地看着他。

"考特①！这些英国人都是胆小鬼！"

"人之常情，亲爱的朋友，只是人之常情。把炸药包放一边，让我们先谈谈实质性的问题。"

"我要那封信。"

"我告诉你了我没有。"

"这我们知道——我们也知道一定在谁手里，就是那个女孩。"

"极有可能你是对的。"汤米说，"她可能把信放进了她的手包中，因为你们的伙伴卡尔打草惊蛇了。"

"哦，你并不否认。这很明智。很好，你给那个叫塔彭丝的女孩写个条，叫她立刻带着信来这儿。"

"我不能这么做。"汤米刚开口，对方就打断了他的话。

"哼！你不能？好吧，我们倒要看看，考金斯！"

"别着急，"汤米说，"你应该等我说完。我刚才想说除非你解开我的胳膊。我可不是那种可以用鼻子或胳膊肘写字的怪胎。"

"那么你愿意写了？"

"当然。我不是一直都这样说吗？我向来乐于助人。当然你也不会对塔彭丝做什么不友善的事情。我坚信你不会。她是那么讨人喜欢的一个女孩。"

"我们只想要那封信。"迪姆彻奇说，但脸上却浮现出一种异样的令人不快的微笑。

他点点头，凶恶的考金斯蹲下身，解开汤米胳膊上的绳索。汤米来回晃晃胳膊。

---

① 即考金斯的昵称。

"啊，好多了，"他愉快地说，"好心的考金斯能递给我一支铅笔吗？就在桌上，我想——还有其他必需的东西。"

考金斯皱着眉头把笔递给他，同时递给他一张纸。

"小心你的措辞，"迪姆彻奇威胁地说，"你看着办，但是这事办不成就意味着——死——并且是慢慢地、痛苦地死。"

"既然这样，"汤米说，"我一定会尽力而为。"

他思考了一两分钟，然后开始在纸上奋笔疾书。

"这样写怎么样？"他问，把写完的信递给那位冒牌探长。

亲爱的塔彭丝：

　　你能马上带那封蓝色的信件过来吗？我们想现在破译那封信。

　　务必快点。

弗兰西斯

"弗兰西斯？"这个冒牌的探长耸起眉头狐疑地问，"她是这么称呼你的？"

"你没有出席我的洗礼，"汤米说，"我想你不会知道这到底是不是我的名字。但是你从我口袋中拿走的那个香烟盒足以证明我说的是真话。"

另一个人走到桌边，拿起那个烟盒，读道"致弗兰西斯，塔彭丝"，他微微一笑，然后又放下了。

"很高兴你这么识时务，"他说，"考金斯，把这个便条给瓦西里。他在外面放哨，告诉他马上去办。"

接下来的二十分钟十分漫长，而其后的十分钟就更加难熬。迪姆彻奇在屋里大步地来回踱着，脸色越来越阴沉。终于，他停下来转过身，威胁地盯着汤米。

"你胆敢对我们耍花招？"他咆哮道。

"如果有副纸牌，或许我们可以玩扑克打发时间，"汤米慢吞吞地说，"女人嘛，总是让人等待。我希望等小塔彭丝到了，你别对她不友善。"

"哦，不会，"迪姆彻奇说，"会把你们一起扔到同一个地方。"

"你敢，你这头蠢猪。"汤米低声咕哝道。

突然，前面办公室出现了一点骚动。一个汤米从未见过的男人探进头来，用俄语咆哮了几句。

"好，"迪姆彻奇说，"她来了——单独来的。"

一瞬间，汤米的心脏几乎停止了跳动。

接着他听到了塔彭丝的声音。

"哦！你们在这儿，迪姆彻奇探长。我带来了那封信，弗兰西斯在哪儿？"

话音未落，她已经进了门。瓦西里猛然从后面扑过来，用手死死捂住她的嘴。迪姆彻奇从她手中一把抢过手包，倒出里面的东西，疯狂翻找。

他突然惊喜地大喊一声，举起一个带有俄国邮票的蓝色信封。考金斯也哑着嗓子叫了一声。

就在他们狂喜之时，另一扇门，通往塔彭丝办公室的门，无声无息地开了，马里奥特探长和两个手持左轮手枪的男子悄然走进这个房间，同时厉声命令道"举起手来"。

没有人反抗。迪姆彻奇的手枪扔在桌子上，其他两个人赤手空拳。他们显然毫无反抗之力。

"真是个大丰收，"马里奥特探长一边称赞，一边咔嗒扣上最后一副手铐,"我希望随着时间推移,我们会收获更多。"

迪姆彻奇脸都气白了,狠狠瞪着塔彭丝。

"你这个该死的小妖精,"他怒吼,"是你把他们带来的。"

塔彭丝大笑起来。

"这可不是我一个人的功劳。今天下午当你进来脱口说出数字'16'时,我就应该想到。但是汤米的便条解决了问题。我打电话给马里奥特探长,让阿尔伯特带着办公室的备用钥匙去见他,我自己则在手包中带着空信封来到这儿。至于里面的信嘛,今天下午我和你们两个一分手,就按照指令把信件转交了。"

她讲述中的一个词语引起了对方的注意。

"汤米?"迪姆彻奇问道。

汤米,刚刚从五花大绑中解脱出来,走向他们。

"干得好,弗兰西斯兄弟,"他对塔彭丝说,把她的两只手握在手中。然后对迪姆彻奇说:"正如我告诫您的,亲爱的朋友,你真应该好好读读经典侦探小说。"

第五章　小牌戏老K

一个湿冷的周三，国际侦探事务所。塔彭丝任由手中的《领导者日报》滑落在地。

"你知道我在想什么吗，汤米？"

"说不上来，"她丈夫回答，"你满脑子主意，一会儿一个想法。"

"我想我们应该去跳跳舞。"

汤米迅速捡起《领导者日报》。

"我们的广告看起来不错，"他说，歪着脑袋，"布兰特事务所卓越的侦探们。你有没有意识到，塔彭丝，你我正是布兰特事务所卓越的侦探？你该觉得自豪，正如儿歌中的矮胖子所歌颂的一般。"

"别岔开话题，我说的是跳舞。"

"我刚才注意到这份报纸上有个疑点。不知道你是否注意到了。拿起这三份《领导者日报》好好看看，你能告诉我它们有什么不同吗？"

塔彭丝有些好奇地拿起报纸。

"好像很容易，"她讽刺地说，"一张今天的，一张昨天的，一张前天的。"

"才华横溢，亲爱的华生先生。但我不是这个意思，仔细看这个大标题'领导者日报',比较一下那三份报纸——能看出它们有什么不同吗?"

"没有,我看不出,"塔彭丝说,"而且,我也不相信有什么不同。"

汤米叹了口气,然后模仿他最崇拜的福尔摩斯做了个手势——把双手的指尖抵在一起。

"是吗,但是你每天和我一样读报纸——事实上,比我读得还要多。但是我观察到了,而你没有。你如果仔细看一下今天的《领导者日报》标题①,你会发现,D字母向下的一笔中间有个白色的小点,同一个单词的L中间也有一个白点。但是昨天的报纸,白点根本不在'DAILY'这个单词上,而'LEADER'一词的'L'上却有两个白点。前天的报纸上,'LEADER'一词的'D'字母上再次出现了两个白点。实际上,这白点,或者这些白点,每天都出现在不同的位置。"

"为什么会这样?"塔彭丝问。

"这是新闻业特有的一个秘密。"

"那也就是说你也看不懂,猜不着呗。"

"我只能说——这是所有报纸的老把戏。"

"你真是太聪明了!"塔彭丝说,"特别是在转移话题方面。现在回到咱们原来的话题上。"

"我们刚才在聊什么来着?"

"三艺舞厅。"

汤米咕哝道:"不,不是吧,塔彭丝。别谈什么三艺舞厅。我可不再年轻了,我向你保证我经不起折腾。"

---

①原文为 *DAILY LEADER*。

"当我还是年轻漂亮的姑娘时，"塔彭丝说，"就被灌输一种思想，男人——特别是做丈夫的——是圈不住的动物，喜欢喝酒、跳舞、鬼混到深夜。除非美貌异常和聪明绝顶的妻子，才能把他们圈在家里。但是，这又是一个被戳破的谎言！据我所知，几乎所有太太都渴望出门寻欢作乐。但她们只能哭诉，因为她们的丈夫会早早地趿着拖鞋，九点半就上床睡觉。但是你跳舞跳得多好啊，汤米，亲爱的。"

"少甜言蜜语啦，塔彭丝。"

"实际上，"塔彭丝说，"这可不是因为我喜欢寻欢作乐，是那个广告激起了我的兴趣。"

她又拿起《领导者日报》，大声念道：

"我应该出三个红桃，十二墩牌，黑桃 A，必要时出小牌巧胜老 K。"

"这可是种昂贵的学桥牌的方式。"汤米评价道。

"别闹，这和桥牌没什么关系。我昨天和一个女孩在'黑桃 A'餐厅吃饭。它在切尔西区，是一个可疑的地下贼窝。那女孩告诉我，那里晚上举办的大型化装舞会最近很流行，吃烤肉、煎蛋和威尔士奶烙——或者波希米亚食品之类的东西。里面到处是用布帘隔开的小单间。相当热闹又刺激。"

"那么，你打算——"

"三张红桃象征三艺舞厅；十二墩牌代表明天晚上十二点钟，黑桃 A 就是黑桃 A。"

"那么'必要时出小牌巧胜老 K'是什么意思？"

"嗯，我想这正是我们要探寻的。"

"我不会妄加评论说你不对，塔彭丝，"汤米大度地说，"但是我想不明白你为什么总想插手别人的风流韵事呢？"

"我才不插手别人的事。我只是在提议办一个有趣的案子。我们需要锻炼,不是吗?"

"做生意注定不容易。"汤米赞同道,"不过,塔彭丝,其实你就是想去三艺舞厅跳跳舞!东拉西扯一大堆。"

塔彭丝厚脸皮地大笑起来。

"运动运动,汤米,别老想着你三十二岁了,还有你左边眉毛里的一根灰白毛发。"

"一牵涉到女人的事,我就不在行。"她丈夫嗫嚅着,"我是不是应该用奇装异服捯饬一下,让自己看上去像头蠢驴?"

"当然,但是这个任务交给我,我已经有了个极好的主意。"

汤米有些疑虑地看着她,他一直对塔彭丝所谓的绝妙主意心存怀疑。

第二天晚上,当他回到公寓,塔彭丝飞也似的跑出卧室迎接他。

"到了。"她大声说。

"什么到了?"

"服装啊。来看看。"

汤米跟她走进卧室。床上铺展着一套消防员的行头,旁边还放着一个闪亮的头盔。

"我的天啊,"汤米呻吟了一声,"难道我参加了温布利消防队?"

"再猜猜,"塔彭丝说,"你还没有理解我的意思。用用你那小小的灰色细胞,我的朋友[①]。开动脑筋,华生,做头竞赛场上能殊死搏斗十几分钟的公牛。"

[①]原文为法语。这句话是波洛的口头禅。

"等一下,"汤米说,"我开始摸着点门道了,这其中一定还有别的目的。你穿什么,塔彭丝?"

"你的一套旧衣服,一顶美式礼帽,一副角质眼镜。"

"一副粗野相,"汤米说,"但是我明白了。你扮的是隐姓埋名的麦卡蒂,而我则是赖尔登[①]。"

"正是,我认为我们不但应该使用英国的侦探方式,也该尝试一下美国的方式。就这一次,我来扮演明星,而你委屈一下,做回低声下气的仆人。"

"别忘了,"汤米警告说,"关键时候,总是那个愚蠢的丹尼斯天真的观点把麦卡蒂拉回到正确轨道上来。"

但是塔彭丝只是大笑。她兴致很高。

这是个令人难忘的夜晚。狂欢的人群,喧嚣的音乐,奇装异服——这一切都诱使这对年轻夫妇玩得不亦乐乎。此刻汤米完全忘了自己曾是个煞风景的丈夫,是被硬拖到这儿来的。

十一点五十分,他们离开舞厅,驾车去了著名的——或许也不那么出名——"黑桃A"餐厅。正如塔彭丝所说,这是个地下贼窝,尽管看起来花哨俗艳,那儿却挤满了身着奇装异服的出双入对的男女。沿墙边一排紧闭的包厢,汤米和塔彭丝订了一间,他们故意留了一条门缝,这样就可以看到外面发生了什么。

"我在纳闷他们是谁——我们要找的人,我是说,"塔彭丝说,

[①] 汤米·麦卡蒂(Tommy McCarty)和丹尼斯·赖尔登(Dennis Riordan)分别是美国侦探小说作家伊莎贝尔·奥斯特兰德(Isabel Ostrander, 1883—1924)书中的侦探及其好友。该作家的作品为少年迪克森·卡尔所喜爱,亦得到多萝西·塞耶斯的称赞。

"会不会是那边那个戴着红色梅菲斯特① 面具的科伦芭茵②？"

"我怀疑那个打扮成邪恶的政府官员的人,或者那个自称战舰的女人——其实更像艘巡航舰,我得说。"

"他很机智啊,"塔彭丝说,"一小滴酒,就完成变装了!瞧,正进来的打扮成红桃皇后的是谁——相当好的打扮。"

说话间,他们口中的那位姑娘和她的护花使者就经过他们进了旁边的包厢,这位先生全身披挂着报纸,这是来自《爱丽丝梦游仙境》的造型。他们俩都戴着面具——在"黑桃A"餐厅,这种打扮似乎并无新奇之处。

"我敢肯定,咱们身处一个名副其实的魔窟之中,"塔彭丝一脸喜色地说,"到处是些不知羞耻的家伙,大喊大叫!"

突然一声尖叫——听起来像是反抗的叫声——从隔壁包厢里传出来,随即被一个男人的大笑声淹没了。人人都在大笑,歌唱。女人们刺耳的尖叫声不时盖过她们男伴低沉的声音。

"那个牧羊女怎么样?"汤米问道,"和那个穿着滑稽的法国人在一起的,他们可能是我们要找的人。"

"这儿的每个人都有嫌疑,"塔彭丝说,"但我不想费神,现在最重要的是快活,尽情欢乐。"

"要是换身行头我会更快活,"汤米抱怨道,"你是不知道这身衣服有多热。"

"高兴点,"塔彭丝说,"你看起来很可爱。"

"听你这样说我很高兴,"汤米说,"你看起来更可爱,你是我见过的最滑稽可笑的小丑。"

"你能不能文雅一点,丹尼,我的小伙子。喂,那个身披报

---

① 歌德作品《浮士德》中的魔鬼。
② 意大利、英国等传统喜剧及哑剧中丑角的情人。

纸的绅士扔下他的女伴走了。他要去哪儿,你认为?"

"去催侍者上酒吧,我猜,"汤米说,"我也想去。"

"他去太久了,"五六分钟后塔彭丝说,"汤米,你会不会认为我太笨了——"她停下来。

突然她跳了起来。

"叫我笨蛋吧,只要你愿意。我马上要去隔壁。"

"小心,塔彭丝——你不能——"

"我觉得有什么不对劲,我就知道不对劲,别想拦我。"

她飞快地穿过他们的包厢,汤米紧随其后。隔壁包厢的门紧闭着。塔彭丝推开门进去,汤米紧跟在她后面。

装扮成红桃皇后的女孩背靠墙坐在角落里,身体奇怪地蜷成一团。透过面具,她双眼直直地盯着两人,但身子却一动不动。她的衣服大胆地设计成红白相间的图案,但靠近左手处的图案似乎模糊不清。那上面有太多不应有的红色……

塔彭丝惊叫一声冲上前去。同时,汤米也看到了一切,那女孩心脏下方插着一把镶宝石的匕首,塔彭丝扑通一声跪在那个女孩旁边。

"快点,汤米,她还活着。赶紧去找老板,让他立刻请个医生来。"

"好,小心不要碰到那把匕首的柄,塔彭丝。"

"我会小心的,快去。"

汤米匆忙跑了出去,随手拉上身后的门。塔彭丝双臂环抱着那个女孩。女孩虚弱地做了个手势,塔彭丝明白她想除掉面具,便小心翼翼地取下面具。眼前呈现出一张水灵灵的鲜花般的脸庞,大大的明亮的眼睛,里面却充满恐惧、痛苦和茫然。

"亲爱的,"塔彭丝轻声说,"你能说话吗?能不能告诉我,是谁干的?"

塔彭丝感觉到那双眼睛盯着自己的脸。女孩痛苦地呻吟着,那是即将衰竭的心脏发出的深重的叹息声。她仍然盯着塔彭丝,终于微微张开了双唇。

"宾戈干的——"她急促地喘息着。

话未说完,她一下松开了手,颓然偎在了塔彭丝肩上。

汤米回来了,身后跟着两个人。其中个头较大的那位径直走上前来,满身权威的神气,脸上似乎鲜明印着"医生"两个字。

塔彭丝放下了那个女孩。

"她死了,恐怕。"她有些哽咽。

医生迅速地做了检查。

"是的,"他说,"救不回来了。我们最好维护现场,等警察来。这是怎么回事?"

塔彭丝吞吞吐吐地介绍了事情的经过,含糊地讲述了一下她进入这个包厢的原因。

"这就太奇怪了,"医生说,"你什么都没听到?"

"我听到她尖叫了一声,然后一个男人大笑起来。实际上,当时我也没想到——"

"你自然不会想到,"医生赞同道,"你说那个男人戴着面具,你认不出他?"

"我想是的,你呢,汤米?"

"我也认不出来,他变装了。"

"首先最重要的是确认这个可怜女士的身份,"医生说,"然后,呃,我想警察会很快破案,这不是件棘手的案子。啊,他们来了。"

第六章　披挂报纸的绅士

凌晨三点后,这对疲惫不堪的夫妇才回到家。又过了好几个小时,塔彭丝才睡着。她一晚上辗转反侧,眼前总是浮现出那副花儿一般的脸庞和那双充斥着恐惧的眼睛。

黎明的曙光透过百叶窗时,塔彭丝终于沉入了梦乡。在强烈的刺激之后,她沉沉地睡去,也没有做梦。当她醒来时,天已经大亮,汤米已经起身穿好衣服,站在床边,轻轻摇着她的胳膊。

"醒醒,小东西,马里奥特探长和另一位先生来了,想和你谈谈。"

"几点了?"

"刚刚十一点,我让艾莉斯马上给你端杯茶来。"

"好的,告诉马里奥特探长,十分钟后我就到。"

十五分钟后,塔彭丝急匆匆走进客厅。马里奥特探长正襟危坐,一见塔彭丝立刻站起来,和她打招呼。

"早上好,贝尔斯福德太太,这位是亚瑟·梅斯韦尔先生。"

塔彭丝和来人握握手,这是个瘦高个儿男人,面容憔悴,头发灰白。

"我们是为昨天晚上发生的那件悲惨的事情而来,"马里奥特探长说,"我想让亚瑟先生亲耳听您说说,那个可怜的女孩临终前说的话。亚瑟先生不相信——"

"我不能相信,"另一个人说道,"也不愿相信,宾戈·黑尔会伤害梅斯韦尔哪怕一根头发。"

马里奥特探长继续说:"昨天晚上到现在,案子取得了一些进展,贝尔斯福德太太。首先,我们确认了这位女士的身份,她是梅斯韦尔女士,我们和这位亚瑟先生取得联系,他马上辨认出了尸体。当然,他也感到无比震惊和悲愤。然后,我问他是否认识叫宾戈的人。"

"您一定要理解,贝尔斯福德太太,"亚瑟先生说,"黑尔上尉,他的朋友都叫他'宾戈'。他是我认识的最和蔼的家伙。实际上他和我们住在一起,今天上午逮捕他时,他就待在房子里。我真是难以置信,您一定搞错了——我妻子临终前说的一定不是他的名字。"

"绝对没错,"塔彭丝轻轻地说,"她亲口说的,'宾戈干的——'"

"您看,您听见了吧,亚瑟先生?"马里奥特说。

这个悲伤的男人跌坐在一把椅子里,举起双手蒙住脸。

"真是难以置信,到底是为了什么啊?哦,我明白您的想法了,马里奥特探长,您认为黑尔是我妻子的情人,但即便是这样——其实我也根本不能接受这点——那为什么要杀了她?"

马里奥特探长咳嗽起来。

"这件事说起来确实令人尴尬,先生。但是黑尔上尉近来一直对一位年轻的美国女郎十分关注——一位十分富有的年轻女郎。如果梅丝韦尔女士想维持这段有伤风化的关系,就有可能破坏他的姻缘。"

"您这话令人无法忍受,探长!"

亚瑟先生愤怒地站起身来,而对方却用一个安慰的手势示意他镇静。

"请原谅,亚瑟先生,我清楚地记得,您说您和黑尔上尉都决定参加这场化装舞会。您妻子这时恰好出门拜访什么人,而您根本不知道她会在那儿?"

"我确实一点也不知道。"

"让他看看您向我提到过的那则广告,贝尔斯福德太太。"

塔彭丝照做了。

"在我看来,一切似乎够清楚了。黑尔上尉故意把这张广告插进门缝里,来引起您妻子的注意。他们已经约好在那儿约会。但是您打定主意要去,因此他有必要提醒她。这就是那句话——'必要时出小牌战胜老K'的意思。您最后一刻才在一家戏服公司订了您的服装,但是黑尔先生却是自制的戏服。他打扮成披挂报纸的绅士。您知道,亚瑟先生,我们在死去的这位女士的手中发现了什么?从报纸上撕下的一张碎片。我的人已经从您家拿走了黑尔上尉的舞会服装,我回到警局就能查出真相。如果他的服装上有和撕下的这块相吻合的缺口的话——一切真相大白,可以结案了。"

"您不会找到的,"亚瑟先生说,"我了解宾戈·黑尔。"

他们俩对打扰塔彭丝表示歉意之后,就离开了。

当天深夜,有人摁响了门铃,令这对年轻夫妇有些吃惊的是,马里奥特探长再次来访。

"我想布兰特卓越的侦探们会乐于听听这个案子的最新进展。"他说,嘴角带着一丝微笑。

"当然,"汤米说,"喝一杯?"

他热情地把一杯酒放在马里奥特手边。

"案情十分明朗,"后者说,停顿了一两分钟,"匕首是这位女士自己的——凶手意图把这事搞得像明显的自杀，但多亏你们俩在场，他没能如愿。我们发现了大量的信件——他们有一段时间一直争吵不断，显然，亚瑟先生被蒙在鼓里。然后我们发现了决定性的一环。"

"决定性的什么？"塔彭丝大声问道。

"整个案件中最关键的一环——那张《领导者日报》的碎片，是从他穿的化装服上扯下来的，完全吻合。啊，是的，案情并不复杂。另外，我顺便带来了那两件物证的照片——我想你们可能对它们感兴趣。很少能遇到像这样案情明朗的案件。"

"汤米，"塔彭丝说，当她的丈夫送走这位苏格兰场的官员回来时，"你说为什么马里奥特探长一个劲儿地强调这个案子案情简单？"

"不知道，我想他只是有些沾沾自喜吧。"

"才不是呢。他是想刺激我们，你知道，汤米，屠夫最了解他们案板上的肉，对吧？"

"可能吧，但是你到底想说什么？"

"同样，菜贩了解蔬菜，渔夫了解鱼。侦探们，特别是职业侦探，一定对形形色色的罪犯了如指掌。他们调查案件时一眼便知真相——当然也一眼能看出哪些是假象。马里奥特的专业知识告诉他黑尔上尉不是真凶——尽管所有的证据都指向他。马里奥特探长把我们作为最后的砝码押上了，他抱着一线希望，希望我们会回想起一些蛛丝马迹来——昨晚发生的一切——或许某些我们忽略的细节会让整个案子柳暗花明。汤米，为什么这终究不是桩自杀案？"

"别忘了她对你说了什么。"

"我记得——但是换个角度分析，是宾戈，他的行为迫使她自杀,这也是有可能的。"

"是,但是无法解释报纸碎片。"

"让我们看看马里奥特拿来的照片。可惜我忘了问他黑尔对这件事怎么看。"

"我刚刚在走廊里问过他了。黑尔说他在舞会上甚至没和梅里韦尔女士说过话,还说有人塞给他一张纸条,上面写着:'今晚不要和我说话,亚瑟起了疑心。'他不可能捏造出那张纸条。但是,这似乎也不合理,因为不管怎样,你和我都知道他和她一起在'黑桃A'餐厅里,我们看见过他。"

塔彭丝点点头,仔细观察着那两张照片。

其中一张拍的报纸碎片上,只剩下标题"领导者日报"(DAILY LEADER)中的几个字母——"YLE"——其余的被撕掉了。另外一张是报纸的第一版,上面有一个圆形缺口。无疑,这两片可以完全吻合。

"下面那些斑点是什么?"汤米问。

"针眼,"塔彭丝说,"一页报纸与其他页面就从那儿缝在一起的,知道吧?"

"我还以为它是一组新的白点呢。"汤米说,然后轻轻打了个寒战,"我的天,塔彭丝,这让人多么毛骨悚然,想想你和我曾经讨论白点,争论那则广告的真正含义——当时是多么轻松愉快。"

塔彭丝没有回答,汤米看看她,却吃惊地发现她正直视着正前方,嘴巴微张,脸上露出困惑的神色。

"塔彭丝,"汤米轻声说,轻轻摇摇她的手臂,"你怎么了?你刚刚是中风了还是怎么?"

但是塔彭丝还是一动不动。过了一会儿,她才恍恍惚惚地说道:"丹尼斯·赖尔登。"

"什么?"汤米说,瞪大眼睛。

"正如你所说,一个简单的直接证据!给我找来这周的《领导者日报》。"

"你要干什么?"

"我要做麦卡蒂。我一直疑惑不解,多亏你的话,最终才有了思路。这张照片拍的是周二报纸的第一版。我似乎记得周二的报纸在领导者'LEADER'一词的'L'字母上有两个白点。而照片中这张报纸日报'daily'一词的'D'字母上有一个白点——字母'L'上也有一个。给我那些报纸,让我们确认一下。"

他们急切地把照片和报纸进行比对。塔彭丝记得很准。

"你看清楚了吗?这张碎片不是来自周二的报纸。"

"但是塔彭丝,我们不能确认,可能只是不同的版次。"

"可能——但是不管怎样它给了我一个启发。这不是巧合——一定。如果我的想法是对的,那么只有一个可能,打电话给亚瑟先生,汤米,请他马上到这儿来。就说我有重要的消息告诉他。你赶紧联系马里奥特探长,如果他已经回家了,苏格兰场肯定知道他的地址。"

亚瑟·梅斯韦尔先生被这个电话激起了浓厚的兴趣,一个半小时后他来到这所公寓。塔彭丝走上前欢迎他。

"我很抱歉这么贸然叫您来,"她说,"但是我丈夫和我发现了一些重要情况,我们认为应该马上让您知道。请坐吧。"

亚瑟先生坐下后,塔彭丝继续说:"我知道,您一定急于想为您的朋友澄清。"

亚瑟先生痛苦地摇摇头。

"我曾经这样想,但是现在,在这些无法辩驳的证据面前,我不得不承认。"

"如果我告诉您我手中恰好有一个证据,一定可以让他摆脱所有的指控,您会怎么说?"

"我会很高兴听到这个消息,贝尔斯福德太太。"

"假设,"塔彭丝继续说,"我遇到了一个女孩,她昨天晚上十二点时确实和黑尔先生跳过舞,而那时他应该是在黑桃A餐厅。"

"太好了,"亚瑟先生大叫,"我就知道一定是弄错了。可怜的韦尔一定是自杀的。"

"根本不是,"塔彭丝说,"您忘了另一个男人。"

"哪个男人?"

"就是我和我丈夫看到的那个离开包厢的人。您看,亚瑟先生,舞会上一定有第二个披挂报纸的男人。顺便问一下,您在舞会上穿的什么衣服?"

"我?我化装成十七世纪的刽子手。"

"再恰当不过了。"塔彭丝轻声说。

"恰当,贝尔斯福德太太,您说'恰当'是什么意思?"

"我是说您扮演的角色。我可以告诉您我关于这件事的看法吗,亚瑟先生?用报纸做的服装可以轻松套在刽子手的服装外面。在这之前,有人把一张小纸条塞到黑尔上尉手中,请他不要和某位女士谈话。但是这位女士对此却一无所知。她在约定时间去了黑桃A餐厅,跟她约好的那个人碰面。他们进了包厢,他把她搂在怀里,我猜,他还吻了她——这是犹大之吻,随着这一吻,一把匕首刺进了她的心脏。她只来得及发出一声无力的喊叫,但他用大笑声盖过了这声喊叫。不久,他离开了——在极度恐惧、迷惑之中，她始终相信是他的情人对自己下了手。

"但是她从对方的服装上撕下了一角，凶手发现了——他是一个十分关注细节的人。为了让案子的证据十分清楚地指向他想陷害的人，这碎片一定要看起来是从黑尔上尉的服装上撕下来的。要做到这点相当困难，除非这两个人住在同一所房子里。如果是这样，这件事就十分简单。他从黑尔的舞会服装上刻意撕下一模一样的碎片，然后烧掉了自己的服装，扮演一个忠实的朋友的角色。"

塔彭丝停下来。

"怎么样，亚瑟先生？"

亚瑟先生站起来，对她弯了弯腰。

"一位读了太多侦探故事的漂亮女士的生动幻想。"

"您也这样认为？"汤米说。

"还有一位被妻子牵着鼻子走的丈夫。"亚瑟先生说，"我想没有人会相信你的胡话。"

他大笑起来，塔彭丝一下子在椅子上挺直身体。

"我发誓我一定在什么地方听到过这种笑声，"她说，"上一次是在黑桃 A 餐厅。您不太了解我们俩，贝尔斯福德是我们的真名，但是我们还有另外一个名字。"

她从桌上拿起一张名片递给他。亚瑟先生大声念道："国际侦探所……"他呼吸急促起来，"那么这是你们的真实身份！这就是为什么马里奥特今天上午带我来这儿。这是个圈套——"

他走到窗边。

"这儿的风景真不错，"他说，"可以俯瞰伦敦城。"

"马里奥特探长。"汤米大喊。

探长从对面通往会客室的那扇门外闪身进来。

一丝讽刺的微笑浮现在亚瑟先生的唇边。

"我早就料到了,"他说,"但是这次恐怕你抓不住我,探长,我宁愿以自己的方式了结。"

说着,他把双手放在窗台上,用力一撑,跃出了窗外。

塔彭丝尖叫一声,把双手捂住耳朵,以免听到将会发出的巨响——物体坠落的"嘭"的一声,远远地从下面传来。马里奥特探长咒骂了一句。

"我们该想到这扇窗户的,"他说,"但是,不管怎样,多亏你们俩的帮助,这个案子本来很难取证。对不起,我要下去,呃——呃——去看看情况。"

"啊,可怜的魔鬼!"汤米慢慢说,"如果他真爱他的妻子——"

但是探长"哼"了一声打断他。

"爱她?鬼才相信。他黔驴技穷,无处筹钱。梅斯韦尔女士自己有一大笔财富,都可能归他所有。如果她和那个年轻的黑尔卷钱跑了,他将永远得不到一分钱。"

"啊,是那样啊?"

"当然,从一开始,我就觉得亚瑟先生是个坏蛋,那个黑尔上尉是无辜的。我们都深知苏格兰场的办案方式,如果你的结论跟证据南辕北辙,就会很尴尬。好了,我现在下去——如果我是你,就会给妻子一杯白兰地,贝尔斯福德先生,这个案子让她费心了。"

"菜贩子,"塔彭丝低声说,当这个冷静的探长关门离开后,"屠夫、渔夫,还有侦探,各有所长。我是对的,是吧?他对一切罪犯了如指掌。"

这时,汤米刚在餐柜旁忙活完,拿着一只大酒杯来到她身边。

"喝了这个。"

"什么？白兰地？"

"不，一大杯鸡尾酒——正合一位扬扬得意的麦卡蒂的胃口。是的，马里奥特是对的——一直都是对的。一个大胆的出小牌扳倒老 K 的策略。"

塔彭丝点点头。

"但是智者千虑，必有一失。"

"所以，"汤米说，"让老 K 以这种方式出了局。"

第七章　失踪女士谜案

布兰特先生——国际侦探事务所老板,西奥多·布兰特——办公桌上的蜂鸣器振起了警铃。汤米和塔彭丝都扑到各自的窥视孔前,透过这个窥视孔可以将外面办公室的情况一览无余。在那儿,阿尔伯特的主要任务就是以各种巧妙的伎俩拖住可能会成为他们顾客的来访者。

"我看看,先生,"他说,"但是恐怕布兰特先生现在正忙。他正在跟苏格兰场通话。"

"我可以等,"来访者说,"我没有带名片,我的名字叫加布里埃尔·史蒂文森。"

这位顾客十分有男子气概,身高足有六英尺[①]多。古铜色的脸饱经风霜,一双深蓝色的眼睛和他棕色的皮肤形成鲜明的对比。

汤米迅速做出决定。他戴上帽子,拿起手套,打开门,却在门口停了下来。

"这位绅士正等着见您,布兰特先生。"阿尔伯特说。

汤米忽然皱了一下眉头,他拿出怀表。

"我十点四十五要和公爵会面,"他说,然后目光锐利地看了

---

①约一米八二。

一眼来访者,"但是我能留给您几分钟,请跟我进来。"

后者顺从地跟他进了里面的办公室。此刻,塔彭丝一本正经地坐在那儿,手里拿着便签簿和铅笔。

"我的机要秘书,鲁宾孙小姐。"汤米说,"现在,先生,或许您能陈述一下您的来意?显然您的事情一定很紧急,您是坐出租车前来的,刚去过北极——或者可能是南极,我不太清楚。"

来访者惊讶地盯着他。

"这也太神奇了,"他喊道,"我以为只有书中描写的侦探才能这样料事如神!您的办公室助理甚至都没有告诉您我的名字!"

汤米毫不在意地叹了口气。

"啧啧,这很容易,"他说,"北极圈内极夜的光线会在皮肤上留下特有的印记——光化射线有某种特殊的功能。我近来在写这方面的专题文章。但这和我们的话题风马牛不相及。究竟是什么事让您这么心神不定地来到我这儿?"

"首先,布兰特先生,我叫加布里埃尔·史蒂文森——"

"啊,当然,"汤米说,"大名鼎鼎的探险家。你最近刚从北极地区回来吧,我猜?"

"我三天前到的英格兰。一位在北极水域巡航的朋友用直升机把我带回来的。但是我本应该再过两个星期之后回来。现在我必须告诉您,布兰特先生,在两年前开始这最后一次探险之前,我有幸和莫里斯·李·戈登夫人订了婚。"

汤米打断他。

"莫里斯·李·戈登夫人结婚前——她过去是……"

"是尊贵的赫尔迈厄尼·克兰小姐,兰彻斯特勋爵的第二个女儿。"塔彭丝不假思索地一口气说完。

汤米向她投以钦佩的目光。

"她的第一任丈夫在战争中死了。"塔彭丝补充道。

加布里埃尔·史蒂文森点点头。

"正是如此。正如我所说，赫尔迈厄尼和我订了婚。自然，我答应放弃这次探险，但是她不同意——上帝保佑，她正是适合做探险家妻子的那类女人。您知道吧，我着陆后的第一个念头就是去看她。我从南安普敦给她发了封电报，乘第一班火车回城。我知道她暂时和她的姑妈一起生活，她姑妈是苏珊·康拉德夫人，住在庞特街。一下火车，我就直接去了那儿。但令我十分失望的是，赫尔梅[①]去拜访诺森伯兰郡的朋友了。苏珊夫人第一眼看到我时十分震惊，但接下来就恢复了和气，她告诉我赫尔梅几天后回来。正如我告诉你们的，我等不及两周后才能见到她。然后我就讨要她的地址，但这个老妇人支支吾吾，一会儿说赫尔梅住在这个地方，一会儿说住在另一个地方，她也说不准她会先去哪儿。还有，布兰特先生，苏珊夫人和我一直关系不好。她是个胖女人，长着双下巴。我讨厌肥胖的女人——一直如此——胖女人和肥胖的狗都是亵渎上帝的令人憎恶的动物，但不幸的是他们经常一起出现！这是我的一个怪癖，我知道，但就是这样，我就是没法和一个胖女人和睦相处。"

"流行审美和您观点一致，史蒂文森先生，"汤米讽刺地说，"每个人都有自己最厌恶的东西，已故的罗伯特勋爵最厌恶猫。"

"回到咱们的话题上来，我是说苏珊夫人并不是个十分讨人喜欢的女人——或许她是，但是我对她不感冒。我从心底里一直觉得，她不赞同我们的婚事，我敢肯定，如果可能的话她会怂恿

[①] 赫尔梅（Hermy）是赫尔迈厄尼（Hermione）的昵称。

赫尔梅和我分手。我告诉您的这些只是我主观的看法,如果您愿意,也可以把这认为是一种偏见。好,继续讲我的故事。我是那种倔强的一条道走到黑的人。在查不出可能和赫尔梅住在一起的人的名字和地址前,我是不会离开庞特街的。查出来后,我搭乘上了开往北方的火车。"

"您是位行动派,我觉得,史蒂文森先生。"汤米微笑着说。

"但是事情的发展犹如一个晴天霹雳,布兰特先生,没有一个人知道赫尔梅的踪迹。这三位朋友,只有一位曾经期待她来——其他两家一定是苏珊夫人弄错了——但最后她却发电报说不能成行了。我着急地返回伦敦,当然,径直前往苏珊夫人家。我敢说,她看起来心慌意乱。她承认她也不知道赫尔梅能去哪儿。同时,她还强烈反对报警之类的主意。她指出赫尔梅不是那种愚蠢的年轻女孩,而是一个独立的女人,总是习惯于自己拿主意,这次可能她又在实施自己的什么计划。

"我想极有可能赫尔梅不想把自己的所有行踪都报告给苏珊夫人。但是我仍然担忧。我有种奇怪的感觉,总觉得什么地方不对劲儿。我正要离开,一封电报送到苏珊夫人手中。她读完电报,如释重负,把电报递给我。上面写着:'计划有变,去蒙特卡罗一周——赫尔梅。'"

汤米伸出手。

"你带电报来了?"

"没,没有。但电报是从萨里的马尔登发出的。当时发报的地点就引起我的警觉,因为这让我觉得有些奇怪。赫尔梅去蒙特卡罗干什么,我从没听说她在那儿有什么朋友。"

"你没想过也赶去蒙特卡罗,像你赶去北方一样?"

"当然想过。但是我决定不这么做。您看,布兰特先生,苏珊夫人似乎对这封电报十分满意。我却不然。我觉得奇怪，她总是发电报，而不写信。一两行她的手迹就会打消我的担忧，但是任何人都可以在电报上签上'赫尔梅'的名字。我越琢磨越心神不定。最后我还是去了马尔登，就在昨天下午。那地方并不大，交通便利，只有两家旅馆。我找遍了每一个我能想到的地方，但是没有一丝迹象表明赫尔梅曾到过那儿。在回来的火车上，我看到了您的广告，所以想把这件事委托给您。如果赫尔梅真的去了蒙特卡罗，我也不想让警察插手，从而制造出什么丑闻。我不希望自己白忙活一场。我就待在这儿，待在伦敦，以防——以防有什么不测。"

汤米若有所思地点点头。

"那么，你实际上在怀疑什么？"

"我不知道，但是觉得有什么地方不对劲。"

史蒂文森动作敏捷地从口袋中拿出一个钱包，打开扔在他们面前。

"这是赫尔迈厄尼，"他说，"我会把照片留下。"

照片上是一个高挑苗条的女人，虽然已经不是特别年轻，但是有着迷人真诚的笑容和一双可爱的眼睛。

"现在，史蒂文森先生，"汤米说，"您没漏掉什么吧？"

"没有。"

"没遗漏什么细节，哪怕是细枝末节？"

"我想没有。"

汤米叹了口气。

"那这任务就更艰巨了，"他说，"史蒂文森先生，您在读犯罪案例时一定经常注意到，细节对一个伟大的侦探探案有多么重要的意义。可以说这个案子不一般。我想我心中已有些数，但是有待时间来证明。"

他拿起桌上的小提琴,随便在弦上横竖拉了一两下。塔彭丝痛苦地咬了咬牙,就连那位探险家也不由得皱了一下眉头。演奏家终于放下了乐器。

"莫斯格维肯斯基的几段和弦。"他嘟囔道,"把您的地址留给我,史蒂文森先生,我会及时向您报告案情的进展。"

来访者刚一离开办公室,塔彭丝便一把抓起小提琴,放进橱柜里,又用一把钥匙把它锁了起来。

"如果你一定要模仿福尔摩斯,"她不高兴地说,"我会给你搞来一支精致的注射器和一瓶可卡因,但是看在上帝的分儿上,拜托把那小提琴放一边吧。如果那位和蔼的探险家不是像孩子一样头脑简单的话,他早就看穿你了。你还要继续模仿福尔摩斯吗?"

"我得庆祝一下,到目前为止我模仿得还不赖。"汤米有些沾沾自喜地说,"我的推理还是十分严谨的,对吧?我得去打个车,毕竟这是到达那个地方唯一可靠的办法。"

"我有幸刚刚读了今天上午的《每日镜报》,上面有关于他订婚的消息。"塔彭丝说。

"好,这似乎更能提高布兰特事务所卓越的侦探们的办案效率。这个案子无疑和福尔摩斯办过的一些案子极为相似。即便是你也不难看出,它和弗兰西斯·卡尔法克斯夫女士失踪案[①]的相似之处。"

"你期望在棺材里发现李·戈登的尸体吗?"

[①] 《福尔摩斯探案全集》中的《最后致意》。单身的卡尔法克斯小姐在洛桑失踪,福尔摩斯接到求助。最后,他和华生查到歹徒将卡尔法克斯小姐放在棺木内,用另一具尸体做掩饰,以便烧死她。

"理论上来讲，历史会重演，而实际上——嗯，还是谈谈你怎么想的吧？"

"那好，"塔彭丝说，"对这件事最清楚的解释似乎应该是，出于什么原因，赫尔梅——他是这样叫她的——害怕与她的未婚夫见面，而苏珊夫人也支持她。实际上，说白了，她栽了什么跟头，感到很惊慌、害怕。"

"我也是这么想的，"汤米说，"但是我想，在对史蒂文森那号人做出这样的解释之前，我们最好还是确认一下。去趟马尔登怎么样，老伙计？参加一下高尔夫俱乐部对我们没害处。"

塔彭丝欣然赞成。于是整个国际侦探事务所就交给了阿尔伯特一人掌管。

马尔登，一个著名的居住区，占地面积并不大。汤米和塔彭丝绞尽脑汁，做了能想到的每一项调查，却毫无头绪。但在他们回伦敦的路上，塔彭丝却想到了一个绝妙的主意。

"汤米，为什么他们要在马尔登镇后面注上萨里郡，在电报上？"

"因为马尔登镇就在萨里郡啊，傻瓜。"

"你才是傻瓜——我不是那个意思，如果你收到一封电报来自——黑斯廷斯，比如，或者托基，他们是不会把郡名注在后面的。但是来自里士满，他们就会注明萨里郡的里士满镇。因为有两个里士满。"

汤米放慢了车速。

"塔彭丝，"他柔声道，"你的主意不赖。我们去那边的邮局调查一下。"

他们把车停在一条乡村街道中段的一所小房子前。两人仅花了几分钟就探出了有价值的信息，有两个马尔登镇：一个在萨里郡，一个在苏塞克斯郡。后者是一个小村庄，却有一个邮局。

"就是它，"塔彭丝兴奋地说，"史蒂文森只知道马尔登镇在萨里郡，所以他没有辨明马尔登后面注的'S'是苏塞克斯还是萨里的首字母。"

"明天，"汤米说，"我们得去趟苏塞克斯的马尔登。"

苏塞克斯郡的马尔登镇，是个和萨里郡的同名小镇完全不同的地方。距离火车站四英里处有两个酒吧，两家小商店，一个小邮局，这家邮局还兼卖糖果和明信片，还有大约七栋小房子。塔彭丝负责去商店打探消息，汤米则去了"公鸡和麻雀"酒吧。半个小时后二人回来碰面。

"怎么样？"塔彭丝说。

"啤酒好极了，"汤米说，"但没有任何信息。"

"你最好再到'王冠'去看看，"塔彭丝说，"我还要回一趟邮局。那儿有个坏脾气的老太太，我刚听到有人粗声大气地喊她吃饭。"

她回到那个地方，开始假装看橱窗里的明信片。一个面带稚气的女孩，嘴里还嚼着东西，从后面的房间走出来。

"我喜欢这张，"塔彭丝说，"您不介意稍等一下，让我再看看漫画款式的吧？"

她在一包明信片中边翻捡边说："要是您能告诉我我妹妹的地址，我就不会这么失望了。她就住在这附近，我把她的信弄丢了。她的名字是李·戈登。"

这个女孩摇摇头。

"我不记得这个名字，我们这儿不会收到太多的信件——所以如果我在信封上看到了应该就记得。除了农庄，这儿周围没有什么大房子。"

"什么农庄?"塔彭丝说,"是谁的?"

"哈里斯顿大夫的。现在是一家私人疗养院,我猜主要服务城里来休养的女士之类的人。那儿十分安静,天知道是怎么回事。"她咯咯笑着说。

塔彭丝胡乱挑选了几张明信片并付了钱。

"哈里斯顿大夫的车过来了。"这个女孩大声说。

塔彭丝赶紧跑到门边。一辆小型双座汽车正从门前经过。车上坐着一位高个儿男子,皮肤黝黑,黑色胡子修剪整齐,脸色威严忧郁。汽车沿着街道向前疾驶。塔彭丝看到汤米穿过马路朝她走来。

"汤米,我相信我找到赫尔梅的下落了,哈里斯顿大夫的私人疗养院。"

"我在王冠酒吧也打听到了关于这家疗养院的一些事情,我想那儿或许有什么线索。但是,如果她患了精神崩溃之类的病,那她姑姑和朋友一定会知道。"

"呃……是的,但我不是这个意思。汤米,你看到那个双座汽车上的男人了吗?"

"一个脸色忧郁的家伙,看到了。"

"那是哈里斯顿大夫。"

汤米吹了个口哨。

"看起来贼眉鼠眼的。你有什么打算,塔彭丝?我们要不要去探访一下这个大农庄?"

他们终于找到了那个地方,有一栋蔓草丛生的大房子,周围是荒废的土地,屋后有一条湍急的溪水驱动着水车。

"一栋阴沉沉的房子,"汤米说,"令人毛骨悚然,塔彭丝,你知道吗,我觉得这里一定会发生比我们想象中更严重的事情。"

"哦,但愿不会。我们必须及时行动。那个女人处于可怕的危险中,我打心底里这样认为。"

"别老胡思乱想。"

"我没法不胡思乱想。我对那个人十分怀疑。我们该怎么办?我认为这会是个好计划,如果我单独去按门铃,直截了当地说找李·戈登小姐,看看他们怎么回答。因为,不管怎样,这样做直截了当,光明正大。"

塔彭丝义无反顾地实施了她的计划。她按响门铃,一个一脸冷漠的仆人几乎立刻就打开了门。

"我想见李·戈登小姐,如果她身体允许的话。"

她敏锐地发现眼前这个人的睫毛忽闪了一下,但是他却很轻松地回答:"这儿没有这个人,女士。"

"哦,真的吗?这里是哈里斯顿大夫的住宅——大农庄,不是吗?"

"是的,女士。但是这里没有一个叫李·戈登小姐的人。"

塔彭丝有些困惑,不得不退回来,和等在大门外的汤米进一步讨论这事。

"可能他说的是真的。毕竟,我们只是猜测。"

"不,他在撒谎,我肯定。"

"等大夫回来,"汤米说,"然后我冒充一位记者,借口渴望和他讨论他的新私人疗养计划。从而找机会进去里面一探究竟。"

大夫半个小时后回来了。汤米等他进去五分钟后,转身大步向房子的前门走去。但是不一会儿他就碰了一鼻子灰,有些困惑地回来了。

"大夫正忙,不能打扰。还说他从来不见记者。塔彭丝,你是对的,这个地方十分可疑。这儿的地理位置多理想——远离尘器。任何罪恶的勾当都可能在这儿发生,而没有人会发现。"

"来吧,我们行动。"塔彭丝果断地说。

"你要干什么?"

"我要翻过那面墙,看看能不能悄悄地、不被觉察地爬进那栋房子里。"

"好,我和你一起去。"

花园里藤蔓交错,覆盖着各种各样的植物。汤米和塔彭丝毫不费力地悄悄潜到了房子的背面。

屋后有一个宽阔的平台,岩块剥落的台阶蜿蜒而下。房子中部,几扇法式长窗敞开着,正对着平台,但是他们不敢贸然从窗户爬进去。但那些窗户太高,从他们俩蹲伏的地方无法看到里面。他们的侦察计划似乎又泡汤了,这时塔彭丝突然一把抓住汤米的胳膊。

有人在邻近的房间里讲话。那个房间的窗户敞开着,有些谈话的片段清楚地传到了他们的耳朵里。

"进来,进来,关上门,"是一个男人急躁的声音,"有位女士一小时前来过,你说她找李·戈登小姐?"

"是的,先生。"

塔彭丝听出答话的正是那个冷漠的仆人。

"你说她不在这儿,对吧?"

"当然,先生。"

"现在,又来了个所谓记者的家伙。"另一个人怒气冲冲地说。

他突然走到窗前,猛地拉下窗格。就在这一瞬间,外面的两个人,透过藏身的灌木丛,认出了他是哈里斯顿大夫。

"那个女人,"大夫继续说,"她长什么样?"

"年轻,漂亮,穿戴时髦,先生。"

汤米用胳膊肘推了推塔彭丝胸脯。

"对,"大夫从牙缝中挤出几句话,"这正是我所担心的,李·戈登小姐的朋友。情况不妙。我不得不采取——"

他没有说完,汤米和塔彭丝听到门砰的一声关上了,然后一切归于寂静。

汤米小心翼翼地带塔彭丝退回来。等他们摸索到不远处的一小片空地上,房子里的人听不到他们的说话声,他才说道:"塔彭丝,老伙计,事情变复杂了。看样子,他们要下手了。我想我们应该马上回到城里去见史蒂文森。"

但令他惊讶的是塔彭丝摇了摇头。

"我们一定要待在这儿。你没听到他说要采取行动吗——那意味着可能会发生任何事情。"

"最糟糕的是,我们还没有任何确凿的证据可向警局报告。"

"听着,汤米,你为什么不去镇里给史蒂文森打个电话呢?我待在这儿。"

"这可能是最好的办法,"她丈夫赞同道,"但是我说——塔彭丝——"

"什么?"

"你自己小心——好吗?"

"我当然会的,傻瓜,快去吧。"

大约两个小时后汤米回来了。他发现塔彭丝在大门旁边等他。

"怎么样?"

"我联系不上史蒂文森。然后我尝试打给苏珊夫人,她也出去了。接着我想到应该给老朋友布雷迪大夫打电话,请他帮忙在《医药行业名录》之类的资料里查查哈里斯顿的底细。"

"那布雷迪大夫怎么说?"

87

"哦，他马上就想起了这个名字，哈里斯顿从前是位名副其实的医生，但是后来他栽了什么跟头。布兰迪称他为最寡廉鲜耻的江湖医生，还说无论他发生什么事都不足为奇。问题是，我们现在该怎么办？"

"我们一定要待在这儿，"塔彭丝马上说，"我有种感觉，今晚有什么事要发生。另外，一个园丁修剪了房子周围的常青藤，汤米，我看到他把梯子放在了哪儿。"

"干得好，塔彭丝，"她的丈夫夸奖道，"那么，今天晚上——"

"天一黑——"

"我们看——"

"看会发生什么。"

接下来汤米继续监视这栋房子，塔彭丝到村子里去找些吃的。她回来后，他们一起继续观察房子里的动静。

九点钟，他们觉得天足够黑了，决定开始行动。现在，他们能完全自由地绕着房子四处搜寻。突然，塔彭丝紧紧抓住汤米的胳膊。

"听！"

他们刚才听到过的声音再次响起，在夜空中隐隐约约地飘来。这是一个女人痛苦的呻吟。塔彭丝指指二楼的一扇窗户。

"来自那扇窗户。"她低声说。

那个低沉的呻吟声再次打破了暗夜的寂静。

两个监听者决定实施他们的原定计划。塔彭丝带汤米起身来到园丁放梯子的地方。他们一起把梯子搬到房子侧面——听到呻吟声的那边。一楼所有房间的百叶窗都关着，只有楼上那个房间的窗户大敞。

汤米尽量不弄出声响,把梯子靠在外墙上。

"我上去,"塔彭丝小声说,"你待在下面。我不怕爬梯子,而你能把梯子扶得更稳些。万一那位大夫从墙角转过来,你也能对付他,我却不能。"

塔彭丝敏捷地爬上梯子,谨慎地抬起头往窗户里看。然后她猛地低下头,过了一两分钟又慢慢抬起来。她在那儿待了大约五分钟,然后小心地爬下来。

"是她,"她上气不接下气地说,"但是,哦,汤米,太可怕了。她躺在那儿,呻吟着,翻来覆去——我刚上去,一个护士模样的女人就进屋,弯腰在她的胳膊上注射了什么,然后又走了。我们接下来怎么办?"

"她神志清醒吗?"

"我想是清醒的。我几乎可以肯定她清醒着。可能她被绑在了床上。我再上去,如果可能的话,我就爬到那个房间里去。"

"我说,塔彭丝——"

"如果我有危险,会大声喊你。再见。"

为了不再争论,塔彭丝迅速地再次爬上梯子。汤米看着她试图打开窗户,然后无声无息地推开百叶窗。然后她就消失了。

现在,轮到汤米紧张不安了。一开始他什么也听不到。塔彭丝一定在和李·戈登小姐小声谈话,如果她们能交谈的话。然后,他听到了一阵轻微的说话声,于是松了口气。但是,突然,声音消失了,周围的一切又陷入了死寂。

汤米凝神谛听,但什么都听不到。她们在干什么?

突然,一只手搭在他的肩膀上。

"嘿。"塔彭丝的声音从黑暗中传来。

"塔彭丝!你怎么在这儿?"

"从前门走,我们出去吧。"

"出去?"

"对,正是。"

"但是——李·戈登小姐?"

塔彭丝以十分心酸的语气回答:"日见消瘦!"

汤米狐疑地看着她。

"什么意思?"

"我说,日见消瘦。瘦身。减肥。你没听史蒂文森说他讨厌胖女人吗?他走了两年,他的赫尔梅变胖了,听到他要回来,她慌了神,急忙来到哈里斯顿的这所疗养院,注射了一些减肥针剂。他做得很隐蔽,而且漫天要价。我敢说,他绝对是个庸医——但是他却干得真他妈的成功!可是史蒂文森提前两周回来,而她才刚刚开始这种治疗。苏珊夫人发誓保守秘密,并设法应付探险家。而我们却来到这儿,像个傻瓜一样玩得不亦乐乎。"

汤米深吸一口气。

"好吧,我亲爱的华生,"他郑重其事地说,"明天上午女王音乐厅有一场盛大的舞会,我们有充足的时间赶到那儿。请赏脸别把我写进你的破案记录中,这个案子无疑没有什么出奇之处。"

第八章　盲人魔法

"好的。"汤米说，把听筒放回机座上。

然后他转过身对着塔彭丝。

"是头儿。他似乎对我们很担心。看起来我们追踪的那伙人已经知道我不是真正的西奥多·布兰特。我们时刻寻求刺激，头儿请你帮个忙，回家待着去，别再掺和这儿的事了。显然，我们这次带来的一大堆麻烦比想象的要大。"

"让我回家简直是屁话，"塔彭丝断然说，"我回家谁来照顾你？还有，我喜欢刺激。再说了，近来的业务一直都没什么意思。"

"嗯，不可能每天都有凶杀或抢劫，"汤米说，"理智点，现在我的想法是，业务不忙时，我们就应该每天做些日常锻炼。"

"躺在地上，举起双脚摇来晃去？干这类事？"

"不要那么呆板地理解好不好，提到锻炼，我是指侦探技术的锻炼。模仿一些大师，比如——"

汤米从旁边的抽屉里拿出一副墨绿色的令人生畏的眼罩，把双眼盖住。他仔细地调整了眼罩，然后从口袋里掏出手表。

"我今天早晨打坏了手表表面的玻璃，"他说，"正好，这样我敏感的手指轻轻一摸就知道时间了。"

"小心，"塔彭丝说，"别再把手弄伤了。"

"伸出手来，"汤米说着抓住她的手，把手指放在手腕处，"啊哈！脉搏正常，这位女士没有心脏病。"

"我猜，"塔彭丝说，"你是在扮演索尔利·科尔顿[①]？"

"正是，"汤米说，"我现在是智慧的、专解疑难问题的盲人大师。而你是黑头发、脸颊红润的女秘书——"

"曾经是从河边捡来的、用衣服包裹的弃婴。"塔彭丝替他说完。

"阿尔伯特当然就是菲，外号虾米。"

"我们一定要教他学会尖声尖气地说话，"塔彭丝说，"他的声音不够尖利，反而十分沙哑。"

"现在，你到门边，靠墙站着，"汤米说，"你会发现，我敏感的手中握着的这根细细的中空藤木手杖能让我行走自如。"

他刚站起身来，还未迈步，手杖就碰到了一把椅子。

"该死！"他说，"我忘了那儿有把椅子。"

"眼睛瞎了一定非常不便。"塔彭丝深有感触地说。

"确实如此，"汤米由衷地说，"我更同情那些在战争中失去双眼的可怜人。但是他们整日生活在黑暗中，却锻炼了其他的感官。这正是我想证实的，我倒要看看是不是真的这样。锻炼自己在黑暗中的行动能力是场愉快的体验。现在，塔彭丝，做个善良的西德尼·泰晤士[②]。告诉我，我到你那儿还有几步？"

塔彭丝大概估算了一下。

"直走三步，左走五步。"

汤米犹犹豫豫地向前走，塔彭丝突然大声喊停，因为她发现

[①] 索尔利·科尔顿（Thornley Colton）是美国编剧、记者及作家克林顿·斯塔格（Clinton H. Stagg, 1888—1916）笔下的盲人侦探。
[②] 西德尼·泰晤士（Sydney Thames）是索尔利·科尔顿的助手，因是在泰晤士河边被捡到的孤儿，故名。

他左行四步就会撞到墙上。

"事情不像想象的那么容易,"塔彭丝说,"你不知道判断需要走几步有多困难。"

"这十分有趣,"汤米说,"把阿尔伯特叫进来。我要和你们两个握握手,看我能不能分辨出谁是谁。"

"好吧,"塔彭丝说,"但是阿尔伯特必须先洗洗手,他那双手一定黏糊糊的,他总是吃那些酸水果糖。"

阿尔伯特了解了这个游戏后,兴致勃勃。

和他们俩握完手后,汤米满意地微笑着。

"不出声我也知道,"他轻声说,"第一只手是阿尔伯特的,第二只手是塔彭丝的。"

"错了。"塔彭丝尖声说,"你摸到了我的戒指,但是我把它戴到了阿尔伯特的手指上。"

接下来是各种不同的尝试,但汤米成功的次数不多。

"但常言道,"汤米说,"一个人不能期望自己绝对正确。我告诉你们下一步计划。现在正是午饭时间,塔彭丝,你和我——盲人和他的引路人,去趟布利兹,到那儿打探点有价值的消息。"

"我说,汤米,我们会惹上麻烦的。"

"不会。我会表现得像个小绅士般规规矩矩。但是我向你保证,午餐后,我一定会令你大吃一惊。"

所有的反对意见都是徒劳。一刻钟后,汤米和塔彭丝舒服地坐在布利兹"黄金屋"酒店角落里的一张餐桌旁。

汤米的手指轻轻划过菜谱。

"法式肉饭和烤鸡肉。"他低声说道。

塔彭丝也点了餐,侍者走开了。

"目前为止,一切顺利,"汤米说,"现在我们开始更刺激的冒险吧。看,那个穿短裙的女孩的一双长腿好迷人啊——就是那个刚刚进来的女孩。"

"你怎么知道,索尔利?"

"迷人的大腿总是会传递给地板一种特殊的振动,我那条中空的手杖感受到了这种信号。当然,坦白地说,每一家富丽堂皇的餐厅,几乎总是会有漂亮的女孩站在门厅,说要找她的朋友。她们穿着短裙走来走去,显然是在展示自己大长腿的优势。"

午饭继续。

"两张桌子外的那个男人是个十分有钱的奸商,我猜,"汤米漫不经心地说,"犹太人,是不是?"

"很对,"塔彭丝称赞道,"我不知道你是怎么知道的。"

"我不会每次都告诉你是怎么回事,这会完全破坏我的感觉。看,领班在给右边第三张桌子上香槟。一位一身黑衣的粗壮女人,正经过我们的桌子。"

"汤米,你怎么能——"

"啊哈!你终于开始看到我的本领了。你后边桌子旁,一位身穿棕色衣服的漂亮女孩正站起来。"

"嘘!"塔彭丝说,"那是个穿灰衣服的年轻男人。"

"啊!"汤米说,稍稍尴尬了一下。

不远处一张桌子旁的两个人,一直饶有兴趣地看着这对年轻夫妇,这时他们站起来,走到角落里的这张桌前。

"打扰了。"年长的那位说,他高个儿,衣着考究,戴着眼镜,留着灰色小胡子,"有人说您就是西奥多·布兰特先生,我冒昧地问一下,是真的吗?"

汤米犹豫了一下,多少感到对方有些盛气凌人,但他还是点了点头。

"是的，我是布兰特先生。"

"真是个意外的惊喜！布兰特先生，我午饭后正要去您的办公室拜访。我有麻烦了——很大的麻烦。但是——对不起，您的眼睛出了什么意外？"

"我亲爱的先生，"汤米伤感地说，"我瞎了——完全看不见了。"

"什么？"

"您十分惊讶，但是您一定听说过盲人侦探吧？"

"那只存在于小说中，现实中可从没见过。而且，我从没听说过您是个盲人。"

"许多人都不知道，"汤米嘟囔道，"我今天戴上眼罩，以免眼球被光线刺激到。但是摘了它，就没人能看出我有这个缺陷——如果这是缺陷的话。你看，我的眼睛并不会妨碍我行动自如。但是，还是不谈这些了。我们是马上去我的办公室呢，还是在这儿谈谈您遇到的麻烦？还是在这儿谈好，我想。"

他们叫侍者又拿来两把椅子，这两个男人坐下来。另一个男人一直没有说话，他身材矮小，体格健壮，脸色阴沉。

"这事很麻烦。"年长的那位压低了声音，似乎不太相信塔彭丝。布兰特先生好像察觉到了他那怀疑的一瞥。

"让我介绍一下我的机要秘书，"他说，"甘吉斯[①]小姐。她曾是印度恒河边的一个弃婴——被衣服包成一团。多么悲惨的故事！甘吉斯小姐是我的眼睛。我走到哪儿，她就陪到哪儿。"

这个陌生人对塔彭丝点点头表示赞许。

"那我可以大声说了。布兰特先生，我女儿，一个十六岁的

[①] 甘吉斯（Ganges），意思为恒河。

孩子，出于某些特殊原因被诱拐了。我半小时前刚知道这事。这次案情特殊，我不敢报警。于是，我给您的办公室打电话。他们告诉我您出去吃午饭了，两点半才会回去。我和朋友就来了这儿，哈克上校——"

那个矮个子男人猛地抬起头来，嘴里咕哝了些什么。

"幸运的是您恰好也在这儿用餐。事不宜迟，请务必立刻随我回家。"

汤米谨慎地回绝了。

"半个小时后我去找你，我要先回趟办公室。"

哈克上校，转身瞥了塔彭丝一眼，有些奇怪地看到一丝微笑浮上了她的嘴角，但转瞬间这笑意就消失了。

"不，不，那不行，您一定要现在就跟我回去。"灰白头发的男人从口袋中掏出一张名片隔着桌子递过来，"这上面有我的名字。"

汤米用手指抚摸着名片。

"我的手指感受不到字迹。"他微笑着说，把名片递给塔彭丝，她大声念道："布莱尔公爵。"颇有兴味地看着他们的委托人。

布莱尔公爵是出名的最傲慢、最不可接近的绅士。他和芝加哥一位屠夫的女儿结了婚。他妻子比他小好几岁，脾气喜怒无常，人们议论纷纷，并不看好他们的婚姻。近来不断有传言说二人不和。

"你务必马上和我一块回去，布兰特先生。"公爵说，态度有些蛮横。

汤米只能顺从。

"好吧，甘吉斯小姐和我跟您去。"他镇定地说，"您不会介意我先喝一大杯黑咖啡吧？很快就好。我有严重的头痛病，眼疾的后遗症，咖啡可以舒缓一下神经。"

他叫来一位侍者，要了一杯咖啡，然后对塔彭丝说："甘吉斯小姐——我明天和法国警长在这儿吃午饭。请记下我点的餐，把菜单交给领班，并请他预留我常用的桌位。我正协助法国警局处理一个重要的案子。至于菲——"他停了一下，"也要考虑到。准备好了吗，甘吉斯小姐？"

"完全好了。"塔彭丝说，拿出纸笔做好准备。

"我们首先要一份这儿的特色菜基围虾沙拉。然后，让我想想，然后——啊，布利兹煎蛋饼，或许再来两份菲力牛排。"

汤米停下来，抱歉地喃喃道："希望您会原谅，啊，对了，蛋奶酥，以这道菜结束宴会。法国警长是一个非常有趣的人。或许您认识他？"

对方回答说不认识。塔彭丝起身去找领班，很快就回来了。与此同时，侍者端上了咖啡。

汤米小口小口地啜饮，终于喝完了一大杯咖啡，然后站起身。

"我的手杖呢，甘吉斯小姐？谢谢，请带路。"

塔彭丝苦恼了一下。

"右边一步，然后直走十八步。大约在十五步的地方，有一位侍者正在你右边的桌子旁服务。"

斯文地晃着手杖，汤米迈开了脚步。塔彭丝紧挨着他，尽量谦恭地引导他。一切顺利，眼看他们就要穿过走廊，走出大门，突然一个男人急匆匆地进来，塔彭丝还没来得及提醒双目失明的布兰特先生，他已经实实在在地撞到了来人身上，接下来就是一连串的解释和道歉。

在布利兹酒店大门口，一辆豪华的敞篷汽车正等在那儿。公爵亲自帮助布兰特先生上了车。

"你的车也在这儿,哈克?"他回头问。

"是的,就在拐角处。"

"带甘吉斯小姐上你的车,可以吧?"

未等对方回答,公爵就跳上车坐在汤米旁边,车轮无声地转动了。

"这个事件十分复杂,"公爵低语,"一会儿,我会让您尽快了解所有的细节。"

汤米把手举到头部。

"我可以除去眼罩了,"他高兴地说,"餐厅里人造灯的光线强,才有必要用上它。"

但是他的胳膊被猛地拉下来,与此同时他觉得有什么坚硬的、圆圆的东西戳在他的肋骨上。

"别动,亲爱的布兰特先生,"公爵的声音响起来,但是却突然变了样,"不准摘下眼罩,乖乖坐着,一动也别动。你明白吗?我不想扣动扳机。你明白了吗,我根本不是布莱尔·高里公爵本人。我只是临时借用一下他的名号。我知道你不会拒绝陪伴这样一位声名显赫的顾客。我只是个平常人——一位火腿商人,丢了妻子的火腿商。"

他感觉到自己的话令对方十分震惊。

"这回明白了吧?"他大笑,"我亲爱的年轻人,您真是难以置信的愚蠢。我恐怕——我恐怕你们的表演要到此为止了。"

他说完最后一句话,语气里充满邪恶的快乐。

汤米一动不动地坐着,没有搭理对方的嘲弄。

不久后车子减速停下来。

"等一下。"这个冒牌公爵说。他麻利地把一块手帕塞进汤米嘴里,然后用领带用力绑一圈。

"以防你蠢得喊救命。"他温和地解释。

车门开了,司机和他的老板把汤米夹在中间,迫使他迅速登上几个台阶,进了一所房子的大门。

大门在他们身后关上了。房子里弥漫着东方特有的气息。汤米的双脚深陷在厚厚的天鹅绒毯中,然后又被拽着再上一段台阶,进入一个房间,他猜测这儿应是这栋房子后面的一个房间。司机出去了,另一个人解开勒在汤米口中的领带,并拿开塞住汤米嘴巴的手帕。

"你现在可以随意说话啦,"他愉快地说,"你有什么要说的,年轻人?"

汤米清了清嗓子,抽动了一下疼痛的嘴角。

"我希望你没有扔了我的中空手杖,"他和蔼地说,"我可是花了大价钱让人特制的。"

"你胆子不小,"对方停顿了一下,说,"或许你就是个傻瓜。难道你还不清楚我已经抓住你——攥在了我的掌心里?你现在完全在我的控制之下。没有人知道,也不可能有人再看到你了。"

"能不能省省这些老套的情节?"汤米埋怨道,"我是不是还得说,'你个恶棍,我定能打败你'?这类台词太俗套了。"

"那个女孩呢?"对方威胁地盯着他,"想想她,也不能让你动摇吗?"

"我被塞住嘴巴,挟持到这儿,根据这种情况,"汤米说,"我不得不得出结论,那位健谈的年轻人哈克肯定也干了同样的事,因此我那不幸的秘书也会马上过来参加这场小型茶话会。"

"不全对。贝尔斯福德先生——你看,我对你了如指掌——贝尔斯福德太太不会被带到这儿来。这是我的一个小小的防范措施。我觉得你的那些身居要职的朋友可能会监视你们的行踪。兵分两路,就不会都被跟踪。若有意外,我总能掌控一个。现在,我在等——"

突然,他住了口,门开了,那位司机进来说道:"我们没有被跟踪,先生。咱们干得利落。"

"好,你可以走了,格雷戈里。"

"目前为止,一切顺利。""公爵"说,"现在我们该怎么处置你呢,贝尔斯福德·布兰特先生?"

"我希望你能帮我把这个讨厌的眼罩摘掉。"汤米说。

"我想我不能,戴着它,你就是真正的盲人——摘了它,你会和我一样看得清楚明白,这对实施我的小计划不利。因为我有一个绝妙的计划,你不是喜欢那些夸大其词的小说吗,布兰特先生。你和你太太今天玩的这个小把戏足以证明这点。现在我也安排了一个小游戏——相当有创意,等我向你解释清楚,我确信你一定会欣然赞同。

"你看,你脚下的那块地板是金属做的,上面到处是小突起。我只要按一下按钮——刺耳的咔嗒声立刻就会响起,电流接通。踩着任何一个小突起都意味着——死亡。你懂吗?如果你能看见……不过你看不见。你身陷黑暗。这个小游戏——就叫盲人的死亡魔法。如果你能安全到达那扇门,就获得自由!不过我想,在还没到达之前,你注定会碰到一个那种致命的小突起。这太有趣啦——对我来说!"

他走上前解开汤米的双手,然后把手杖递给汤米,讽刺地微微鞠了一躬。

"大名鼎鼎的解决难题的盲人专家。我们来看看,你是否能解决这个问题。我就站在这儿,手枪子弹上膛。如果你举起手摘眼罩,我就开枪。清楚了吗?"

"完全清楚。"汤米说,脸色更加苍白,但是语气却十分坚定,"我猜我没有一线生还的希望?"

"哦,这个嘛——"那位耸耸肩。

"你这个该死的狡猾的魔鬼,"汤米说,"但是你忘记了一件事。另外,我能点支烟吧?我可怜的小心脏扑通扑通直跳。"

"可以点支烟——但是别耍花招。我盯着你呢,别忘了,枪栓开着。"

"我可不是不识时务的家伙,"汤米说,"我不耍花招。"他从烟盒里抽出一支香烟,然后摸索出一盒火柴。"好,我不是在摸枪。你也知道我没带武器。同时我不得不提醒你,正如先前所说,你忘了一件事。"

"什么事?"

汤米从火柴盒中拿出一根火柴,准备划燃。

"我看不到,而你却能看得一清二楚,对吧?你占绝对优势。但是如果我们两个都处于黑暗之中——嗯?那你的优势又在哪儿?"

他划燃了火柴。

"你想瞄准开关射击,让整个房间黑咕隆咚,对吗?你办不到的。"

"是的,"汤米说,"我无法制造黑暗。但是反过来呢,来点强光怎么样?"

说着,他用划亮的火柴点着了手里的什么东西,接着把那东西往桌子上一抛。

一股炫目的火焰瞬间照亮了房间。

一瞬间,受强烈的光线刺激,"公爵"眨着眼睛,踉跄后退,手枪也垂了下去。

等他再次睁开眼睛，竟然发现胸口被一个尖利的东西顶着。

"放下枪！"汤米命令道，"快点，我同意用中空手杖对付你确实是相当老套，所以我并没有使用手杖，而一根内藏刀剑的手杖却是非常有用的武器。不是吗？几乎跟镁光条一样有用。放下枪！"

面对那个闪闪发光的尖利的剑尖，"公爵"只好放下枪。然后，随着一声大笑，他突然往后退了一步。

"我还是占优势，"他嘲弄道，"我能看见，而你不能。"

"这就是你大错特错的地方。"汤米说，"我也能看得清清楚楚。这个眼罩是假的。我本来打算给塔彭丝也戴一个。先玩一两个小把戏，然后快吃完午餐时再来一场完美的无可挑剔的表演，让你确信我什么都看不到。哇，上帝保佑你，我完全能走到门边，轻松避开那些小突起。但是我不相信你会说话算话。你不会让我活着出去的。好了，现在轮到你要小心了——"

"公爵"由于狂怒，脸部肌肉抽动，暴跳如雷地向前扑来，完全忘记了小心脚下。

突然一阵爆裂声，腾起蓝色火苗，他摇摆了一阵，然后像条狗一样倒下了。一股烧焦毛发和烤肉的气味弥漫在整个房间里，混合着一种强烈的臭氧味。

"哇哦。"汤米皱皱眉头。

他抹了把脸上的汗，然后，小心翼翼地一步步挪到墙边，按了一下那人按过的操控按钮。

他快步穿过房间走到门边，小心拉开门，向外张望。门外没有一个人影。然后他迅速下了楼，出了前门。

街上安全，他心有余悸地抬头看看那所房子，不禁打了个寒战，同时注意了一下门牌号码。然后他迅速来到最近的电话亭。

忐忑不安地等了一会儿,接着一个熟悉的声音响起。

"塔彭丝吗?谢天谢地!"

"是的,我很好。我当时完全明白了你的意思。利用去找酒店领班订餐的时间,我通知菲,外号虾米,到布利兹大酒店,跟踪那两个陌生人。阿尔伯特及时赶到那儿,当我们分乘两辆车出发时,他便乘出租车紧随我坐的车,看到他们把我带到了哪儿,然后报了警。"

"阿尔伯特好样的,"汤米说,"勇敢。我就知道他会选择跟随你。但我还是一直很放心不下。我有许多事要告诉你。我现在马上回去。回去后的第一件事就是签一张大额支票捐给圣邓斯坦学校。老天,看不见真是太可怕了。"

第九章 迷雾魅影

1

汤米连日来心情不佳。布兰特卓越事务所遭遇败北,就算不是经济上的打击,也是自尊心的挫败。在阿林顿市阿林顿府邸发生了珍珠项链被盗事件,他们以专业侦探的身份接受委托,然而布兰特卓越的侦探们却没有探出个究竟。汤米乔装打扮成一位罗马天主教神父,费尽心机跟踪那位嗜赌如命的女伯爵,而塔彭丝也在高尔夫球场上使出浑身解数,对这个家族的侄子"献媚取宠"。此时当地的警探却不动声色地逮捕了这座府邸的随从侍卫,总部有充分证据证明他是个惯犯,早已记录在案。这家伙一五一十地招供了所有的罪行。

汤米和塔彭丝只好灰头土脸地回来。现在二人正在阿林顿大酒店喝着鸡尾酒聊以自慰。汤米还穿着那件神父装。

"这件案子不适合布郎神父,"他沮丧地说,"不过我选的这把伞挺合适的[①]。"

"这可不是布郎神父的问题,"塔彭丝说,"关键是,从一开始就需要某种环境,一定要先从平凡的事情做起,然后才会有奇

[①] 布朗神父是英国侦探作家 G.K. 切斯特顿笔下的侦探。他是一名天主教神父,身边常带一把大雨伞。

迹出现。这是万事的规律。"

"不幸的是,"汤米说,"我们不得不回到伦敦,但愿去车站的路上会有奇迹发生。"

他把手中的酒杯举到唇边,但是里面的液体却突然溅了出来,这是因为一只沉重的大手拍在他的肩膀上,同时一个低沉的嗓音问候道:"上帝,是老朋友汤米!啊,还有汤米太太。什么风把你们吹来了?好多年不曾见到,也没有听到你们的消息。"

"哎呀,是巴尔杰。"汤米说,放下还残留少许鸡尾酒的酒杯,转过身去看着这个突然打扰他们的人。来者是个大块头,宽肩膀,大约三十多岁,有一张泛着红光的愉快的圆脸,身着一套高尔夫运动装。"你好,愉快的老巴尔杰!"

"但是,老伙计,"巴尔杰说(顺便补充下,他的真名叫马文·埃斯特科特),"我从不曾听说你做了神父,难以想象,你居然是个该死的神父。"

塔彭丝忍不住发出了一阵大笑,汤米尴尬地看着她。然后,他们突然意识到有第四个人在场。

这是一个身材窈窕的女孩,一头金色秀发,圆圆的蓝眼睛,美得不可方物。她身着一件昂贵的黑色貂皮大衣,头戴漂亮的貂皮帽,耳朵上一对硕大的珍珠耳坠。她微笑着,那微笑似乎在说,她清楚地知道自己是全英格兰,甚至是全世界是最值得人们仰慕的美人。尽管对此她并不自负,但是却十分确定。

无论汤米还是塔彭丝都立刻认出了她。他们已三次在《心灵的秘密》这场戏里欣赏过她的精彩表演;在另一部成功的剧作《火之柱》中,也曾三次目睹过她的风采,在其他的戏中更是见过她无数次。或许,在英格兰,没有任何其他演员比吉尔达·格兰小姐在英国观众心目中占据更恒久的地位了。报纸上报道她是全英国最漂亮的女人,但是也有谣言说她是全英国最大的傻瓜。

"我的老朋友,格兰小姐。"埃斯特科特说,语气里带着些许歉意,因为竟然冷落了这位光彩照人的尤物,哪怕片刻时间也是不应该的。

"汤米和汤米太太,这位是吉尔达·格兰小姐。"

他的语气里带着无可置疑的自豪。单是有幸能陪伴格兰小姐出现在公众场合,就给了他莫大的荣耀。

这位女演员毫不掩饰兴趣地盯着汤米。

"您真的是神父?"她问道,"一位天主教神父?我以为他们是不结婚的。"

埃斯科特再次大笑起来。

"说得好,"他爆笑道,"你这个诡计多端的家伙,汤米。汤米太太,很高兴他没有和您断绝关系,他还有点良心。"

吉尔达·格兰连看都不看他一眼,继续困惑地盯着汤米。

"您真的是神父吗?"她问。

"我们的生活和表面看起来不一样,"汤米轻轻地说,"我的职业不像一般的神父。我不给人告解——但是我聆听忏悔——我——"

"别听他的,"埃斯科特打断他,"他开玩笑呢。"

"如果你不是神父,我不明白你为什么穿成这样,"她不解地问,"除非——"

"我让任何罪犯都难逃法网,"汤米说,"也履行其他类似的职责。"

"哦。"她皱着眉头,一双美丽而又困惑的眼睛盯着他。

"我怀疑她能否明白我的话,"汤米心想,"恐怕得一个字一个字地说给她听。"

他大声问道:"巴尔杰,知道回城的火车几点吗?我们急着回家,这儿到车站有多远?"

"步行十分钟。但是不急,下趟车是六点三十五发车,现在才五点四十,你刚错过一班。"

"从这儿到车站怎么走?"

"出了酒店,直接左转,然后——我看看——沿着摩根大道直行,这是最佳路线,对吧?"

"摩根大道?"格兰小姐突然激动起来,惊讶地瞪着他。

"我知道你在想什么,"埃斯科特大笑着说,"是鬼。摩根大道一侧是墓地,传说有个在暴乱中死去的警察的鬼魂出现,还带着伤口,出没在摩根大道。一个幽灵警察!你相信吗?但是许多人赌咒发誓说亲眼看到过。"

"一位警察?"格兰小姐说,她打了个哆嗦,"但实际上,世界上并没有鬼魂,不是吗?我的意思是——不会有这样恐怖的事情吧?"

她站起身,把外衣紧裹在身上。

"好了,再见。"她含糊地说。

她自始至终完全没有理睬塔彭丝,甚至告别的时候也看都没看塔彭丝一眼。但是,临走时她扭过头来又疑惑地看了一眼汤米。

她刚走到酒店门口,就迎面遇到了一个高个儿男人,他头发灰白,脸色通红。这个人惊喜地叫了起来,随后扶着她的胳膊,引她穿过门厅,亲切地和她交谈。

"真是个漂亮的尤物,是吧?"埃斯科特说,"但是却长了个兔子脑袋。有传言说她要嫁给勒康伯里勋爵。门厅里那位就是勒康伯里勋爵。"

"看起来他并不是一个好的结婚对象。"塔彭丝说。

埃斯科特耸了耸肩。

"爵位还是很有吸引力的,我猜。"他说,"再说了,勒康伯里可不是个破落贵族。嫁给他,她会过上养尊处优的生活。没有人知道她的出身。我猜应该是来自贫民区。关于她的身世谜团,总可以根据一些事情来推断。她不住在酒店。我曾试图打听她究竟住在哪儿,却遭到她的斥责——十分严厉的斥责,只有她才会这么做。天知道这究竟是怎么回事。"

他看了一眼手表,惊叫一声。

"我必须得走了。非常高兴再见到你们两位。改天我们在伦敦一起痛快喝一杯,再见。"

他急匆匆地走了,这时一个侍者手托一个浅托盘送来一页折起的便签,上面没有署名。

"这是给您的,先生,"他对汤米说,"吉尔达·格兰小姐让送的。"

汤米好奇地打开,上面歪歪扭扭地写了几行字:

> 我不确定,但是我想您或许能帮帮我。您将要走那条路去火车站,那么您能在六点十分去一趟摩根大道旁边的白房子吗?
>
> 您真诚的,
> 吉尔达·格兰

汤米对着这页纸点点头,侍者走后,他把便签递给了塔彭丝。

"这太奇怪了,"塔彭丝说,"难道是因为她还认为你是神父吗?"

"不，"汤米若有所思地说，"我想应该是因为她最终明白我不是神父。喂，这是什么？"

汤米口中的"这"是一个年轻人，一头火红的头发，桀骜不驯的下巴，穿着一身极为破旧的衣服。他已走进大厅，向他们走来，嘴里自言自语着。

"活见鬼了！"这个红发男人用力大声地喊道，"我说的正是——活见鬼！"

他扑通一下坐在这对年轻夫妇旁边的椅子上，十分不高兴地盯着他们。

"所有女人都该见鬼去，这就是我要说的，"这个年轻人说，狠狠地看着塔彭丝，"哦！只要不高兴就把我踢到街上，把我赶出酒店，这不是第一次了。我们为什么不能说出自己的想法？我们为什么要抑制自己的情感，我们为什么非得傻笑，说着和别人一样的话？我并不认为这样讨人喜欢，这样就是彬彬有礼。我觉得这就像是扼住了某人的喉咙，慢慢地让他窒息而死。"

他住了嘴。

"这话是针对某个人？"塔彭丝问，"还是所有人？"

"某个人。"这个年轻人冷酷地说。

"有趣，"塔彭丝说，"你愿意给我们讲得更详细点吗？"

"我的名字叫赖利，"这个红头发男人说，"詹姆斯·赖利。你可能听说过这个名字，我写过一部宣传和平主义的诗集——写得不错，不自夸地说。"

"和平主义诗歌？"塔彭丝吃惊地说。

"是的——有什么问题吗？"赖利挑衅地问。

"哦！没什么。"塔彭丝赶紧说。

"我一直向往和平，"赖利恶狠狠地说，"让战争和女人下地狱吧！女人！你看到刚才在这儿晃荡的那个女人了吧？她自称吉尔达·格兰。吉尔达·格兰！哼！我曾是那么仰慕她。我对你们说，如果她还有颗心，就应该感受到我的情感。她曾经喜欢过我，我一定还能赢得她的芳心。如果她把自己卖给那堆臭粪，勒康伯里——哼，我会立刻亲手杀了她！愿上帝保佑她。"

说到这儿，他突然站起来，冲出了房间。

汤米扬起眉头。

"真是位冲动的绅士，"他喃喃道，"好了，塔彭丝，我们是不是该出发了？"

他们从酒店里出来，沉浸到外面凉爽的空气中，一阵浓雾弥漫开来。按照埃斯特科特的指引，他们在酒店左边直接转弯，几分钟后来到一个拐角，路牌上标着：摩根大道。

雾气变浓了，柔软的、奶白色的浓雾一小团一小团迅速地从他们身边飘过。他们的左侧是墓地的高墙，右侧是一排小房子。没过多久，这些都没有了，取而代之的是高高的树篱。

"汤米，"塔彭丝说，"我觉得心惊肉跳。这浓雾——和这寂静，好像我们与世隔绝了。"

"人都会有这样的感觉，"汤米赞同道，"孑然一身。这是迷雾的效果，我们无法看清前方。"

塔彭丝点点头。

"只有我们的脚步声回响在人行道上。听，那是什么声音？"

"什么什么声音？"

"我想我听到后面有脚步声。"

"如果你再这样紧张，一会儿你还会看到鬼魂呢。"汤米温和地说，"别这么紧张。是不是怕那个幽灵警察把手搭在你的肩膀上？"

塔彭丝发出一声刺耳的尖叫。

"别说了,汤米,现在你让我不由自主地想到那个可怕的场景。"

她扭过头去,伸长脖子,竭力想透过环绕着他们的白纱看到什么。

"又来了,"她小声说,"不,现在越来越近了。哦,汤米,别说你听不到?"

"我确实听到了什么,是的,我们后面有脚步声。还有人走这条路想赶火车。我怀疑——"

他突然停下来,一动不动地站着,塔彭丝也倒吸了一口气。

他们面前的浓雾纱帘仿佛突然被人刷地一下拉开了。而那儿,不到二十步远的地方,一个巨人般的警察突然出现。好像是鬼魂从浓雾中突然显形,转瞬间,又消失了。再一转眼,又出现了。这当然也可能是两个目击者因极度恐惧产生的幻觉。随后,浓雾消退,背景逐渐清晰,一幕场景呈现出来,好像一出戏剧的开场:

一位身材高大、身着蓝色制服的警察,鲜红的邮筒,路的右边露出白房子的轮廓。

"红的、白的、蓝的,"汤米说,"真他妈的逼真,来吧,塔彭丝,没什么可怕的。"

因为,他看到的那位警察是个真正的警察。而且,他也并不像刚才在浓雾中浮现出来时那么高大。

但是当他们继续前行时,脚步声又从后面响起,一个男人急匆匆地从他们身边经过。他拐进了白房子的大门,踏上台阶,大声叩击着门环。这时他们正从那个警察所站的地方经过,汤米确信警察在盯着那个男人看。

"那位绅士似乎很着急。"这个警察发表意见。

他缓慢地、若有所思地说,似乎在深思熟虑。

"他就是那类急性子的绅士。"汤米评价道。

警察慢慢地把怀疑的目光转到他的脸上。

"不,"汤米说,"他不是我的朋友,但是我偶然认识他,他叫赖利。"

"啊哈!"警察说,"好吧,我应该继续巡逻。"

"您能告诉我白房子在哪儿吗?"汤米说。

警官向一侧偏偏头。

"这儿就是。霍尼科特太太的住宅。"他停下脚步,补充道,显然是想给他们提供点有价值的信息,"一个神经质的女人,总是怀疑周围有窃贼,总是让我监视她房子的周围。中年妇女总喜欢那样。"

"中年妇女,啊?"汤米说,"那您知不知道有一位年轻女士待在这儿?"

"年轻女士?"警察沉思道,"一位年轻女士,没有,我可以说我一点不知道。"

"她可能不住在这儿,汤米,"塔彭丝说,"而且,她也不可能在这儿。在我们动身前,她可能已经走了。"

"啊!"这个警察突然说,"现在我突然想起来,一位女士确实进过这扇大门。我刚沿着这条路走过来时看见过她,大约三四分钟前。"

"穿着一件貂皮大衣?"塔彭丝急切地问。

"脖子上确实围着个白色兔子似的东西。"警察说。

塔彭丝笑了笑。那警察朝他们走来的方向离去,而他们两准备进入白房子的大门。

突然，一声低沉的、压抑的喊声从房子里面传出来。几乎与此同时，房子前门打开了，詹姆斯·赖利慌慌张张地冲下台阶。他的脸苍白而扭曲，眼睛空洞地盯着前方，摇摇晃晃像个醉汉。

他从汤米和塔彭丝身边经过，却似乎没有看到他们俩，嘴里喃喃自语般一遍遍地重复着："我的天啊！我的天！哦，我的天啊！"

他一把抓住门柱，似乎要稳住身体，但接着，似乎被突出其来的一阵恐慌所驱使，他迅速冲下路面，沿着与刚才那位警察相反的方向狂奔而去。

2

汤米和塔彭丝面面相觑，满腹疑惑。

"看来，"汤米说，"那所房子里发生了什么事，把我们的朋友赖利吓坏了。"

塔彭丝漫不经心地伸出手指划过门柱。

"他的手一定在什么地方摸到了红色的油漆。"

"啊，"汤米说，"我想我们最好快点进去，我真想不出里面发生了什么。"

房门口，一位戴白帽子的女仆站在那儿，愤怒得几乎说不出话来。

"您见过那样的吗，神父，"她叫嚷着，当汤米登上台阶时，"那个家伙过来，说要找一位年轻女士。他不声不响地冲上楼。不一会儿，她就像只野猫似的发出一声尖叫——奇怪又可怜的美丽姑娘，紧接着他又直冲下来，脸色苍白，像撞见了鬼，这到底是怎么回事？"

"你和谁在前门说话，艾伦？"门厅里一个尖锐的声音问道。

"太太来了。"艾伦说道，其实已没必要介绍。

她退后一步，汤米发现自己面对着一位灰白头发的中年妇女，一双冷漠的蓝眼睛藏在夹鼻眼镜后面，骨瘦如柴的身体外裹着一件黑色紧身外衣，镶着喇叭形花边。

"霍尼科特太太？"汤米说，"我来这儿是想见一见格兰小姐。"

霍尼科特太太尖锐地看了他一眼，然后走向塔彭丝，仔细打量着她。

"哦，是吗？"她说，"那么你最好进来。"

她在前面带路进了门厅，沿着门厅前行进入这所房子后面的一个房间，这个房间正对着花园。这是一个很大的房间，但是显得小一些，因为房间里塞满了桌椅。壁炉里燃烧着熊熊火焰，包着印花布的沙发摆在一边。墙上贴着灰色细条纹壁纸，房顶环绕着彩色玫瑰纹装饰。大量的雕像和油画遮住了墙壁。

这个房间的陈设似乎不可能和高贵的吉尔达·格兰小姐联系起来。

"请坐，"霍尼科特太太说，"首先，您要原谅我，如果我说我不信天主教，也从没想过会有天主教神父来到我家。但是如果吉尔达改信了罗马异教的话，也就不难想象她的生活会变成什么样了——我敢说会越来越糟糕。她根本不可能有什么信仰。如果罗马天主教的神父可以结婚，我倒应该多考虑考虑这个教派——我总是实话实说。想想那些女修道院，许多年轻貌美的女孩被关在那儿，没有人知道她们会遭遇什么——哎，真不敢想象。"

霍尼科特太太终于住了嘴，深吸了一口气。

没有进一步为教士的禁欲主义辩护，也没有进一步探讨其他有争议的地方，汤米直入主题。

"我知道，霍尼科特太太，格兰小姐在这所房子里。"

"是的，但是我不赞同她这么做。婚姻就是婚姻，嫁鸡随鸡，嫁狗随狗。如果你铺好了床，那你就一定要躺在上面。"

"我不明白——"汤米有些兴奋地说。

"我也不明白。这也是我带你们进来的原因。等我说完我憋在内心的话后，您可以上去找吉尔达。她来找我——在事隔这么多年之后，你们想想看！——她求我帮帮她，想让我见见她的丈夫，说服他同意离婚。我坦白地告诉她，我绝不插手这件事。离婚是有罪的，但是我不能拒绝自己的妹妹在我的房子里有一块栖身之地，对吧？"

"您的妹妹？"汤米问道。

"是的，吉尔达是我的妹妹，她没有告诉过您吗？"

汤米目瞪口呆地看着她。这件事似乎难以置信。然后，他回想起天使般美丽的吉尔达·格兰似乎已经出名很多年了，他还是个小男孩的时候就看她的表演。是的，这毕竟是有可能的。但她们之间有多么鲜明的反差啊。吉尔达·格兰出身于这个下层中产阶级家庭，而她把这个秘密藏得可真好啊！

"我还是不太明白，"他说，"您的妹妹已经结婚了？"

"她十七岁时私奔，"霍尼科特太太简洁地说，"和一个地位低下、极不相配的普通家伙。而我们的父亲难以接受。这事闹得很不愉快。后来她离开她的丈夫去演戏。演戏！我这辈子都没进过剧院。我坚决不和不道德的事情打交道。现在，这么多年之后，她想和这个男人离婚。我猜，是想和另一位大人物结婚。但是她的丈夫坚决不离——威武不屈，利诱不受——我佩服他这点。"

"他叫什么?"汤米突然问。

"很特别的名字,但是我不记得了!我听到这个名字大约是在二十年前。我父亲不许提起这个名字。我也不愿和吉尔达讨论这件事。她知道我怎么想,这就够了。"

"不会是赖利吧?是吗?"

"可能是吧,但我真说不准。我完全记不清了。"

"我是说刚才来这儿的那个人。"

"啊,那个人!我以为他是个从医院逃跑的精神病人。当时我在厨房给艾伦安排事情,刚回到这个房间,正在想吉尔达回来没有——她有一把钥匙——就听见她的声音。她在大厅里耽搁了一两分钟,然后径直上楼。大约三分钟后,那个吓人的砰砰的敲门声就响起来了。我来到门厅,只见一个男人冲上楼梯,接着楼上便传来尖叫声,不久他又匆忙下楼,像个疯子般冲出门去,事情经过就是这样。"

汤米站起身来。

"霍尼科特太太,我们应该马上上楼,恐怕——"

"怕什么?"

"恐怕您家没有刚漆过红漆还未干的东西吧?"

霍尼科特瞪大眼睛盯着他。

"当然没有。"

"这正是我担心的,"汤米严肃地说,"请允许我们马上去您妹妹的房间。"

沉默了片刻,霍尼科特太太在前面带路。这时,他们瞥见一直在门厅的艾伦迅速退到一个房间里。

上了楼,霍尼科特太太打开第一扇门。汤米和塔彭丝紧随她进入房间。

突然她倒吸了一口气,踉跄后退。

一个一身黑衣、围着貂皮的身体一动不动,四肢摊开倒在沙发上。脸上没有受伤,她安详得像一个无忧无虑的、美丽的、熟睡的孩子。伤口在头部一侧,显然是被什么钝器重击,击碎了颅骨。血慢慢地滴到地板上,但伤口早已不流血了……

汤米检查了这具平卧的躯体,脸色变得惨白。

"那么,"他终于说,"她终究不是被掐死的。"

"您什么意思?谁干的?"霍尼科特太太哭喊道,"她死了吗?"

"啊,是的,霍尼科特太太,她死了,被人杀了。问题是——谁杀的?真是个令人费解的问题。奇怪的是——尽管他扬言要亲手杀了她,但我并不认为这个家伙真干得出来。"

他停顿了一下,然后果断地转过身面对塔彭丝。

"你能出去找到那个警察,或者找个地方打电话报警吗?"

塔彭丝点点头。她也脸色惨白。汤米搀着霍尼科特太太再次下楼。

"我不想出什么差错,"他说,"您知道您妹妹进来的确切时间吗?"

"是的,我知道,"霍尼科特太太说,"因为我刚刚把钟调快了五分钟,每天晚上我都这么做,这个钟一天慢五分钟。我的手表上当时正是六点零八分,手表不快不慢,十分准确。"

汤米点点头。这和警察讲的完全吻合。他说曾看到围着白貂皮的女人进入了这个大门,可能过了三分钟后汤米和塔彭丝就到了这儿。汤米当时瞥了一眼自己的手表,并注意到比他们在便签上约定的时间晚了一分钟。

那时那个凶手可能正在楼上房间里等吉尔达·格兰。但是如果这个推论成立，他一定还藏在这所房子里。因为除了詹姆斯·赖利，没人离开过这所房子。

汤米跑上楼，迅速地挨个儿搜索了一遍这所房子的每个房间，但是连个人影也没有见到。

然后他决定和艾伦谈一谈。在他告诉她吉尔达被杀的消息后，她先是恸哭起来，然后祈祷，请求上帝饶恕那死去的灵魂。等她终于做完这一切，他便问了她几个问题。

下午还有什么别的人来这所房子找格兰小姐吗？没有。她曾经上过楼吗？是的，她像往常一样六点上楼去拉窗帘——也可能六点过几分。但可以肯定，她是在那个疯狂的家伙来敲门之前上的楼，然后她跑下楼去开门——给那个黑心的凶手。

汤米任由她说。但他还是对赖利抱有一些莫名其妙的同情，不愿相信他做过这样的事情。但是再没有别人能杀吉尔达·格兰。房子里剩下的只有霍尼科特夫人和艾伦两个人。

他听到门厅里传来声响，出去一看，是塔彭丝和那个警察在外面拍打大门。后者已经拿出了一个记事簿和一支钝了的铅笔，他偷偷地舔了舔那支铅笔。上楼后，他表情冷漠地审视着受害者，发表的唯一观点是：他要是动了现场的什么东西，探长肯定会责骂他。他听着霍尼科特太太歇斯底里的爆发和语无伦次的解释，偶尔在本子上写下些什么，显得平静而镇定。

在警察出去给总部打电话之前，汤米终于在外面的台阶上和他单独待了一两分钟。

"记得你说过，你看到死者在这儿拐进大门，对吧？你确定她是一个人？"

"哦，她单独一人没错，没人和她在一起。"

"从那时起到你遇见我们这段时间之内，没有人从大门出来?"

"一个人也没有。"

"如是有人从前门出来,你一定看得见吧?"

"当然。没有人,除了那个疯狂的家伙。"

这位庄严的执法者煞有介事地迈步下了台阶,在白色的门柱前停下,这门柱上有一个刺眼的红色手印。

"这凶手一定不是个行家里手,"他嘲弄地说,"居然留下这样的线索。"

然后他大摇大摆地沿街走去。

3

凶杀案发生后的第二天。汤米和塔彭丝仍住在阿林顿大酒店,但是汤米考虑还是脱掉他那套神父的行头更明智。

詹姆斯·赖利已经被逮捕监禁。他的律师,马维尔先生,刚刚和汤米就这个案子的有关情况进行了一场谈话。

"我根本不会相信是詹姆斯·赖利干的,"他简洁地说,"他一直都说话极端,但是仅此而已,他干不出极端的事情来。"

汤米点点头。

"如果你花大精力去夸夸其谈,就不会有太多精力付诸行动。但我知道,我是指控他杀人的主要证人。他恰在凶杀案发生前和我进行的一场谈话中极力诅咒她,这会是对他不利的证据。可是尽管这样,我喜欢这个人,如果有别的任何人可以怀疑,我都会相信他是无罪的。他自己对这事是怎么说的?"

律师噘起了嘴唇。

"他说他发现她躺在那儿死了。但是这当然不可能。他撒了谎,这是他事先考虑好的谎言。"

"因为,如果他恰好说的是真的,那就意味着那个饶舌的霍尼科特太太实施了犯罪——而这太难以置信了。是的,一定是他干的。"

"女仆说听到了她的尖叫声,别忘了。"

"女仆——是的——"

汤米沉默了片刻,然后他若有所思地说道:"我们多容易受骗啊,真的。我们相信证据,似乎它就是真理。但实际上它是什么?只是给我们的大脑留下的印象罢了——如果这些印象错了呢?"

律师耸耸肩。

"啊!我们都明白,确实有些证人不可靠,随着时间的推移,证人会回想起越来越多的情况,这并不是存心欺骗。"

"我指的并不只是那些证人。我是指我们所有人——我们说事情不能只看表面,但是从没意识到我们一直是这样做的。比如,你和我,肯定说过'邮件来了',其实真正指的是我们听到了两声敲门声和信箱的咔嗒声。十次有九次我们是对的,确实有邮件,但是也恰恰可能在第十次,只是哪个小淘气包和我们开玩笑。明白我的意思了吗?"

"啊——是的,"马维尔先生慢吞吞地说,"但是我不明白你的用意所在?"

"不明白?当然我自己也不确定。但是我的头脑开始慢慢清晰了。像一根手杖,塔彭丝。你记得吗?一头指向一端——但另一头指向相反的一端,方向取决于你拿着哪一端。门可以打开——但是也可以关闭。人们上了楼,但他们也会下楼。箱子被关了,必然也会被打开。"

"你到底在说什么？"塔彭丝问。

"这真容易，容易得可笑，真的，"汤米说，"但是我也刚刚想明白。你怎么知道一个人进了这所房子，因为你听到了门打开和关上的声音。如果期待着某人进来，你就会相信那声音就是他们进来了，但是也极有可能是什么人出去了。"

"但是格兰小姐没有出去啊？"

"没有，我知道她没有出去。但是别的人出去了——那个凶手。"

"但她是怎么进来的，嗯？"

"她进来时，霍尼科特太太正和艾伦在厨房说话，她们没有听到她进来。霍尼科特太太回到客厅，估摸着她妹妹是否该回来了，开始拨正钟表，然后，她以为自己听到了她妹妹进来的声音，并且上了楼。"

"哦，那接下来又该如何解释？那上楼的脚步声？"

"那是艾伦，上楼去拉窗帘。你记得霍尼科特太太说她妹妹在上楼前曾停了一会儿吧，那一会儿恰是艾伦从厨房出来进入门厅需要的时间。因而，她恰好错过了，没看到那个凶手。"

"但是，汤米，"塔彭丝叫道，"那她发出的惨叫声呢？"

"那是詹姆斯·赖利的声音。你没注意到他的声音有多尖利吗？在极度紧张的时候，男人的尖叫声有可能像是女人发出的。"

"但是那个凶手呢？我们一定见过他吧？"

"我们确实见过他。我们甚至还站在那儿和他谈话来着。你还记得那个警察突然出现的情景吗？这是因为他走出大门，恰好路上的大雾逐渐消散。那场景吓了我们一跳，还记得吗？总而言之，尽管我们从未怀疑警察会做出这种事，但警察也是人啊。他们也有爱恨，他们也要结婚……

"我猜想吉尔达·格兰在大门外意外地遇到了丈夫,然后带他进了房子,一起商量解决离婚的事情。他不像赖利那样说狠话来发泄,他眼中充满杀意——他有警棍在手,更方便……"

第十章　假钞悬案

1

"塔彭丝,"汤米说,"我们恐怕要搬到一间更大的办公室。"

"胡说,"塔彭丝说,"你一定是昏了头,侥幸破了几个只能赚仨瓜俩枣的案子,就自以为是百万富翁了。"

"怎么能说是侥幸呢,别人都说是技术。"

"当然,如果你真的认为自己已经集福尔摩斯、桑代克、麦卡蒂和奥克伍德兄弟于一身的话,那我也就没什么可说的了。但就我个人而言,我宁愿幸运时常光顾我,也不要世间所有所谓的侦破技术。"

"可能你的话有一定道理,"汤米让步说,"但是,塔彭丝,我们还是需要一间较大的办公室。"

"为什么?"

"为了经典的侦探小说啊,"汤米说,"我们还需要几百码长的书架,如果把埃德加·华莱士[①]的著作也摆到书柜里的话。"

"我们确实还没有办过一件类似埃德加·华莱士写过的那

[①] 埃德加·华莱士(Edgar Wallace, 1875—1932),英国犯罪小说作家,兼编剧、制片人、导演。其最著名的剧本就是无人不知的《金刚》。阿加莎·克里斯蒂曾说:"我从华莱士那里学了不少写侦探小说的窍门。"

种案子呢。"

"恐怕我们永远都不会有机会了,"汤米说,"你没注意到他从不给业余侦探一点机会?他的书中都是货真价实的苏格兰场办的那类严谨的事务——都是货真价实的案子,没有一点虚构的成分。"

这时,阿尔伯特,那个办公室助理,出现在门口。

"马里奥特探长要见您。"他大声说。

"苏格兰场的神秘人物。"汤米低声道。

"大忙人中的大忙人,"塔彭丝说,"或者说是'探子'?我总是搞混'大忙人'和'探子'。"

探长向他们走来,一脸灿烂的微笑。

"喂,最近怎么样?"他活泼地问,"我们那天的小小探险还不错吧?"

"哦,相当不错,"塔彭丝说,"简直太刺激了,不是吗?"

"那就好,我自己都不知道该怎样描述那次行动呢。"马里奥特谨慎地说。

"什么风把您吹来了,马里奥特?"汤米问道,"只是惦记着我们的神经系统吗?不是吧?"

"不是,"探长说,"是来找卓越的布兰特先生谈公事的。"

"哈哈,"汤米说,"要展现我卓越的一面了。"

"我专程赶来给你个差事,贝尔斯福德先生,让你去抓捕一个真正的犯罪团伙怎么样?"

"有这样的好事?"汤米难以置信。

"你什么意思,你指哪样的事?"

"我总以为犯罪团伙只存在于小说中——像江洋大盗,超级罪犯之类的。"

"江洋大盗确实不多见，"探长赞同道，"但是上帝保佑你，先生，现在有几个犯罪团伙出现了。"

"我不知道我是否擅长对付团伙犯罪，"汤米说，"对付业余罪犯，比如说平静生活中偶然出现的犯罪行为，我敢夸口我还是比较擅长的。对付有强烈家庭色彩的小把戏之类的事情，那是我的拿手技能——因为有塔彭丝随时补充那些女性眼中的小细节，而这些细节十分重要，容易被粗心的男人所忽略。"

他滔滔不绝的雄辩被塔彭丝唐突地打断了——她突然扔给他一个坐垫，让他不要说废话。

"你有没有一点兴趣，先生？"马里奥特探长说，慈祥地对他们俩微笑，"如果你不因为我这样说而生气，我是否可以说，很高兴看到两个年轻人尽情地享受人生。"

"享受人生？"塔彭丝睁大眼睛说，"大概是吧，我以前还从未意识到。"

"回到你刚才谈到的犯罪团伙吧，"汤米说，"鉴于我丰富的个人经验——关于公爵夫人，百万富翁和最忠实的女佣——我，或许，可能，屈尊帮您办办这个案子。我不忍心看到苏格兰场陷入困境而袖手旁观。当你拿不定主意时，不妨问一问我们这些小人物。"

"正如我先前所说，你一定会有点兴趣。好，事情是这样的，"探长再次向前猛拉了一下椅子，"现在有些假钞在流通——成百上千的假钞！流通大量的假币肯定会引起混乱。这些假钞做得十分逼真，我这儿就有一张。"

他从口袋中抽出一张一镑的纸币递给汤米。

"看起来像真的一样，不是吗？"

汤米极有兴趣地研究着这张钞票。

"天啊,我一点也看不出这有什么破绽。"

"大部分的人看不出来。现在这儿有一张真的。我来告诉你二者的不同之处——很细微,但你很快就能学会鉴别真伪。拿着这个放大镜。"

五分钟的培训过后,汤米和塔彭丝最终都成了相当熟练的辨别假钞的专家。

"你想让我们做什么,马里奥特探长,"塔彭丝问,"只是留心这些东西吗?"

"要办的事可不止于此,贝尔斯福德太太,我可是寄希望于你们来做这个案子的卧底呢。你看,我们已经发现假钞是从伦敦西区流出的,由一些社会高层人士不断地散发开来。他们还把假钞带到了英吉利海峡的另一边。现在我们对某些人非常感兴趣,梅杰·莱德劳——可能你们听说过这个名字。"

"我想是的,"汤米说,"是和赌马有关的那位吗?"

"是的,梅杰·莱德劳在赛马场上相当有名。目前还没有对他不利的确凿证据,但是我们大概了解到他十分狡猾,背地里干过一两件阴暗的勾当。提到他,知道的人都会表情奇怪。没有人清楚地了解他的过去,也不知道他从哪儿来。他娶了一位十分迷人的法国妻子,她做派招摇,身后尾随着一大群仰慕者。他们——莱德劳夫妇挥金如土,我要搞清楚这些钱是从哪儿来的。"

"或许是那些仰慕者给的。"汤米提议说。

"一般人都这么认为。但是我不这样想。可能是个巧合,但是许多假钞从某个十分隐蔽的小赌场流出,而那儿正是莱德劳夫妇和他们那伙人经常出入的场所。这种赌马可以消耗大量的纸币。这是让假币进入市面流通的好方法。"

"那我们从哪儿入手?"

"从这儿。小圣文森特夫妇是你们的朋友,对吧?他们也和莱德劳夫妇交情不错——尽管不如过去那么深厚了。通过他们,你们能比较轻松地潜入这一团伙内部,而我们当中却没有人能做到这一点。而且他们丝毫不会对你们起疑心,你们有得天独厚的条件。"

"我们究竟要查清什么?"

"查清他们是从哪儿得来的那些东西,如果他们只是负责散发假币的话。"

"的确如此,"汤米说,"梅杰·莱德劳总是带一个空皮箱出门,回来时箱子都快被塞得满满当当的国债券撑破了。他是怎么做到的?我跟踪他,然后发现真相,您是要我们这样干吗?"

"差不多吧。但是别小看这位女士和他的父亲——赫鲁拉德先生。别忘了这些假币还同时在海峡的那一边不断出现。"

"我亲爱的马里奥特,"汤米责备似的喊道,"布兰特卓越事务所从来不知道什么叫'小看'。"

探长站起身来。

"好吧,祝你们好运。"他说,然后起身走了。

"祸害。"塔彭丝激动地说。

"什么?"汤米困惑地问。

"假币,"塔彭丝解释道,"总是被叫作祸害。你看,我就知道我是对的。哦,汤米,我们接到了一个埃德加·华莱士笔下的案子。我们终于正式做侦探了。"

"是的,"汤米说,"我们出去抓'噼噼啪啪的发声者',我们会给他好看。"

"你是说'叽叽喳喳的发声者'还是'噼噼啪啪的发声者'?"

"噼噼啪啪的发声者。"

"哦,那什么是噼噼啪啪的发声者?"

"我炮制的一个新词,"汤米说,"用来描述那些把假币带入市场流通的人。银行钞票发出'噼噼啪啪'的声音,因此叫他们'噼噼啪啪的发声者'。没有比这个词更形象的了。"

"这倒是个相当妙的说法,"塔彭丝说,"挺贴切的,我自己比较喜欢叫他们窃贼,这个词更形象、更邪恶。"

"不,"汤米说,"我先说的'噼噼啪啪的发声者',我坚持用这个词。"

"反正我喜欢这个案子,"塔彭丝不理他,"我们可以去各式各样的夜总会,喝许许多多的鸡尾酒,明天我得去买几款黑色睫毛膏。"

"你的眼睫毛本来就够黑的啊。"她的丈夫反对说。

"我可以让它们变得更黑一些,"塔彭丝说,"樱桃红的口红也很有用,特别是超亮款的。"

"塔彭丝,"汤米说,"看来,你内心深处真是放荡不羁啊,幸好你嫁给了我这样一位严肃稳重的中年人。"

"得了吧,"塔彭丝说,"等你去几趟'蟒蛇'俱乐部,就不会一本正经了。"

汤米从一个橱柜里拿出几瓶酒、两个杯子和一个鸡尾酒调酒器。

"我们现在开始吧,"他说,"我们正在追踪你——'噼噼啪啪的发声者',我们发誓要将你们绳之以法。"

2

事实证明,认识莱德劳夫妇是件容易的事。这时的汤米和塔彭丝年纪轻轻,穿着入时,热情生活,似乎有大把的钱可供挥霍,很快他们就可以自由出入莱德劳夫妇营造的那个特殊的圈子。

梅杰·莱德劳是一个高个子男人,皮肤白皙,典型的英国绅士派头,健壮的运动员风度,但眼睛透出的强硬之气与这种气质稍稍不符,他总是不时地向两侧警惕地瞟上一两眼,这倒和他被认为的那类人的身份相符。

他是个精明的赌徒,汤米注意到当对方赌注下得高时,他很少输牌。

玛格丽特·莱德劳则是个完全不同的小东西。她极为迷人,身材如林中女神那般窈窕,脸蛋娇艳好似格勒兹①油画上的美女,英语说得不太流利但很优雅。在汤米看来,大部分的男人都会拜倒在她的石榴裙下。她似乎从一开始就对汤米十分感兴趣,为了演好自己的角色,汤米也加入了她的崇拜者队伍中。

"我的小汤米,"她经常撒娇地说,"我肯定不能没有我的小汤米陪着。他的头发,就像日落前的晚霞,不是吗?"

她的父亲是个十分阴险狡猾的人,表面看上去却十分正直、诚实,蓄着小黑胡子,眼神警惕而敏锐。

塔彭丝首战告捷,她拿着十张一镑的纸币来找汤米。

"看看这些,都是假的,是吧?"

汤米仔细审查了这些纸币,证实塔彭丝的猜测是对的。

"你从哪儿弄到的?"

"那个男孩,杰米·福克纳,玛格丽特·莱德劳用这些钱让他替她给一匹马下注。我说我想要些零钱,给了他一张十镑纸币换的。"

---

① 让·巴蒂斯特·格勒兹(Jean Baptiste Greuze,1725—1805),法国画家,擅长作风俗画和肖像画。

"都是崭新的,能发出'噼噼啪啪'的清脆响声。"汤米沉思地说,"这些还没有倒过多少人的手,我想年轻的福克纳还好吧?"

"你是说杰米?哦,他是个可爱的人。他和我快成形影不离的好朋友了。"

"我注意到了,"汤米冷冷地说,"你真的认为这有必要吗?"

"哦,这不是为了做生意,"塔彭丝高兴地说,"这是乐趣。他是个好小伙,我很高兴能让他摆脱那个女人的控制。你不知道他在她身上花了多少钱。"

"在我看来,他似乎越来越迷恋你啦,塔彭丝。"

"我自己有时也这样认为,知道自己还年轻有魅力感觉多好啊,是不是?"

"塔彭丝,你的道德品质低到尘埃里了,可悲啊。你现在看问题的角度是错的。"

"我好多年没这么开心过了,"塔彭丝毫不羞耻地说,"而且,你自己呢?这段时间你以为我没看到吗?你还不是总在玛格丽特的裙边转悠?"

"那是办公事。"汤米严厉地说。

"但是她很迷人,你承认吧?"

"她不是我的菜,"汤米说,"我不喜欢她。"

"骗子,"塔彭丝大笑起来,"但是我宁愿嫁给一个骗子也不愿嫁给一个傻子。"

"我认为,"汤米说,"一个丈夫不一定非得要两者居其一吧?"

但是塔彭丝只给了他一个怜悯的眼神就走了。

在莱德劳太太那一火车的仰慕者中,有一个性格单纯却十分富有的绅士,他叫汉克·赖德。

赖德先生来自阿拉巴马,初次见面他就想和汤米交朋友,并且十分信任汤米。

"那是个可人儿,先生,"赖德先生说,一双眼睛仰慕地追随着可爱的玛格丽特,"浑身洋溢着文明的气息,谁能抵抗这样的法国美人,是吧?每当我接近她时,都不由自主地觉得自己是万能的上帝最早期的作品,我想他在创造这个完美的人儿之前,一定是先拿我们练手了。"

汤米礼貌地赞同这些观点,赖德先生进一步坦白自己的心事。

"这样可爱的一个姑娘竟然为钱烦恼,这简直是一种耻辱。"

"是吗?"汤米问道。

"千真万确。莱德劳真是个怪人,你不知道她的日子过得有多艰难。她曾告诉我,她怕他怕得要命,不敢伸手向他要些小钱。"

"只是小钱吗?"汤米问。

"是的——就是小钱!毕竟,一个女人嘛,总是要讲究穿戴的,衣服越少,价钱越高,我清楚这一点。像她这样美丽的女人不会到处去买过时的东西。玩牌也如此。这个可怜的小东西可能打牌也十分不走运。不知怎么回事,昨天晚上她就输给我五十英镑。"

"但她前天晚上赢了杰米·福克纳两百英镑。"汤米冷淡地说。

"真的吗?这让我觉得好受些。另外,现在你们国家似乎假币泛滥。今天早晨我到银行存一笔钱,但其中百分之二十五一眼就被看出是假币,所以柜员礼貌地告知了我。"

"那可是一大笔钱,那些假币看起来很新吗?"

"崭新的,能发出脆响,像刚造出来的一样。哦,这些钱是莱德劳太太付给我的，我认为。真搞不清楚她从哪儿弄来的，多半是从赛马场上哪个恶棍手中得来的吧。"

"是的，"汤米说，"极有可能。"

"您知道，贝尔斯福德先生，对这种奢侈浮华的生活来说，我还是个新人。这些美女、华服、豪华娱乐设施，会让我两手空空地回去。我来欧州是长见识的。"

汤米点点头，只能在精神上安慰他。告诉他，在玛格丽特·莱德劳的帮助下，他肯定能大长见识，当然花费也会巨大。

同时，汤米再次获得了证据，这些假币就是从这附近散发出来的，极有可能玛格丽特·莱德劳就参与其中。

接下来的这个晚上，他又获得了直接证据。

在马里奥特探长提到的那个秘密的小赌场，举办了一场舞会，但这个地方真正吸引人的地方在两扇庄严的折叠门后。那后面是两个暗室，里面摆放着铺着绿色台面呢的桌子，每晚都有巨额的金钱被倒手。

玛格丽特·莱德劳，终于站起身来准备离开，她把一大把小面额钞票塞到汤米手中。

"这些太占地方了，汤米——你能帮我换成大额钞票吗？看我这可爱的小包包，塞得鼓鼓的就不好看了。"

汤米按她的要求给了她一张百元钞票，然后在一个僻静的角落里，他仔细地检查她所给的这些零钱，啊，至少有四分之一是假币。

然而，又是谁提供给她这些假币的呢？他还没有找到答案。根据阿尔伯特提供的情报，他差不多可以肯定，莱德劳绝不是他要找的人。他的行踪被严密监视，但并没有什么结果。

汤米怀疑玛格丽特的父亲——那位沉默寡言的赫鲁拉德。他频繁往返于英法之间,来回捎带假币岂不相当容易?比如,通过行李箱的一个夹层——诸如此类的手段。

汤米慢慢踱出俱乐部,完全沉浸于这些思考之中,但是突然被眼前的当务之急唤醒了。汉克·赖德先生正在街上,显然他不是很清醒。当时他正想把帽子挂到一辆车的散热器上,但就是挂不上去,每次都差一点。

"这个该死的帽架,该死的帽架。"赖德先生眼泪汪汪地说,"这不像我们美国的,男人们每天晚上都能轻松挂上帽子——每天晚上,先生,您戴着两顶帽子。我从没见过一个人戴两顶帽子。一定很管用——防寒。"

"可能我长了两颗脑袋。"汤米郑重其事地说。

"是的,"赖德先生说,"这真奇怪,十分奇怪。我们喝杯鸡尾酒吧,禁酒——不允许,不让我进去。我想我有点醉了——一直不停地喝。鸡尾酒……混合的……天使的吻……是玛格丽特……迷人的尤物,她也喜欢我。马脖子酒,两杯马提尼……三杯'通往废墟的路'……不是,通往房间的路……把它们倒在一起……倒入一个啤酒罐。我打赌……我说……去死吧,我说——"

汤米打断他。

"好了,"他安慰他说,"现在,回家怎么样?"

"我无家可归。"赖德先生悲伤地说,竟抽泣起来。

"你住在哪个旅馆?"汤米问。

"回不了家了,"赖德先生说,"刮尽了我的金钱,吞食一切。都是她干的。白教堂——白色心肝,白头悲死亡——"

但是赖德先生突然变得严肃起来,他挺直身体,说话也奇迹般地变流畅了。

"年轻人,我告诉你。玛吉①带着我,在她的车里,寻宝。英国的贵族都干这个。在鹅卵石下面。五百镑。不可思议,这真不可思议。我告诉你,年轻人,你一直对我很好。我心里记得,先生,心里。我们美国人——"

汤米这次毫不客气地打断了他。

"你说什么?莱德劳太太用车载着你?"

这个美国人严肃地点点头。

"去白教堂?"还是严肃地点头。

"你在那儿发现了五百镑?"

赖德先生努力地开口说话。

"她……她发现的。"他纠正他的提问者,"让我到外面,门外,总是让我在外面,这真可悲。外面——总是外面。"

"你还记得到那儿的路吗?"

"我想我记得,汉克·赖德从不会迷失方向——"

汤米二话不说,伸出手拉着他就往前走。他发现自己的车还在原地,然后他们一路向东飞驰而去。凉爽的空气让赖德先生舒服了不少,他不省人事地瘫靠在汤米身边睡着了。等他醒来,头脑清醒,精神奕奕。

"喂,伙计,我们在哪儿?"他问道。

"白教堂,"汤米直截了当地说,"这儿是不是今晚你和莱德劳太太来过的地方?"

"看起来眼熟,"赖德承认,环顾了一下四周,"好像从这儿左拐去了什么地方。就是那儿——那条街。"

汤米按他的指引顺从地转了弯。

---

①玛格丽特的昵称。

"是这儿，我确定。右转，哎，这味道真难闻。是的，经过角落里那家酒馆——急转弯，停在那个小巷子口。但是你打的什么主意？告诉我。莫非这儿还有钞票？我们要耍他们一下？"

"正是，"汤米说，"我们来耍耍他们。只是一个玩笑，你说呢？"

"我会将之告诉全世界，"赖德先生赞同，"尽管在这件事中我只是个小角色。"他不满地闭了嘴。

汤米下了车，也扶赖德先生下了车。他们往前走进了小巷。小巷左边是一排荒废房子的后墙，大部分房子都有一扇门开向小巷。赖德在其中一扇门前停了下来。

"她是从这儿进去的，"他说，"就是这扇门——我十分肯定。"

"它们看起来都很像，"汤米说，"这倒让我想起了士兵和王后的故事，记得吗，他们在一扇门上画了一个十字做记号，我们要不要也这样做？"

他笑着从口袋里拿出一支白色粉笔，在门的下部画了一个大大的十字。然后，他抬头看着墙上晃动着的各种模糊的影子，其中一个还不时发出几声凄厉的嚎叫。

"周围有许多猫。"汤米愉快地说。

"接下来怎么办？"赖德先生问，"我们进去吗？"

"事先采取点防范措施。"汤米说。

他前后打量着这条小巷，然后轻轻地尝试开门。门动了，他推开门，向里窥视，看到了一个昏暗的小院。

他无声无息地穿过小院，赖德先生紧跟着他。

"快，"赖德先生说，"有人进了巷子。"

他又溜了出去。汤米安静地站了一会儿，却再没有听见什么。他从口袋中掏出一个手电筒,迅速照了一下院里。借助这瞬间的亮光,他看清了前面的路。他快步向前走去,尝试打开前面紧闭的房门。这扇门竟然也动了,他轻轻推开门进去。

站着听了一会儿,他又打开手电筒。这束光,仿佛是一个事先约好的信号,这个地方似乎突然清晰地呈现在他面前。两个人在他前面,两个人在他后面。他们围上来,粗暴地把他按倒在地。

"亮灯。"一个声音咆哮道。

一盏晃眼的煤油灯点着了。借助光线,汤米看到一圈阴沉的面孔。他有礼貌地扫视着房间,注意到房屋中摆放着一些设备。

"啊哈,"他兴奋地说,"假钞制造老巢,如果我没猜错的话。"

"闭上你的臭嘴。"其中一个人咆哮道。

汤米身后的门打开又关上,一个友好而熟悉的声音响起。

"抓住他了,伙计们,干得好。现在,大忙人先生,让我来告诉你你将面临什么。"

"老一套的说辞,"汤米说,"我好害怕啊。是的,我是苏格兰场的线人。哇,是汉克·赖德先生,这倒是个惊喜。"

"我知道你会觉得惊喜。我一直忍着不笑,怕毁了这个晚上——像领孩子似的把你引到这儿来。而你却对自己的小聪明沾沾自喜。你知道吗,宝贝,我从一开始就注意到你了,你混入这伙人中可不是为了找乐子。但我还是让你玩了一阵,当你真正开始怀疑可爱的玛格丽特时,我对自己说'是时候收网了'。我猜从现在开始,你的朋友得有一阵子听不到你的消息了。"

"收网?我相信这个表述正确,你已经把我收进来了。"

"你不用紧张。不,我们不会采用暴力,只是拘禁,可以这样说。"

"恐怕你这次又投错了马匹，下错了注，"汤米说，"我没打算被'拘禁'，正如你所说的那样。"

赖德先生亲切地笑了。外面传来猫儿对着月亮发出的一声凄惨的叫声。

"指望你画在门上的十字，嗯？宝贝？"赖德先生说，"要是我，就放弃这个梦了。因为我也听过你提到的那个故事。我还是个小男孩的时候就听说了。我刚回到小巷里，瞪大眼睛像条狗一样勘察了情况。如果你现在回到小巷里，就会发现每扇门上都画着一模一样的十字。"

汤米沮丧地垂下脑袋。

"还自以为绝顶聪明，对吧？"赖德说。

话音刚落，只听得后门响起急促的砰砰声。

"怎么了？"赖特吓了一跳，大喊道。

与此同时，房子前面也响起了猛烈的撞击声。后面的门很不结实，门锁几乎一下就打开了，马里奥特探长出现在门口。

"干得漂亮，马里奥特，"汤米说，"你来得正是时候，看来你对这一带十分熟悉。我介绍您和汉克·赖德先生认识，他知道所有的最引人入胜的童话。"

"您知道，赖德先生，"他礼貌地补充道，"我早就怀疑你了。阿尔伯特，就是那个盛气凌人、长着一对大招风耳的男孩，他受命骑摩托车跟踪，只要我和你在任何时候出去兜风。我在门上夸张地画上一个十字去吸引你的注意力，同时往地上倒了一小瓶缬草油。那味道十分难闻，但是猫儿喜欢。当阿尔伯特和警察到达时，附近所有猫都聚集在这所房子外面，这无疑给这所房子打上了明显的标记。"

汤米微笑地看着目瞪口呆的赖德先生,然后站起身来。

"我说我会帮你抓到'噼噼啪啪的发声者',你看,我做到了。"他说。

"你他妈的到底在说什么?"赖德先生问,"你什么意思——噼噼啪啪的发声者?"

"你将会在下一期的犯罪词典条目中查到这个专业术语,"汤米说,"而其词源却无从考证。"

他愉快地微笑着,仔细看看周围。

"没用一个探子就完成了所有任务,"他愉快地低语,"晚安,马里奥特。我现在必须走了,这个故事愉快的结尾还等着我呢。有什么奖励比一个好女人的爱更好呢——一个在家等我的好女人——是的,应该是的,但是现在有多少人能体会到呢。这是个十分危险的活儿,马里奥特。你认识杰米·福克纳上尉吗?他的舞跳得真是太好了,正如他对鸡尾酒的品位——是的,马里奥特,这真是个十分危险的活儿。"

第十一章　太阳谷之谜

1

"你知道我们今天要去哪儿吃午餐吗,塔彭丝?"

贝尔斯福德太太思量着这个问题。

"里茨饭店?"她满怀希望地提出。

"再想想。"

"索霍大街的那家小巧舒适的餐馆?"

"不是,"汤米语气郑重地说道,"一家叫 ABC 的餐馆,实际上,就是这家。"

他迅速拉她进了刚才所指的一家餐馆,领她走到角落里一张大理石桌面的餐桌旁。

"这儿棒极了,"汤米坐下后满意地说,"没有比这儿更舒服的地方了。"

"你为什么突然对简朴的生活产生了兴趣?"塔彭丝问。

"你是在看,华生,而不是在观察。我在想那些傲慢的小姐中某一位会不会屈尊注意到我们?啊,好极了,她移步过来了。显然她似乎在想着别的事情,但无疑她的下意识里正忙着安排火腿、鸡蛋、茶罐之类的东西。请来一份肋排和煎土豆,小姐,一大杯咖啡,一根牛肉肠加黄油,给这位女士来一盘牛舌。"

女服务员漫不经心地重复了一遍订单,但是塔彭丝突然向前倾了倾身子,并打断了她。

"不,不要肋排和煎土豆。这位绅士要一份奶油蛋糕和一杯牛奶。"

"一份奶油蛋糕和一杯牛奶。"女服务员的语气更加漫不经心,好像脑中仍然在想着别的事。她又轻盈地飘走了。

"你没有得到我的允许。"汤米冷冷地说。

"你不也这样,但我说什么了吗?你是坐在桌子上首的老板吗?喂,你的绳子在哪儿?"

汤米从口袋里掏出一捆团在一起的绳子,在上面打了两个结。

"吹毛求疵。"他小声抱怨。

"但是你在点餐时犯了个小错误。"

"女人总是这样较真,"汤米说,"如果说我讨厌什么的话,那就是喝牛奶,还有奶油蛋糕总是黄黄的,看起来黏糊糊的。"

"专业点,"塔彭丝说,"看我怎么大嚼这些冰冷的舌肉,这些冷舌头真是好东西。现在,我完全准备好扮演波丽·伯顿小姐[①]。再打一个大绳结,我们这就开始。"

"首先,"汤米说,"从完全非正式的角度,让我指出:最近生意太不景气了。既然业务不上门来找我们,那我们就出去找业务。我们可以把才智用到时下某个众人皆知的特大悬案上。这让我想到了——太阳谷谜案。"

[①] 波丽·伯顿小姐(Miss Polly Burton),奥希兹女男爵的代表作《角落里的老人》中《夜间观察报》(the Evening Observer)的记者。书中有一家咖啡馆,名叫"ABC 咖啡馆"。咖啡馆的角落里坐着一位老人,每天在那里吃蛋糕、喝咖啡,还喜欢打绳结。一次,这位女记者无意中和老人攀谈起来,结果老人足不出户,仅仅凭借报纸的报道,就非常准确地破获了一起谋杀案。以后记者一碰到案件就去找老人,老人都以这种神奇的方式解决了这些案子。本故事中的汤米夫妇就是在模仿这位安乐椅神探。

"啊哈，"塔彭丝很感兴趣地说，"太阳谷谜案。"

汤米从口袋中掏出一团皱巴巴的报纸放到桌子上。

"这是塞斯尔上尉的照片，最近登在《领导者日报》上。"

"啊哈，"塔彭丝说，"我就纳闷，为什么没有人起诉这些报纸，你只能看出那是一个男人，仅此而已。"

"说太阳谷之谜时，我应该说所谓的太阳谷之谜。"汤米继续飞快地说，"可能对警察来说是个谜，但是对聪明的人来说却不是。"

"再打一个结。"塔彭丝说。

"我不知道关于这个案子，你还记得多少？"汤米继续平静地说。

"都记得，"塔彭丝说，"但我还是别束缚了你的讲述风格。"

"刚好是三周前，"汤米说，"那个著名的高尔夫球场发生了一件可怕的事情。两个俱乐部会员，他们正兴致勃勃地进行一场比赛，却惊恐地发现有个人面朝下趴在第七个发球台那儿。甚至没等他们把他翻转过来，就已经猜出这个人是塞斯尔上尉，他是这个高尔夫球场的常客，总是穿一套奇怪的亮蓝色的高尔夫运动衫。

"人们经常看到塞斯尔上尉一大早就出发去球场练习，开始还以为他突发心脏病而死。但是医生的检查报告表明这是一起犯罪事件，他是被谋杀的，被一种特别的凶器——女人的帽针——刺进了心脏。他被发现时至少已经死了十二个小时。

"整个案件扑朔迷离，很快一些有趣的事情逐渐浮出水面。特别是塞斯尔上尉生前最后见到的人，他的朋友兼合伙人，波库派恩保险公司的哈拉比先生，他这样讲述了事件经过：

"那天早晨塞斯尔和他已经赛了一局，下午茶后，塞斯尔提议他们应该趁天色未暗多打几洞。哈拉比同意了。塞斯尔似乎兴致很高，状态也非常好。有一条供行人行走的小路穿过球场，当他们打到第六个果岭时，哈拉比看到一个女人沿着那条小道走来。她个子很高，一身棕色衣服，但是他并没有特别留意，至于塞斯尔，哈拉比认为他根本就没有注意到她。

"前面提到的那条小路从第七个发球台前面穿过，"汤米继续说，"这个女人已经走过这个发球台，站在更远的地方，似乎在等什么人。塞斯尔上尉先到达第七个发球台那儿，当时哈拉比先生正在更换洞口的球栓。当后者走向第七个发球台时，他惊讶地发现塞斯尔正在和这个女人交谈。当他走得更近些，那两个人突然都转过身走了，塞斯尔扭过头来喊道：'一会儿就回来。'

"这两个人肩并肩走路，仍然认真地交谈着。这条小路通往大路，经过两个相邻花园之间狭窄的树篱，最后通往温德尔舍姆大道。

"按照哈拉比的说法，令他非常满意的是，塞斯尔上尉很守约，在一两分钟之后再次出现，这时又有两个打球的人打到这附近，而且天色暗得很快。他们又开始打球，哈拉比马上注意到有什么事令他的同伴很烦恼。因为他不仅球打得很糟糕，而且满面愁容，眉头紧锁。他几乎不回答同伴的问题，狠狠地一下下击球。显然，发生了什么事使他无心再继续打下去……

"他们打完第八个球洞后，塞斯尔上尉突然说光线不好，他要回家了。就在他们站的地方，恰好有另一条羊肠小道通往温德尔舍姆大道。塞斯尔就从那儿离开了，那也是他回家的捷径，他家就是温德尔舍姆大道旁的一栋小木屋。哈拉比则走近其他两个打球的人，对他们提起塞斯比突然的情绪变化。他们俩也看到了塞斯尔上尉和那个棕色衣服的女人谈话，但是离得远没有看清她的脸。这三个人都纳闷她到底说了什么，让他们的朋友如此烦恼。

"他们一起回到俱乐部更衣室，就当时的情况而言，他们被认为是最后见到塞斯尔上尉活着的人。这天是星期三，正好每周三会发行去伦敦的优惠票。打理塞斯尔上尉小木屋的那对夫妇像往常一样去了城里，直到末班火车才回来。他们像平常一样进了门，以为主人在他房间里睡觉。而塞斯尔太太，当天恰好出门拜访朋友去了。

"连续九天，人们对上尉之死进行了各种猜测。没有人能说出这个案件的作案动机。身着棕色衣服的高个儿女人的身份是议论的焦点，但也没有结果。警察，照例被公众谴责无作为——当然这也不公平，时间会证明这一点。一周之后，一个叫多萝西·埃文斯的女孩被逮捕，她被指控是杀害安东尼·塞斯尔上尉的凶手。

"警察几乎没找到什么有价值的线索，只知道死去的男人手指间绕着一根美丽的头发，他的蓝色外套纽扣上缠着几根火红色的毛线纤维。经过在火车站和别的地方的明察暗访，得出了如下事实。

"一位身着火红色外套和裙子的年轻女孩那晚七点钟左右乘火车来到这儿，曾打听去塞斯尔上尉家的路。两个小时后，这个女孩在火车站再次出现。当时她帽子歪斜，头发蓬乱，似乎十分激动。她一边询问回城的火车，一边不时地回头张望，好像害怕什么人追上来。

"我们的警力在许多方面还是挺优秀的，就凭这些蛛丝马迹，他们追踪到了这个女孩，确认了她的身份——名叫多萝西·埃文斯。她被控谋杀。警方警告她所说的任何一句话都将被当作呈堂证供,但是她坚持发表辩护声明,又在接下来的审讯中详细复述了一遍,对侦破没有任何帮助。

"她是这样说的:她是个打字员,一天晚上在电影院和一位衣着入时的先生结识,那个人说喜欢她。他告诉她他名叫安东尼,建议她来自己位于太阳谷的别墅看看。她当时并不知道他有妻子。他们俩约定接下来的那个周三她去太阳谷——就是那个特殊的日子,你该记得,那天仆人去了伦敦,而他的妻子也不在。最后,他告诉她他的全名是安东尼·塞斯尔,同时说了他房子的名字。

"她如约在那个晚上来到别墅,见到了塞斯尔,他刚从球场回来。尽管他承认自己很高兴见到她,但这个女孩却说一见面他的态度就有些奇怪。一阵隐约的恐怖感涌上心头,她真希望自己没有来过。

"一顿简单的晚餐后——晚餐是早就备好的——塞斯尔提议出去走走。这个女孩同意了,他带她走出房子,不久,他们沿着那条'羊肠小道'走到高尔夫球场的跑道上。然后突然间,正当他们经过第七个发球台时,他似乎完全丧失了理智,从口袋中掏出一把手枪,挥舞着说他活到头了。

"'一切都完了!我被毁掉了——完蛋了。你应该和我一起走。我先杀了你——然后是我自己。他们明天早晨会发现我们的尸体紧挨在一起——一起赴了黄泉。'

"等等——他说了很多这一类的话。他抓住多萝西·埃文斯的胳膊,而她,此刻也清醒地意识到自己必须对付眼前这个疯子,于是疯狂挣扎摆脱他的控制,失败后又去抢夺他手里的枪。他们撕扯在一块儿,挣扎中他一定扯下了她的头发,扣子上缠上了她外套的纤维。

"最终,经过殊死搏斗,她挣脱出来,穿过高尔夫球场逃命,时刻担心会被子弹击倒。她被矮树桩绊倒了两次,但最终还是找到了去火车站的路,发现并没有人追上来。

"这是多萝西·埃文斯的故事版本——她一直坚持这个说法,矢口否认自己曾用帽针袭击他——尽管在那种情况下这是很自然的自卫行为——而这个说法可能是真的。在尸体附近的金雀丛中,的确找到一把左轮手枪,这和她的说法相符,而这把枪没有开过火。

"多萝西·埃文斯被送去审判,但是案情仍然是个谜。如果她的说法可信,那是谁刺中了塞斯尔上尉?另一个女人,那位棕色衣服的高个儿女人,她的出现似乎给他带来极大的烦恼。至今没有人解释过她和这个案子的联系。她似乎从天而降,突然出现在高尔夫球场的人行道上,然后从那条小道消失得无影无踪,没有人再听说过她。她是谁?当地人?从伦敦来的?如果来自伦敦,她是坐汽车还是乘火车来的?除了身高,她没有什么显著的特征;似乎没有人能描述她的外貌。她不会是多萝西·埃文斯,因为多萝西·埃文斯娇小白皙,并且那时已经到火车站了。"

"他的太太?"塔彭丝提议,"会不会是他的太太?"

"很合理的提议。但是塞斯尔太太也是一个小个子女人,并且,哈拉比先生一眼就能认出她,那天她确实不在家。案子在另一方面有了些进展。波派库恩保险公司正在进行停业清算,账目结果表明大量资金被侵吞。塞斯尔上尉对多萝西·埃文斯说的那些疯话的原因已昭然若揭。过去这几年他一定有计划、有步骤地贪污了大量公款。哈拉比父子都不知道这些事。他们实际上已经破产了。

"案情就是这样。塞斯尔上尉处于罪行败露和破产的边缘。

自杀是最自然的解决方式,但是致他死亡的伤口又排除了这种可能性。谁杀了他?是多萝西·埃文斯?还是那个神秘的棕衣女人?"

汤米住了口,喝了一小口牛奶,做了个鬼脸,接着小心地咬了一口奶油蛋糕。

2

"当然喽,"汤米小声说,"我立刻就发现这个特殊案件的关键所在,就是在那儿,警察误入了歧途。"

"是吗?"塔彭丝急切地说。

汤米烦恼地摇摇头。

"但愿我的看法是对的,塔彭丝,对于坐在'桌子上首的老板'来说,发现某个关键环节易如反掌,倒是这个结局难倒了我。是谁杀了那个家伙?我不知道。"

他又从口袋里掏出好几张剪报。

"还有——这些是最新的照片——哈拉比先生,他儿子,塞斯尔太太,多萝西·埃文斯。"

塔彭丝忽然抓起最后一张,仔细端详了一会儿。

"她没有杀他,"她最后说,"也根本没有帽针。"

"为什么那么肯定?"

"女人的直觉。她是短发。现在二十个女人里只会有一个用帽针,无论长发还是短发。现在的帽子都能扣紧,没必要戴这个东西。"

"但是她仍有可能随身带着一个啊。"

"我亲爱的孩子,我们可不像收藏传家宝一样藏这类东西!

她带着个帽针来太阳谷到底是为了什么？"

"那一定就是另外一个女人干的，那个棕衣女人。"

"她要是没那么高就好了，那么就有可能是他的妻子。很可疑，她们总是关键时刻不在场，因此就没有作案嫌疑。如果她发现她的丈夫和那个女孩调情，那她带着帽针去找他算账就十分合理了。"

"我明白了，我得十分小心。"汤米开玩笑道。

但是塔彭丝正陷于深思之中，没有听到他的话。

"塞斯尔夫妇关系究竟怎么样？"她突然问道，"人们是怎么评价他们的？"

"据我所知，人们对他们的评价相当不错。大家认为他们夫妻俩彼此专一，这就让那个女孩的说词显得十分奇怪。人们想象不出塞斯尔那样的男人会干出这样的事。他是退伍军人，你知道。退役后得到一大笔钱，进了这个保险公司。显然，他是这世上你最后会想到的能变成坏蛋的人。"

"他是个坏蛋吗？难道不会是那两个人侵吞了那些钱？"

"哈拉比父子？他们说他们破产了。"

"哦，他们说！他们可能用化名把钱存在某一家银行了呢。我表述得有些滑稽，但是你懂我的意思。假设他们早就开始瞒着塞斯尔用这笔钱搞投机，最后却赔了个精光。那么可能塞斯尔死比活对他们来说更有利。"

汤米用指甲轻敲着老哈拉比先生的照片。

"你是说这位可敬的绅士杀了他的朋友兼合伙人？你别忘了，伯纳德和莱基亲眼看见他和塞斯尔在球场分别，然后他在多美茵宾馆过的夜，并且还有个神奇的帽针。"

"烦人的帽针。"塔彭丝不耐烦地说，"你认为，就是那个帽针把嫌疑指向了女人？"

"当然，你不赞成？"

"不，男人出名的因循守旧，他们要花好几年的时间才能改变先前的想法。他们会把帽针和发夹与女性联系在一起，把它们叫作'女人的武器'。这在过去可能还有点道理，但男人和这些武器现在的确都过时了。你看，我已经四年没有戴过帽针或发夹了。"

"那么你认为——"

"我认为是个男人杀了塞斯尔。帽针只是用来使整个案子看起来像女人干的。"

"你说得不无道理，塔彭丝。"汤米慢慢地说，"这很神奇，经你这样一分析，这些错综复杂的事情似乎就变得简单了。"

塔彭丝得意地点点头。

"每件事一定都合乎逻辑——如果你从正确的角度看。记得马里奥特从前讲过关于业余侦探的观点——过分关注'隐私'。比如，我们多少了解一些像塞斯尔和他妻子这类人，我们知道他们可能干什么、不可能干什么，加上我们每个人都有自己的一些特殊知识。"

汤米笑了。

"你的意思是，"他说，"在长短发的女人们可能随身携带什么方面你是专家，同时你也熟知那些太太们可能想什么、做什么吧？"

"诸如此类的事吧。"

"那么我呢？我又有什么特殊知识？丈夫们泡妞之类？"

"不是，"塔彭丝严肃地说，"你了解这项运动——你到过高尔夫球场——不是作为侦探寻找线索，而是作为一位高尔夫球手。你了解高尔夫球手,知道什么情况下能让一个球手退出球赛。"

"一定是什么十分严重的事情才能让塞斯尔离开球场。他一直领先于对手,但是从第七个球开始,他就打得像个孩子了,他们是这样说的。"

"谁说的?"

"伯纳德和莱基。他们就在他后面打球,记得吗?"

"那是在他遇到那个女人之后——高个儿的棕衣服女人。他们看到他和那个女人谈话了,不是吗?"

"是的——至少——"

汤米突然住口。塔彭丝疑惑地抬头看他。只见他盯着自己手指上的那根绳子,似乎在看什么十分奇怪的东西。

"汤米——怎么啦?"

"别说话,塔彭丝。我正在太阳谷打第六号洞。塞斯尔和老哈拉比在我前面的第六块果岭打球。天色渐暗,但我仍能看清塞斯尔的亮蓝色外套。在我左边的人行道上,有一个女人走过来。她不是从女子球场过来的——女子球场在右边——如果是的话我应该能看见。奇怪的是,我之前也没有见过她在这条路上走——在第五个发球台那儿,比如说。"

他停下来。

"你刚说我了解高尔夫球场,塔彭丝,就在第六个发球台后面,有一个用草皮搭的小屋,或者叫棚子。人们可以在那儿等,直到——合适的时机到来。他们也可以在那儿乔装打扮。我是说——告诉我,塔彭丝,这儿用得着你说的特殊知识了——让一个男人看起来像个女人,然后又很快恢复成男人模样很难吗?比如说,他能在灯笼裤外套上一条裙子吗?"

"当然能。只是这个女人会看起来有点臃肿而已。一件稍长的棕色裙子，或者一件棕色的毛线衣，男人女人都能穿的一款，戴一顶女式毡帽，帽边粘一束卷发。这些都是必需的——我是说，当然，这身行头从远处看才可以迷惑人。按你的思路，之后迅速剥下裙子，摘掉帽子和卷发，戴上男式帽子，这帽子你可以事先卷起来拿在手中，这样你就——又变回一个男人的模样了。"

"这样乔装打扮需要多长时间？"

"从女人变回男人，最多一分半钟，可能更短。男人变女人所用时间可能会长些，需要捯饬帽子和卷发，还需要在灯笼裤外套上裙子。"

"这个不用考虑，那是一开始需要用的时间。正如我告诉你的，我正在打第六个洞。棕衣女人现在已经到了第七个发球台，在这儿她穿过小道等着。塞斯尔身着蓝色外套走向她。他们一起站了一会儿，然后沿着小路绕过树林不见了。哈拉比自己一个人在发球台那儿。两三分钟后，我到了第六个发球台那儿。身着蓝色外套的男子回来打球，他打得非常糟糕。光线越来越暗。我和我的同伴继续打球。我们前面是那两个人，塞斯尔刨球，顶球，球技与平时大相径庭。在第八个果岭，我看到他大步走开，消失在羊肠小道上。到底发生了什么，让他看起来判若两人呢？"

"是那个棕衣女人——或者是男人，如果你认为他是个男人。"

"非常正确，他们所站的地方在人们的视线之外，别忘了那儿有一大丛金雀花灌木。你可以将一具尸体塞进那儿，并且十分肯定直到第二天早晨才会被发现。"

"汤米！你认为就是在那时发生了凶杀案——但是有人会听到——"

"听到什么？医生的检验报告说是瞬间致命，我在战争中见过这种情况。死者不像平常那样叫喊——只是会有轻微的咯咯声，或是一声呻吟，甚至可能只是一声叹息，或者一声奇怪的咳嗽。塞斯尔走向第七个发球台，这个女人走过来和他谈话。他认出了她，也许，他知道他是伪装的。因为好奇事情的前因后果，他就和对方沿着小路走出了人们的视线，行走时遭受到致命帽针的重重一击。塞斯尔倒下——死了。那个男人把他的尸体拖到金雀花丛里，剥去他的外衣，然后脱下自己的裙子，摘下帽子和卷发。他穿上塞斯尔那件众所周知的蓝色外套，戴上帽子，大步回到球场。三分钟足矣。后面的人看不见他的脸，只能看见他们熟悉的那件独特的蓝色外套。他们从未怀疑过那不是塞斯尔，只是他打起球来并不是塞斯尔的风格。他们都说好像另外一个人在打球。当然，没错，那本来就是另外一个人。"

"但是——"

"第二点。叫那个女孩来太阳谷也是另一个人的行为。在电影院遇到多萝西·埃文斯，邀请她来太阳谷的不是塞斯尔，而是一个自称塞斯尔的人。还记得吧，多萝西·埃文斯是在两周之后被捕的。她从未见过尸体。如果看过，她可能会说出让所有人迷惑的问题——这个人不是那晚带她到高尔夫球场、轻言要自杀的人。这是一个精心设计的阴谋。这个女孩被邀请星期三来，那一天塞斯尔家里没有人，然后帽针又指向凶手是一个女人。凶手和那个女孩见面，带她进了小屋，和她一起吃了晚饭，然后带她去了球场，到达犯罪现场时，他挥舞着左轮手枪，恐吓要她的命。当她逃之夭夭后，他要做的就是拖出尸体，把它丢在发球台那儿。左轮手枪被扔在灌木丛中。然后他把裙子装在一个包裹里——我承认这是猜测——极有可能步行去沃金，那地方离这儿只有六七英里远,从那儿再回到城里。"

"等一下,"塔彭丝说,"还有一件事你没解释清楚,哈拉比呢?"

"哈拉比?"

"是的,我承认后面的人看不清到底是不是真的塞斯尔。但是你不能说,和他一起打球的人也被蓝色外套迷惑,根本没看他的脸?"

"我亲爱的老伙计,"汤米说,"这正是问题的关键。哈拉比知道一切。你看,我采用了你的理论进行推理——哈拉比和他的儿子是真正的侵占公款者。凶手一定是相当了解塞斯尔的人——非常了解,比如他早就知道他家的仆人总是在周三出门,而他的太太也会出门。同时,这个人还得和塞斯尔大致相像。我想小哈拉比能满足这些条件。他和塞斯尔年纪和身高都相仿,他们都把胡子刮得光光的。多萝西·埃文斯可能看过几张死者的照片,但是正如你所见——那些照片只能看出那是一个男人,仅此而已。"

"难道她在法庭上见不到哈拉比吗?"

"小哈拉比从未在此案中出现过。为什么他要出现?他没有什么证据要提供。是老哈拉比,带着他无可辩驳的不在场证明,自始至终站在聚光灯下。没有人肯去问一问那个晚上他的儿子干了什么。"

"这些都符合案情。"塔彭丝承认道,她停顿了一下,然后问道,"你要去告诉警察吗?"

"我不知道他们是否会听信我的话。"

"他们肯定会听。"身后突然出乎意料地响起一个声音。

汤米转过身,面对的竟是马里奥特探长,这位探长一直坐在邻近的桌子旁。他面前放着一个水煮蛋。

"我经常来这儿吃午饭。"马里奥特探长说。

"正如我所说,我们肯定会听——事实上,我一直在听。我可以告诉你,我们早就对那些'豪猪'不满了。可尽管我们怀疑哈拉比父子,但是没有什么证据。我们就不能轻易动他们。然后发生了谋杀案,这个案子似乎推翻了我们先前所有的怀疑。但是多亏了你和这位女士,先生,我们将带小哈拉比和多萝西·埃文斯当面对质,看她能否把他认出来。我敢肯定她会的。你们对那件蓝色外套的想法真有创意啊!我想布兰特卓越事务所会因此受到嘉奖。"

"您真好,马里奥特探长。"塔彭丝感激地说。

"在苏格兰场,我可是经常念叨你们俩,"这位冷静的绅士说,"你们对此不会感到惊讶吧?我能不能问你一个问题,先生,你手中那根细绳意味着什么?"

"没什么,"汤米说,把它塞进口袋里,"只是我的一个坏习惯。至于奶油蛋糕和牛奶——我在节食。神经性消化不良。忙碌的男人总是长期饱受其苦。"

"啊哈!"探长说,"我还以为你一直在用绳占卜呢——好啦,反正这些都无关紧要。"

但是探长眨了眨眼睛。

第十二章　杀机暗伏的房子

1

"什么——"塔彭丝刚开口大叫,又闭了嘴。

她刚从紧邻的标有"非请莫入"的房间走进布兰特先生的私人办公室,就惊讶地发现她的丈夫兼老板正把眼睛贴在窥视孔上,聚精会神地观察着外面的办公室。

"嘘,"汤米警告她说,"你没听到蜂鸣声吗?这次是个女孩——相当漂亮的女孩——实际上我看她十分迷人。阿尔伯特正在跟她胡扯,说我在和苏格兰场通话之类的。"

"让我看看。"塔彭丝要求。

汤米有些不情愿地挪到一边,塔彭丝也把眼睛贴在窥视孔上。

"的确还不赖,"塔彭丝承认,"她那身衣服也是最新款的。"

"她十分可爱,"汤米说,"就像梅森笔下的那些女孩——你知道,非常善良、美丽、聪明,一点也不轻佻。我想,是的——就是这样,今天上午我将扮演伟大的哈纳得[①]。"

"嗯哼,"塔彭丝说,"如果要说这么多的侦探大师中你和谁

[①] 哈纳得探长(Inspector Hanaud),英国作家阿尔弗雷德·爱德华·梅森(A.E.Mason,1865—1948)创造的神探。首次登场于《玫瑰山庄命案》(*At the Villa Rose*),对待女士极为谦恭有礼。

最不相像——我会选哈纳得。你能闪电式地表现不同的个性吗？你能表演一个伟大的喜剧演员、贫民区小男孩、严肃而可爱的朋友吗——在五分钟之内完成这一切。"

"我知道这点，"汤米说，猛地一拍桌子，"但我有大将的谋略——你没忘吧。塔彭丝，我要马上让她进来。"

他按下了办公桌上的蜂鸣器。阿尔伯特出现了，把顾客领了进来。

这个女孩在门口停下，似乎还没有下定决心，汤米走上前。

"请进，小姐，"他和蔼地说，"随便坐吧。"

塔彭丝咳出了声，而汤米转过身，态度一百八十度转弯，语气里带着威胁。

"你有话说，鲁宾孙小姐？啊，没有，我也认为没有。"

他转过身来再次面对那个姑娘。

"不用那么严肃或正式，"他说，"您只管告诉我来意，然后我们商量出一个最佳的方案帮助您。"

"您太好了，"这个女孩说，"不好意思，您是外国人吗？"

塔彭丝忍不住笑出了声，汤米用眼角的余光朝她的方向扫了一下。

"不算是，"他困难地解释说，"但是我在国外工作了很长时间。我的办法可都是'保险'的办法。"

"哦！"女孩似乎对这个词留下了深刻的印象。

正如汤米所说，这是一个迷人的姑娘——年轻、苗条，一缕金色的头发从一顶小小的棕色毡帽下隐隐探出头来，外加一双大而严肃的眼睛。

她很紧张，这一眼就能看出来。那双纤巧的小手扭在一起，一会儿抓紧一会儿又松开她的漆皮小包。

"首先,布兰特先生,我必须告诉您,我的名字是洛伊斯·哈格里夫。我住在一座蔓草丛生的老式大房子里,那房子叫索恩利农庄,在乡村的中心位置。附近是索恩利小镇,但是这个小镇很不起眼。我们冬天打猎,夏天打网球,从没有觉得寂寞。说句实在话,我宁愿选择乡村生活,而不愿生活在城市里。

"我告诉您这些,是希望您明白,在像那样的乡村小镇,无论发生什么事情都很引人注目。大约一星期前,我收到了一盒通过邮局寄来的巧克力,里面也没有什么东西可以表明是谁寄的。我自己并不是特别喜欢巧克力,但是家里的其他人喜欢,这盒巧克力就被分吃了,结果每个吃过巧克力的人都得了病。我们请来医生,那医生问过各种问题,比如吃过什么东西之类,他还带走了剩余的巧克力,送去化验。布兰特先生,化验结果表明那些巧克力里面竟然有砒霜!不足以致人死命,但足以让人身体抱恙。"

"太奇怪了。"汤米评论道。

"伯顿医生觉得这件事非常奇怪,好像这是小镇里发生的第三起类似事件。每一次都发生在一所大房子里,里面的人吃了这种神秘的巧克力后都生病了。看起来好像是当地的一些神经病搞的一个恶作剧。"

"很可能,哈格里夫小姐。"

"伯顿医生把这件事归咎于社会主义者滋事——这相当愚蠢可笑,我认为。在索恩利镇上,有一两个不满现状的人,但似乎不可能和这件事有关系。伯顿医生十分热心,他建议我应该把整个事件交到警察手中。"

"很合理的提议,"汤米说,"但你还没这样做吧,我猜,哈格里夫小姐?"

"没呢,"这女孩承认,"我不喜欢小题大做和大肆宣扬——

您知道,我认识我们当地的探长,但我从不认为他能侦破出什么来!我经常看到你们的广告,我告诉伯顿医生,我认为请私人侦探来办理更为明智。"

"我明白了。"

"你们在广告中大力宣传你们尊重委托人希望酌情处理的自由权。我以为那就意味着……那个……那个……嗯,不经我的同意,你不会把任何事情公之于众吧?"

汤米好奇地看着她,但是这时塔彭丝发话了。

"我想,"她平静地说,"是的,只要哈格里夫小姐告诉我们'一切'。"

她特别加重了末尾这个词,洛伊斯·哈格里夫紧张地红了脸。

"是的,"汤米很快说,"鲁宾孙小姐是对的。你一定要告诉我们所有事情。"

"你们不会——"她犹豫了一下。

"你所说的任何事情我们都严格保密。"

"谢谢,我知道我应该对您坦白。我不去报警是有原因的。布兰特先生,那盒巧克力是我们房子里的某个人寄的!"

"你怎么知道,小姐?"

"这很简单。我有个习惯,喜欢画一些没头脑的小东西——比如,三条小鱼绕在一起——只要我手中有支铅笔。不久前,一包丝袜从伦敦的某个商店寄来。当时我们正吃早饭,我拿着笔在报纸上做记号,于是在拆开包裹之前,我无意识地在标签上画了一条小丑鱼。过后,我差不多忘了这件事。但是当我检查送来的巧克力盒子外面包的那张棕色纸片时,我居然看到了那个标签的一角——大部分被撕掉了,但上面还留有我那幅小小的没头脑的画作。"

汤米往前拉了拉椅子。

"这就很严重了,照你所说,我们可以很有把握地推测这位送巧克力的人是你家中的一员。但是请你原谅,我仍没看出是什么事让你不愿意报警?"

洛伊斯·哈格里夫小姐诚实地看着他的脸。

"我会告诉您的,布兰特先生,但是我不想这件事张扬出去。"

汤米优雅地坐正了身子。

"既然这样,"他小声说,"我知道了,洛伊斯·哈格里夫小姐,您是不打算告诉我您的怀疑对象了?"

"我没有怀疑谁——但是有很多种可能。"

"是的。现在您能向我详细描述一下家庭成员吗?"

"仆人们,除了客厅女仆,都上年纪了,跟了我们很多年。我必须向您解释,布兰特先生,我是被姑妈——拉德克利夫夫人养大的,她非常富有。她丈夫很有钱,被授予爵位。是他买下了索恩利农庄,但是搬去那儿两年后他就去世了,之后拉德克利夫夫人就派人接我去和她一起生活。我是她唯一的亲人。另外一位同住者是丹尼斯·拉德克利夫,是她丈夫的侄子。我一直叫他表哥,但是当然我们没有血缘关系。露丝姑妈总是公开说,她要把她的钱,除了给我一小份,其余的都留给丹尼斯。这是拉德克利夫家的钱,她说,应该给拉德克利夫家族的人。但是,当丹尼斯二十二岁的时候,她和他爆发了激烈的争吵——因为他欠下的一些债务。一年之后她去世了,令我震惊的是,我发现她留下遗嘱把所有的钱都给了我。我知道,这对丹尼斯是一个巨大的打击,我也觉得十分不好受。如果他肯要,我会把这笔钱给他,但似乎这种事行不通。于是我决定只要我一满二十一岁,就会立个遗嘱，把所有的钱都给他，至少这我能做到。所以，如果我被摩托车撞了，或者死于非命，丹尼斯会得到他应得的那笔钱。"

"确实是，"汤米说，"那么，什么时候你满二十一岁呢，恕我冒昧？"

"就在三周前。"

"啊哈！"汤米说，"现在您能向我更详细地介绍下您家中的情况吗？"

"仆人——还有——其他人？"

"都要介绍。"

"仆人，正如我所说，都跟了我们一段时间了。有老霍洛韦太太，她是厨子，她的侄女罗斯是厨房帮佣。有两个年纪稍长的女仆。汉娜是我姑妈的女仆，她一直侍奉我。客厅女仆叫埃斯特·昆特，她是个品行良好、性格安静的女孩。至于我们家里人，有位罗根小姐，她是露西姑妈的女伴，现在为我操持家务。拉德克利夫上尉——就是丹尼斯，您知道，我告诉过您。还有一个女孩，叫玛丽·齐克特，她是我的一位老同学，和我们住在一起。"

汤米思考了一下。

"似乎都很清白正直，哈格里夫小姐。"过了一两分钟后他说，"我估计，您没有特别的理由怀疑什么人吧？您只是担心被证明恰恰不是……呃……不是一个仆人干的，是不是？"

"正是，布兰特先生，我确实不知道是谁用了那张棕色纸片。那上面的字迹是打印的。"

"看来只有一件事可做，"汤米说，"我要亲自去趟现场。"

这个女孩好奇地看着他。

汤米又想了一下，接着说："我建议你最好回去准备迎接你的朋友到来——比如，万杜森夫妇——你的美国朋友。你能做到这些而不露丝毫破绽吗？"

"哦，当然，这没有什么问题。你们什么时候来——明天——或后天？"

"明天，如果您同意，此事刻不容缓。"

"到时一定安排好。"

女孩站起身，伸出手。

"有件事，哈格里夫小姐——不要向任何人透露一个字，谁都不要，毕竟知人知面不知心。"

"你怎么看，塔彭丝？"送走来访者回来后，汤米问。

"我不喜欢，"塔彭丝干脆地说，"特别是不喜欢含有少量砒霜的巧克力。"

"你什么意思？"

"你没明白？这些四处分发的巧克力只是障眼法，为了让人形成当地有个疯子的看法。然后，当这个女孩真的中毒后，人们就会认为又是那个疯子干的。你看，但是纯属侥幸，原本没有人会想到巧克力实际就是从这栋房子寄出去的。"

"那是障眼法，你说得对。你认为这是专门针对这个女孩的阴谋？"

"恐怕是。我记得我读过有关拉德克利夫夫人遗嘱的报道。那个女孩突然继承了一大笔钱。"

"是的，而且她到了年龄，三星期前刚立了遗嘱。看起来不妙——对丹尼斯·拉德克利夫来说。只有她死，他才能得到那些钱。"

塔彭丝点点头。

"最危险的是——她也想到了这点！这就是她不愿意报警的

原因。她已经开始怀疑。但从她的所作所为来看,她一定深深爱上了他。"

"既然这样,"汤米若有所思地说,"为什么这个魔鬼不娶她?这样既简单又安全。"

塔彭丝盯着他。

"你说得很对,"她说道,"啊,上帝!我已经准备好当万杜森夫人了,是你说的。"

"为什么要急于犯罪呢,明明手边有合法的方式?"

塔彭丝思考了一两分钟。

"我知道了,"她宣告道,"显然他在牛津上学期间娶了某个酒吧女郎。这引起他和他婶婶之间的争吵,如此一切便都可以得到解释。"

"那他为什么不把有毒的巧克力送给那位酒吧女郎呢?"汤米说,"这不更现实吗,我希望你不要总是轻易下这些毫无根据的结论,塔彭丝。"

"这是推理,"塔彭丝十分严肃地说,"这是你的首场斗牛表演,我的朋友,但是当你在赛场站足二十分钟后——"

汤米把椅垫向她扔过去。

2

"塔彭丝,我说,塔彭丝,过来。"

第二天早餐时间,塔彭丝急匆匆地出了卧室,冲进餐厅。汤米正来回踱步,手中拿着一张打开的报纸。

"怎么啦?"

汤米转过身来,把报纸塞到她手里,指着一行标题:

神秘的中毒事件——一块无花果三明治带来的死亡

塔彭丝继续读下去。这桩神秘的食物中毒事件发生在索恩利农庄。据报道至今已死亡的有洛伊斯·哈格里夫小姐——这所房子的主人；客厅女仆埃斯特·昆特。另据报道，拉德格利夫上尉和一位罗根小姐中毒十分严重。据推测，这起突发事件的罪魁祸首是一些用在三明治中的无花果酱。家中的另一位女士，齐克特女士，没有吃这些三明治，因此安然无恙。

"我们必须立刻赶到那儿。"汤米说，"那个女孩！那么漂亮的女孩！我昨天为什么没有直接跟她去那儿呀！"

"如果你去了，"塔彭丝说，"你可能也会吃那些无花果三明治做茶点，然后也一命呜呼。来吧，我们马上出发。我看上面说拉德克利夫上尉的情况也十分严重。"

"可能是装的，这个肮脏的恶棍。"

他们大约中午时分到达小小的索恩利镇。到达索恩利农庄时，一位年长的妇女，双眼通红地来为他们开门。

"听我说，"她还没开口，汤米先急忙说，"我不是记者之流，哈格里夫小姐昨天去找我，要求我来这儿一趟。我可以见见什么人吗？"

"伯顿医生现在在这儿，如果您想和他谈谈的话，"这个女人没有把握地说，"或者齐克特小姐，她负责安排这儿的一切。"

汤米对第一个建议更感兴趣。

"伯顿医生，"他命令式地说，"我想马上见到他，如果他在这儿的话。"

这个女人把他们带到一间小小的起居室。五分钟后，门开了，一位年长的高个儿男人走进来，他有些驼背，脸色和蔼，但十分焦虑。

"伯顿医生，"汤米说，继续打他的专业牌，"哈格里夫小姐昨天来找我，咨询关于那些毒巧克力的问题。我来调查她咨询的事件——天呀，我来得太晚了。"

这位医生目光锐利地看着他。

"您是布兰特先生本人？"

"是的，这位是我的助理，鲁宾孙小姐。"

医生向塔彭丝弯了弯腰。

"既然如此，就没有必要保密了。鉴于之前发生过巧克力事件，我认为这几位的死因是严重的食物中毒——但这是一次人为制造的食物中毒，引发了胃肠炎症和出血症状。事实上，我正要把这些无花果酱取样好拿去分析。"

"那您怀疑是砒霜中毒？"

"不，如果真用了什么毒药的话，一定是某种药效更强、发作更快的毒药。看起来更像某种有剧毒的植物类毒素。"

"我明白了，我想请教您，伯顿医生，您是否十分确定拉德克利夫上尉中的是同一种毒？"

医生看着他。

"拉德克利夫上尉现在已经摆脱中毒的痛苦了。"

"啊哈，"汤米说，"我——"

"拉德克利夫上尉今天早晨五点死了。"

汤米目瞪口呆，这位医生准备离开。

"那另一位受害者情况如何，罗根小姐？"塔彭丝说。

"我有充分的理由相信她会好转，她现在已经脱离了危险。作为一位老妇人，毒药似乎对她的药效要弱些。我会让您知道分析结果的,布兰特先生,同时,我相信齐克特小姐会告诉您想知道的一切。"

当他说话时,门开了,一个姑娘走进来。她个子高挑,棕色皮肤,蓝色眼睛镇定沉着。

伯顿医生给他们做了必要的介绍。

"我很高兴您来了,布兰特先生,"玛丽·齐克特说,"这件事太可怕了,您想了解什么事情,我知无不言。"

"无花果酱是从哪儿来的?"

"这是来自伦敦的一种特制果酱。我们经常用。没有人怀疑这一罐和其他的有什么不同。我个人不喜欢无花果,这就是我为什么得以幸免。我弄不清楚为什么丹尼斯也会中毒,因为他当时出去喝茶了。看来他一定是回家时拿了一块三明治,我猜。"

汤米感觉到塔彭丝的手紧紧地抓着他的胳膊。

"他什么时候回来的?"他问。

"我真不知道,但我可以去问一问。"

"谢谢你,齐克特小姐,没关系。我希望您不反对我问仆人们几个问题?"

"您随意,布兰特先生,我都要发狂了。告诉我,您不认为这是——一起谋杀案吧?"

当她提出这个问题时,眼神十分急切。

"我不知道该怎么认为,不过我们很快就会知道。"

"是的,我想伯顿医生也会化验这罐果酱。"

说了声"请原谅",她便走去窗边和一位园丁谈话。

"你负责对付那些女仆,塔彭丝,"汤米说,"我去厨房。齐克特小姐说她都要发疯了,但是我看她可不像。"

塔彭丝点头赞同,但没有说话。

夫妇俩半个小时后再次碰头。

"现在咱们一起梳理结果。"汤米说,"三明治是用来做茶点的,女仆吃了一整块——这就是为什么她死得最惨。厨师很麻利,丹尼斯·拉德克利夫还没有回来,茶点就被收拾了。那么——他是怎么中毒的?"

"他在差一刻七点时回来,"塔彭丝说,"女仆们透过一扇窗户看见了他。他晚餐前喝了一杯酒——在书房。女仆刚刚收拾了那个杯子,幸运的是,在她洗杯子前我拿到了它。喝完这杯酒,他就嚷着不舒服。"

"好,"汤米说,"我去把杯子拿给伯顿医生,马上。还有别的吗?"

"我想让你去见见汉娜,就是那个女仆,她是——她是个怪人。"

"你什么意思——怪人?"

"我看她似乎精神不太正常。"

"让我去看看。"

塔彭丝带他上了楼。汉娜自己有一间单独的小卧室。这位女仆挺直身体坐在一把高背椅上,膝盖上放着一本打开的《圣经》。他们进来时,她看也没看这两位陌生人,而是继续大声读着:

"愿火炭落在他们身上。愿熊熊火焰把他们熔化,愿他们被抛入地狱,永世不得翻身。"[①]

"我能和您谈一会儿吗?"汤米说。

[①] 语出《圣经·诗篇》第一四〇篇。

汉娜不耐烦地挥了下手。

"没有时间。时间正在流逝，'我会追踪我的敌人，战胜他们，不摧毁他们不回还。'书上是这样写的，上帝的话已经在我这儿应验了，我就是上帝惩罚罪孽的工具。"

"一个孤独的疯子。"汤米低声道。

"她一直这个样子。"塔彭丝也小声说。

汤米拿起一本书，这本书一直打开扣在桌子上。他看了一眼书名，然后把书悄悄放进自己的口袋里。

这个老太太突然站起来，气势汹汹地朝他们走来。

"出去。马上到时间了！我是上帝的枷锁，风任意刮着——我也一样要被摧毁。所有不敬神的人都要被毁灭。这是个邪恶的房子——邪恶的，我告诉你们！当心啊，上帝已经发怒，我是他的女仆。"

她狂暴地扑向他们。汤米认为这时最好别去招惹她，走为上策。他们俩出去关上门前，他看到她再次拿起《圣经》。

"我怀疑她是不是一直这样。"他咕哝道。

他从口袋里抽出刚才从那张桌子上拿的书。

"看这个，真奇怪，一位无知的女仆会读这种书。"

塔彭丝拿起那本书。

"《药物学》。"她小声念道，然后翻到扉页，"爱德华·罗根。这是本旧书，汤米，我想我们是否应该见一见罗根小姐？伯顿医生说她好一些了。"

"我们先征求一下齐克特小姐的意见吧？"

"不，我们先找位女仆打听一下。"

一小会儿后，他们被告知罗根小姐愿意见面。他们被带进一间面对着草坪的大卧室。床上躺着一位满头白发的老妇人，虚弱的脸上写满了痛苦。

"我病得厉害,"她虚弱地说,"不能说太多话,但是艾伦告诉我你们是侦探。洛伊斯去和您商谈了?她提到过要这么做。"

"是的,罗根小姐,"汤米说,"我们不想让您太疲劳,但是您或许能回答我几个问题。那位女仆,汉娜,她精神正常吧?"

"哦,当然正常。她十分虔诚——但是头脑没有什么问题。"

汤米把从桌子上拿的那本书递过去。

"这是您的吧,罗根小姐?"

"是的,这是我父亲写的一本书。他是位伟大的医生,一位研究疫苗治疗的先驱。"

这位老妇人的语调里充满自豪。

"的确如此,"汤米说,"我想我听过他的大名。"他又试探地补充问道:"这本书,您借给汉娜了?"

"借给汉娜?"罗根有些愤慨地抬起身子,"没有,从来没有。她连一个字也不会理解的,这是一本十分专业的书。"

"是的,我看到了。但是我在汉娜的房间里发现了这本书。"

"这太不光彩了,"罗根小姐说,"我从不允许仆人动我的东西。"

"那它本应该在哪儿?"

"在我卧室的书架上——或者——等等,我把它借给了玛丽。这个可爱的女孩对药草十分感兴趣,她在我的小厨房里做过一两个实验呢。不瞒您说,我自己也有个小厨房,在那儿我以古法酿酒或做点蜜饯。亲爱的露西,就是拉德克利夫女士,习惯喝我做的艾菊茶——绝妙的治疗头疼脑热的东西。可怜的露西,她过去总是感冒。丹尼斯也是这样,啊,可爱的孩子,他的父亲是我的表哥。"

汤米打断了她的回忆。

"您有一间厨房？除了您和齐克特小姐，还有谁用过它？"

"汉娜负责打扫那儿。她在那儿为我们煮早茶。"

"谢谢，罗根小姐，"汤米说，"目前我暂时没有什么要问您的了。我希望我们没有让您太受累。"

他们离开这个房间下了楼，汤米皱起了眉头。

"这里有些问题，亲爱的里卡多先生，我不理解。"

"我讨厌这所房子，"塔彭丝打了个哆嗦，"我们出去散散步吧，试着理理头绪。"

汤米表示赞同，他们俩走出房子。先去把酒杯放到伯顿医生家，然后沿着乡间小路散步，讨论着手头的这桩案子。

"如果有个人扮演傻瓜的角色，这件事就会简单得多，"汤米说，"所有这类哈纳得探长擅长的案子均是如此。我想某些人可能认为我不在意这些。但是我在意，我感觉非常痛心。我觉得我们是可以阻止这样的事情发生的。"

"我认为你太傻了，"塔彭丝说，"不是我们建议洛伊斯不要去苏格兰场或者其他地方报警的吧？没有人劝她不要让警察插手这件事。如果她不来找我们，那她同样什么都做不了。"

"结果一样。是的，你是对的，塔彭丝。为一些无能为力的事情责备自己是病态行为。我宁愿做好当下。"

"但是这恐怕也不容易。"

"是的，不容易。这儿存在多种可能性，而这些可能性又看起来十分疯狂和不可思议。假设是丹尼斯·拉德克利夫在三明治中投毒——他当然知道自己要出去喝茶——这似乎就顺理成章了。"

"是的，"塔彭丝说，"这样就能全部说通。但这么一来他决不可能服毒自杀——所以似乎又排除了他是凶手的嫌疑。还有一个人我们一定不要忽视——那就是汉娜。"

"汉娜？"

"当一个人狂热地信奉某种宗教时，总会做出各种奇怪的事情来。"

"她都快失心疯了。"汤米说，"你应该和伯顿医生谈一谈，看看他怎么说。"

"我们要尽快，"塔彭丝说，"如果从罗根小姐提供的情况着手的话。"

"我相信就是那个宗教狂人干的，"汤米说，"我的意思是，这样的人多年来一直习惯敞着门在卧室里静心吟诵经文，然后突然间就走火入魔，变得暴戾无常。"

"对汉娜不利的证据肯定比对别人的多。"塔彭丝沉思地说，"但是我还有一个想法——"她停下来。

"什么？"汤米鼓励她。

"其实这个想法还不成熟，我想也许是出于某种偏见。"

"对某人的偏见？"

塔彭丝点点头。

"汤米——你喜欢玛丽·齐克特吗？"

汤米考虑了一下。

"是的，我想是的。她给我的印象是十分能干，认真——可能只是一种假象——但是我没有发现一丝破绽。"

"难道你不觉得很奇怪吗，她似乎并不十分烦恼？"

"对，但在某种程度上，这也是对她有利的一点。我的意思是，如果她真做过什么，她就会特别注意表现得很烦恼，或表现得特别焦虑。"

"我想是的,"塔彭丝说,"而且,从她的角度来看,似乎也没有什么作案动机。没人能看出这场谋杀对她有什么好处。"

"难道没有仆人参与?"

"看起来不太可能。他们似乎都非常安静,可靠。我想知道埃斯特·昆特,那个客厅女仆,长得如何?"

"你的意思是,如果她年轻漂亮,那她就有可能在某种程度上与这个案子有关。"

"我正是这个意思,"塔彭丝叹了口气,"但事实却让人泄气。"

"好吧,我想警察会妥善处理的。"汤米说。

"可能吧。但我还是希望我们自己能处理。另外,你有没有注意到罗根小姐的胳膊上有许多小红点?"

"我还真没有注意到,什么样的红点?"

"看起来似乎是皮下注射造成的。"塔彭丝说。

"可能伯顿医生给她开了什么注射药吧。"

"哦,极有可能。但是他绝不会给她注射近四十支药吧。"

"那会不会是毒品注射?"汤米提出了一个貌似合理的建议。

"我也这样想过,"塔彭丝说,"但是她的眼睛却是正常的,如果吸食可卡因或吗啡,你一眼就能看出来,并且她看起来并不是那种老糊涂。"

"对,她看上去非常令人尊敬,对上帝很虔诚。"汤米赞同地说。

"这个案子挺复杂,"塔彭丝说,"我们谈来谈去,目前却并没有什么进展。我想,回去的路上我们应该拜访一下医生。"

一位大约十五岁的瘦高个儿少年打开了医生家的大门。

"布兰特先生?"他询问道,"医生出去了。但是他出去时给您留了张字条,说万一您来访,就交给您。"

说着,他把刚刚提到的那张字条递给汤米,汤米随即将它打开:

亲爱的布兰特先生:
　　现在我有充分的理由证实所用的毒药是蓖麻毒素,这是一种高毒性的植物蛋白。对此,请暂时绝对保密。

便条从汤米手中落下,他又迅速将其捡起来。

"蓖麻毒素,"他小声嘟囔着,"从没听说过吧,塔彭丝?你过去对这些东西可是比较在行。"

"蓖麻毒素,"塔彭丝沉思道,"从蓖麻油中提炼的,我相信。"

"我向来不喜欢蓖麻油,"汤米说,"现在更不喜欢了。"

"这种油本身并没有问题。蓖麻毒素从蓖麻的种子中提炼出来。我今天早晨在花园里看见了大量的蓖麻植株——高大的植株,长着光滑的大叶子。"

"你是说这房子里有人事先提炼出了这些物质,汉娜会不会做这样的事?"

塔彭丝摇了摇头。

"似乎不可能,她对这类事不会知道得这么多。"

汤米突然惊叫一声。

"是那本书。我口袋里还带着那本书吧?是的,"他拿出来,激动地翻看,"还在,这正是今天早晨翻开的那一页。你看,塔彭丝,蓖麻毒素!"

塔彭丝从他手中一把抓过那本书。

"你能看明白吧？反正我不能。"

"这还不容易。"塔彭丝说，她边走边快速地读着，一只手抓住汤米的胳膊好让自己能走稳些。很快她砰地扣上书本，他们又返回索恩利农庄。

"汤米，你能把这个案子交给我来办吗？就这一次，你看，我现在比下场二十分钟的公牛更有斗志。"

汤米点点头。

"你是船长，塔彭丝，"他严肃地说，"我们要下潜到整个事件的最底层，把它查个水落石出。"

"首先，"他们刚进房子，塔彭丝就说，"我必须亲自再问罗根小姐一个问题。"

她跑上楼。汤米紧随其后。她猛敲一阵门，进入房间。

"是你啊，亲爱的。"罗根小姐说，"知道吗，你太年轻漂亮了，不适合做侦探。你这么急匆匆的，是发现什么情况了吗？"

"是的，"塔彭丝说，"我确实发现了一点情况。"

罗根小姐疑惑地看着她。

"我不知道我究竟漂不漂亮，"塔彭丝继续说，"但是年轻的时候，战争时期，我恰好在一所医院工作。我了解一些血清治疗的相关知识。我恰好知道皮下注射小剂量的蓖麻毒素就会产生免疫力，会形成蓖麻毒素抗体。这个事实为血清免疫学奠定了基础。您对此十分清楚，罗根小姐。您自己也隔一段时间就注射少许蓖麻毒素。然后您就让自己随其他人一起中毒。您协助父亲工作，自然知道怎么得到蓖麻毒素，怎样从种子中提炼出来。您选择了丹尼斯外出喝茶的这一天下手，这样他就不会同时中毒——您可不希望他在洛伊斯·哈格里夫之前死去。只要她先死，他就可以继承她的钱。而他死后，这钱自然就归了您——您是他最近的亲属。您还记得吗，正是您今天上午告诉我们，他的父亲是您表哥。"

这位老妇人恶狠狠地盯着塔彭丝。

突然，从隔壁房间冲进了一个疯狂的身影，是汉娜，她疯狂挥舞着一个点燃的烛台。

"真相终于揭开了：就是这个邪恶的人干的。我看到她在读那本书，还自顾自发笑。于是我找到这本书，翻到了她读的那一页——但是没有发现什么。不过，上帝的声音对我说，她恨我的女主人，那位令人尊敬的女士。她内心总是充满嫉妒和邪恶。她恨我们的甜心洛伊斯小姐。但是恶人必沉沦，耶和华的怒火终将会把他们烧成灰烬！"

她摇晃着烛台，向前扑到床上。

那位老妇人发出一声尖叫。

"拖开她——拖开她。事实如此——但是赶快带走她。"

塔彭丝冲向汉娜，但是这个女人还是挣扎着把火扔到了帷帐上，塔彭丝没来得及从她手中抢走烛台，踏灭烛火。这时，汤米从外面的楼梯平台冲了进来，他扯下着火的帐子，用一块小地毯扑灭了火焰。然后，他又急忙冲过去帮助塔彭丝，两人合力制伏了狂暴的汉娜，这时伯顿医生急匆匆走了进来。

他处理这种情况有多轻车熟路简直无法用语言来形容。

他冲到床边，举起罗根小姐的手，随后发出一声尖锐的叫喊。

"她受到了太大的惊吓。她死了。可能这种情况下，死亡更好一些。"

他停顿了一下，然后又补充道："那个酒杯里也有蓖麻毒素。"

"最终证明你是对的,"汤米说,在他们把汉娜交给医生照料,两人单独在一起时,"塔彭丝,你真是太了不起了。"

"汉娜并没有参与这个案子。"塔彭丝说。

"要演好戏可不容易。我还是忍不住想到那个女孩。可是,想也是徒劳,我不会再想了。但正如我刚才所说,你真了不起。荣誉属于你,俗话说,'不显山不露水的智慧,真是一大优势。'"

"汤米,"塔彭丝说,"你真是头困兽。"

第十三章　无懈可击的伪证

汤米和塔彭丝正忙于整理来信。塔彭丝突然惊叫了一声，然后把一封信递给汤米。

"一个新客户。"她强调说。

"哈！"汤米说，"从这封信中我们能推断出什么，华生？没有什么特别的嘛，除了……蒙……呃……蒙哥马利·琼斯先生显然拼写水平不太高，因此可以证明他没有受过良好的教育。"

"蒙哥马利·琼斯？"塔彭丝说，"那么我对蒙哥马利·琼斯了解多少呢？啊，是的，我想起来了。珍妮特·圣文森特曾提到过他。他母亲是艾琳·蒙哥马利女士。她盛气凌人，浑身珠光宝气，信仰高教会派，嫁给了一位姓琼斯的阔佬。"

"事实上又是一个老生常谈的故事。"汤米说，"让我看看，这位蒙哥马利·琼斯先生什么时间来和我们会面？啊，十一点半。"

十一点半整，一位和蔼可亲、一脸机灵相的高个儿年轻人来到外面的办公室，向阿尔伯特——那个办公室助理打招呼。

"嘿——我说，我能见见布……呃……布兰特先生吗？"

"您有预约吗，先生？"阿尔伯特说。

"我不太清楚。啊，是的，我想是的。我是说，我写了一封信——"

"您尊姓大名，先生？"

"蒙哥马利·琼斯先生。"

"我立刻把您的名字通报给布兰特先生。"

他不一会儿就回来了。

"请稍等几分钟，先生，布兰特先生正在处理一个非常重要的文件。"

"哦……呃……好……当然。"蒙哥马利·琼斯先生说。

汤米在确认已经给他的顾客留下深刻印象后，才按响办公桌上的蜂鸣器，然后蒙哥马利·琼斯先生被阿尔伯特带进里面的办公室。

汤米起身欢迎他，热情地和他握手，并请他坐下。

"现在，蒙哥马利·琼斯先生，"他轻快地说，"我们有幸能为您做什么？"

蒙哥马利·琼斯先生犹豫地看着办公室里的第三个人。

"我的机要秘书，鲁宾孙小姐，"汤米说，"您可以在她面前畅所欲言。我猜是一些复杂、微妙的家庭琐事？"

"呃——不全是。"蒙哥马利·琼斯说。

"真的不是？"汤米说，"您自己没有遇到什么麻烦吧，我希望？"

"哦，没有。"蒙哥马利·琼斯说。

"好吧，"汤米说，"可能您需要……呃……简明扼要地陈述一下您的来意。"

但是，蒙哥马利先生似乎并不打算这样做。

"我有一件非常奇怪的事情要向您请教，"他犹豫地说，"我……呃……我真的不知道该怎么表达。"

"我们从不接离婚案。"汤米说。

"哦，上帝，不是的，"蒙哥马利·琼斯先生急忙说，"我不是那个意思。它只是——嗯，只是一个愚蠢可笑的玩笑。仅此而已。"

"有人故弄玄虚，和您开了一个玩笑？"汤米说。

但是蒙哥马利·琼斯先生再一次摇摇头。

"好吧，"汤米说，悠然地向后一靠，"您慢慢想，让我们听听您自己怎么说。"

接下来是一阵沉默。

"嗯，"琼斯先生终于说话了，"有一次晚宴，我坐在一个女孩身旁。"

"哦？"汤米鼓励地说。

"她是个——哦，我真的不知道该怎么描述她，但她是我见过的最有冒险精神的女孩。她是个澳大利亚人，和另一个女孩在克拉吉斯大街合租一间公寓。她什么事情都打赌。我完全跟您形容不出这个女孩对我的影响。"

"我们能想象得到，琼斯先生。"塔彭丝插了一句嘴。

她清楚地看出布兰特先生那样商业化的公事公办的态度显然不行，要想让蒙哥马利·琼斯先生痛痛快快地说出自己的心事，那么这时女性的机敏和富有同情心的关怀就能取得事半功倍的效果。

"我们完全理解您现在的心情。"塔彭丝鼓励道。

"这整个事件对我来说是个极大的打击，"蒙哥马利·琼斯先生说，"一个女孩真的会——像那样一下击中你的内心。先前我曾喜欢过一个女孩——实际上是两个女孩。一个活泼，但是我不太喜欢她的脸蛋，不过她跳舞跳得好极了。我打小就认识她，这让人有种可靠的感觉，你知道。然后另外一个女孩是我在那种'轻浮'的地方认识的,她非常迷人。当然,为这事我也和母亲吵过多次。但不管怎样,我真的没有想和她们中的任何一位结婚。但是真正让我动心的——我也没想到——就是曾坐在我身边的这个女孩,在这之后——"

"你的整个世界都变了。"塔彭丝以同情的语调说。

汤米不耐烦地在椅子里挪了下身体。他现在多少有些厌烦这位蒙哥马利·琼斯先生独自演说他的罗曼史。

"您说得太好了,"蒙哥马利·琼斯先生说,"正是这样。只是您知道,我想她并不是很喜欢我,您不会认为我太傻吧?"

"哦,您千万不要太谦虚。"塔彭丝说。

"哦,我也确实意识到自己不是个聪明人。"琼斯先生带着迷人的微笑说,"特别是对那样一个绝妙的女孩来说。这也正是为什么我觉得一定要做好这件事。这是我唯一的机会。她是一位敢于冒险的姑娘,但是她绝不会食言。"

"嗯,我衷心希望您好运,"塔彭丝亲切地说,"但我还是没有看出您到底想让我们为您做什么。"

"哦,老天,"蒙哥马利·琼斯先生说,"难道我还没有解释清楚吗?"

"没有,"汤米说,"您根本没谈。"

"好吧,事情是这样的。我们曾一起谈论侦探故事。乌娜——这是她的名字——非常热衷于这些故事,我也是。我们讨论了某个案例,它始终围绕着一个罪犯的不在场伪证展开。然后我们讨论模拟辩词。接着我说做一个无懈可击的伪证是不可能的——不,是她说的——等等,到底我们俩谁说办不到来着?"

"别管是谁说的了。"塔彭丝说。

"我说要做到十分困难。但她不赞同我的看法——说这不是个费脑筋的活儿。我们争论得面红耳赤，最后她说，'我给您一个公平竞争的机会。 如果我能做出一个没有人能推翻的伪证，你拿什么打赌？'

"'随便。'我说，我们当时就这么说定了。她对整件事情十分自信，'这对我来说小菜一碟。'她说。'别那么自信，'我说，'如果你输了，我能向你提任何我喜欢的要求吧？'她大笑起来，说她来自一个赌博世家，我肯定不会赢。"

"然后呢？"当琼斯先生停下来恳求似的看着她时，塔彭丝说道。

"好吧，难道您没看出来？对我来说，这是唯一能赢得一个像她那样的女孩的青睐的机会。您根本不知道她有多么敢作敢为。去年夏天，她在一条河上划船，有人和她打赌说她不敢穿着衣服跳下船游到岸边，您猜怎么着，她真就那样做了。"

"这真是一个非常奇怪的提议，"汤米说，"我还是不太明白您到底要我们做什么。"

"非常简单，"蒙哥马利·琼斯先生说，"您一定常做这类事情。调查假证词，推敲哪儿有破绽。"

"哦……呃……是的，当然，"汤米说，"我们做许多这类的工作。"

"我希望有人替我来做这件事，"蒙哥马利·琼斯说，"我自己不太在行。您只要找出她的破绽就可以。我敢说这对您来说似乎是个小买卖，但对我却非常重要，我准备付……呃……所有必要的费用，您知道。"

"好吧，"塔彭丝说，"我确信布兰特先生会为您接下这个案子。"

"当然，当然，"汤米说，"一个最让人提神的案子，最让人提神，确实。"

蒙哥马利·琼斯先生如释重负般长出了一口气，从他的口袋里掏出一沓文件，挑出一张给他们。"就是这个，"他说，"她说，'我能证明我同时出现在两个不同的地方。一个版本是我先在索霍区的邦当饭店独自一人吃中饭，然后去公爵剧院看戏，接着和一个朋友——勒马钱特先生用晚餐，就在萨伏伊饭店。但与此同时，我又待在托基的卡斯尔旅馆，直到第二天早晨才回伦敦。'你要找出这两个版本的故事哪个是真，我又是怎样把假的也安排得跟真的一样。

"那么，"蒙哥马利·琼斯先生说，"现在您明白我想要你们做什么了吧？"

"一个非常新奇的小问题。"汤米说，"太天真太可爱了。"

"这是乌娜的照片，"蒙哥马利·琼斯先生说，"我想您会用得到。"

"这位女士的全名叫什么？"汤米问道。

"乌娜·德拉克，她住在克拉吉斯街一八〇号。"

"谢谢，"汤米说，"就这样吧，我们会为您解决这桩麻烦，蒙哥马利·琼斯先生，我希望很快给您带来好消息。"

"我不胜感激，"琼斯先生说，起身和汤米握手，"这件事占用了我太多心力。"

送走客人，汤米回到里面的办公室。塔彭丝在橱柜旁边忙活着，那里陈列着经典侦探小说。

"弗伦奇探长[①]。"塔彭丝说。

"啊？"汤米说。

[①]弗伦奇探长（Inspector French），英国著名侦探小说家克劳夫兹（Freeman Wills Crofts, 1879—1957）作品中的侦探。

"弗伦奇探长,当然,"塔彭丝说,"他总是调查罪犯的不在场证明。我清楚地了解他办案的流程。我们把事情从头至尾梳理一遍,然后逐一核查。开始似乎都没有问题,一旦我们更深入地检查时,就会发现其中的破绽。"

"这件事没什么难的,"汤米说,"我是说,我们明确地知道其中一段证词为假,从这个角度入手,我得说剩下的事手到擒来。这反倒是让我担忧的地方。"

"我没看出有什么值得担忧的。"

"我在担忧那个女孩。"汤米说,"不管她愿不愿意,这件事都有可能使得她嫁给那个年轻人。"

"亲爱的,"塔彭丝说,"别傻了。女人不可能是疯狂的赌徒,无论表面上看起来什么样。除非那个女孩已经准备好要嫁给那个讨人喜欢,但头脑空空的年轻人。否则她不会让自己作为赌注打这样一个赌。但是,汤米,相信我,相较其他方式,如果他赢了这场赌局,她会以更大的热情和尊重嫁给他。"

"你真以为你什么都知道啊。"她的丈夫说。

"当然。"塔彭丝说。

"现在看一下我们的资料吧。"汤米说,把资料拉向自己,"首先是照片——啊——相当好看的女孩——很漂亮的照片,我得说。影像清晰,很容易辨识。"

"我们还得设法拿到几张其他女孩的照片。"塔彭丝说。

"为什么?"

"你没看到那些大侦探们总是这样做吗,"塔彭丝说,"给侍者看四到五张照片,让他们准确指认出你要找的那个人。"

"你真以为他们可以?"汤米说,"能辨认出要找的那个人,我的意思是。"

"是啊，书里就是这样写的。"塔彭丝说。

"真遗憾，实际生活总是和小说大不相同。"汤米说，"那么，我们现在分析到哪儿啦？是的，这是伦敦地区。七点半，在邦当饭店吃饭，去公爵剧院看《蓝色郁金香》，票据在这儿呢。在萨伏伊饭店和勒马钱特先生共进晚餐。我想我们应该先见见勒马钱特先生。"

"根本没用，"塔彭丝说，"因为如果他在帮她，那么他自然什么都不会说。他说的话对我们毫无用处。"

"那好吧，这是托基地区，"汤米继续说，"十二点从帕丁顿站出发，在餐车吃午饭，附有一张用餐账单。在卡斯尔旅馆待了一晚上，这儿也有一张发票。"

"这些都不足为据，"塔彭丝说，"任何人都可以买一张戏票，而根本不需要去剧院。这个女孩只去过托基，伦敦的一切都是假的。"

"如果真是这样，那这事对我们来说就容易多了。"汤米说，"好，我想我们还是要去见见勒马钱特先生。"

勒马钱特先生是个活泼愉快的年轻人，看到他们并没有表现出太多的惊讶。

"乌娜又在玩小把戏了，对吧？"他问，"你永远想不到那孩子会干出什么来。"

"但是我知道，勒马钱特先生，"汤米说，"上周二晚上，德拉克小姐和您曾在萨伏伊饭店共进晚餐。"

"是有这回事，"勒马钱特先生说，"我记得那天是星期二，因为乌娜当时特意强调了这个日期，她还让我在小册子上把这个日期写下来。"

带着点自豪，他指着那行模糊的铅笔字迹让他们看："和乌娜共进晚餐。萨伏伊，星期二，十九日。"

"那天晚些时候德拉克小姐又去了哪儿，您知道吗？"

"她去看了一场叫什么'粉色牡丹'的乏味表演，十分无聊，她是这样告诉我的。"

"您非常确定德拉克小姐那个晚上和您在一起？"

勒马钱特先生不高兴地注视着塔彭丝。

"怎么啦，那是当然。难道我不是这样告诉您的吗？"

"或许是她要您这样告诉我们的吧？"塔彭丝说。

"好吧，事实是她确实说过一些相当蹊跷的话。啊，让我想一下，她说——'你认为我和你正坐在这儿吃晚饭，但实际上我正在二百英里外的德文郡吃晚餐呢。'你说这话奇不奇怪？难道还是灵魂出窍这类？更有趣的是，我的一个老朋友，迪基·赖斯，居然说他确实在那儿看到过她。"

"这位赖斯先生是谁？"

"哦，只是我的一个朋友。他一直和姑妈住在托基。他姑妈像颗老蚕豆，生命摇摇欲坠，却总是一年年活下来。迪基一直在那儿扮演一个孝顺侄儿的角色。他说，'我有天看到那个澳大利亚女孩啦——叫乌娜什么的。本来想过去和她说句话，但是我姑妈非拉我去和一位坐轮椅的老女人聊天。'我说，'哪天？'他说，'哦，星期二，大约下午茶的时候。'当然，我告诉他，他一定是弄错了。但是这事让人觉得很奇怪，不是吗？因为乌娜那个晚上不是也提到德文郡了吗？"

"是很奇怪，"汤米说，"告诉我，勒马钱特先生，当晚在萨伏伊饭店里，有没有您认识的人？"

"旁边的桌子坐着奥格兰德一家。"

"他们认识德拉克小姐吗？"

"哦,是的,他们认识她,但估计并不是很熟。"

"好吧,如果您再没什么要告诉我们的话,我们就告辞了。"

"要么那个家伙是个非常出色的骗子,"当他们来到大街上时,汤米说,"要么他说的全是真话。"

"是的,"塔彭丝说,"我现在改变了原来的观点。我有种感觉,那个晚上乌娜·德拉克就在萨伏伊吃晚餐。"

"我们现在去邦当饭店,"汤米提议说,"给饿坏的侦探们点个餐。在此之前,让我们先弄到几个女孩的照片吧。"

而结果证明这件事情远比想象得要困难得多。

他们进入一间照相馆,请求冲洗几张类似的照片,却遭到了断然拒绝。

"为什么所有这些在书中写得非常简单轻松,而在实际生活中这么难呢?"塔彭丝悲叹道,"看他们那怀疑的目光,你说他们会认为我们要用这些照片干吗?我们最好突然袭击,去拜访一下简。"

塔彭丝的朋友简是乐于助人的性格,她让塔彭丝在她的一个抽屉里随意翻看,挑出几张不同类型的比较合适的照片,这些照片是她过去一些朋友的。简把这些照片塞进抽屉后,几乎都忘了。

带上这些漂亮尤物们光彩夺目的照片,他们全副武装,赶往邦当饭店,那儿有新的困难和更昂贵的代价等着他们。汤米不得不挨个儿抓住每一名侍者,赔着笑脸,塞给人小费,然后再请对方辨认那些照片。结果并不让人满意。至少有三张照片上的姑娘被指认上周二曾在那儿吃午饭。接着他们马不停蹄地回到办公室,塔彭丝把自己埋进一堆火车票据中。

"十二点帕丁顿,托基三点四十五。这是火车票,勒马钱特的朋友，西米、木薯或什么先生，在下午茶时间在那儿看到了她。"

"我们还没有仔细核实过他的话，别忘了。"汤米说，"如果，如你刚才所说，勒马钱特是乌娜·德拉克的朋友，他就可能编造了刚才那个故事。"

"哦，我们去赖斯先生那儿询问一下，"塔彭丝说，"我有种预感，勒马钱特先生说的是真话。不，也不全对，我现在想弄明白的就是这点。乌娜·德拉克也许坐十二点的火车离开伦敦，到托基后在某个旅馆开了一个房间放下行李，然后又乘火车返回伦敦，及时到达萨伏伊饭店。接着又乘四点四十的火车，在九点十分到达帕丁顿。"

"那么，然后呢？"汤米说。

"接下来，"塔彭丝皱起眉头，"就更难分析了。有一班午夜十二点的火车从帕丁顿出发，但是她不可能赶上，因为那班车太早了。"

"开快车呢？"汤米提议。

"唔，"塔彭丝说，"那可是差不多两百英里的路程。"

"我总听说澳大利亚人开车十分疯狂。"

"哦，我想有这种可能，"塔彭丝说，"那她会在大约早晨七点钟到达托基。"

"你的意思是，那时她可以神不知鬼不觉地冲到卡斯尔旅馆，跳到她的床上？或者赶回旅店向人解释她整晚都在外面，然后付了账单？"

"汤米，"塔彭丝说，"我们都是傻子，她根本不需要回到托基。她只要托一位朋友到那儿的旅馆拿上她的行李，付清账单。这样不就拿到了上面注有恰当日期的发票了吗？"

"我想我们基本上得出了一个十分合理的推论,"汤米说,"接下来要做的是坐上明天十二点去托基的火车,到那儿就可以证明我们伟大的结论是否可靠。"

第二天一早,带着几张明艳动人的美人照片,汤米和塔彭丝准时乘上车,坐进头等车厢,并预订了午餐座位。

"这班餐车的服务员不太可能正好是那天接待过那位姑娘的吧?"汤米说,"这太考验咱们的运气了。我们得往返托基好几趟,才能遇到那位服务员吧。"

"这桩寻找证人的买卖真够费劲儿的,"塔彭丝说,"小说中这样的桥段都是两三段就结束了。某某侦探乘上去托基的火车,询问了餐车侍者,然后就结案了。"

但是,至少这次,这对年轻伉俪的运气来了。回答他们问题、给他们结账的侍者恰恰是上周二值班的那位。接着,汤米所说的价值十先令的技能便付诸实施,塔彭丝拿出那些美人的照片请他辨认。

"我想知道,"汤米说,"上周二,这些女士中有没有人曾在这辆火车上用餐?"

正如最佳侦探小说中大书特书的那样,这个男人立刻愉快地指认出乌娜·德拉克的照片。

"是的,先生,我记得这位女士,也记得那天是星期二,因为那位女士特别强调了日期,说星期二是她的幸运日。"

"到目前为止,一切顺利。"当他们回到自己的包厢时,塔彭丝说,"我们也许还会发现她确实预订了旅馆房间,要证明她返回过伦敦就不那么容易了,但是火车站的行李工说不定能认出她来。"

但是,在那儿他们又扑了一个空。下了火车,登上月台,汤米询问检票员和几个行李工，对方都说不知道。在询问另外两个行李工之前，汤米先塞给他们每人两先令六便士的硬币，结果那两个行李工同时指认出另外一个姑娘的照片，说模糊记得有个这样的姑娘坐下午四点四十的火车返回伦敦，至此，辨认乌娜·德拉克的工作告一段落。

"但这也不能说明什么问题，"当他们离开火车站时塔彭丝说，"她可能确实乘坐过那趟火车，只是没有人注意到她而已。"

"她也可能是从其他车站上的车，比如托雷站。"

"很有可能，"塔彭丝说，"不管怎样，我们去过旅馆后，一切就真相大白了。"

卡斯尔旅馆是家可以远眺大海的大酒店。预订完过夜的一个房间，完成登记后，汤米愉快地四处打量了一番，满面笑容地问道："我相信上星期二我们的一位朋友曾在贵店住过，她是乌娜·德拉克小姐。"

柜台里的年轻女士对他灿烂地一笑。

"哦，是的，我记得很清楚。一位澳大利亚年轻女士，我想。"

汤米打了个手势，塔彭丝立刻拿出乌娜的照片。

"这是她的照片，十分迷人，不是吗？"塔彭丝说。

"哦，十分漂亮，确实十分迷人，相当时髦。"

"她在这儿待了很久吗？"汤米问道。

"只待了一晚。她第二天早晨坐快车回的伦敦。看上去是专程来这儿待一个晚上。但是当然，我想澳大利亚女士们不会在乎这种来去匆匆的旅行。"

"她是一位敢作敢为的女孩，"汤米说，"总喜欢冒险。她在这儿时有没有出去和一些朋友吃晚饭，然后坐他们的车兜风，结果车翻进沟里,直到第二天早晨才回来?"

"哦,没有,"这位年轻女士说,"德拉克小姐是在酒店里用的晚餐。"

"真的吗,"汤米说,"您确定?我的意思是——您怎么知道的?"

"哦,我看到她了。"

"我这样问是因为我听说她和一些朋友在托基吃的晚餐。"汤米解释说。

"哦,不,先生,她在这儿吃的晚餐。"这位年轻女士笑起来,脸微微泛红,"我记得她当时穿了件十分甜美漂亮的连衣裙,是那种撒满三色堇花的雪纺裙。"

"塔彭丝,又错了。"当他们被带上楼,进了自己的房间后,汤米说。

"大错特错,"塔彭丝说,"当然也可能是那个女人弄错了。等一会儿我们用晚餐时再问问侍者。这个时候,这儿不会有太多人。"

这次是塔彭丝主攻。

"您能告诉我,我的一位朋友上星期二在您这儿用过餐吗?"她带着一脸迷人的微笑问那位侍者,"德拉克小姐,穿着布满三色堇花的连衣裙,我想,"她拿出一张照片,"就是这位女士。"

"是的,是的,德拉克小姐,我清楚地记得她,她说她从澳大利亚来。"

"她在这儿吃的晚饭?"

"是的,是上星期二。她还问我晚餐后城里有没有什么娱乐活动。"

"是吗?"

"我向她介绍了剧院、展览馆,但是最终她决定哪儿也不去,待在这儿听我们的乐队演奏。"

"哦,见鬼!"汤米低声咕哝道。

"您不记得她什么时候吃的晚餐了吧?"塔彭丝问。

"她下得有点晚,八点钟左右。"

"见鬼,真是该死,"离开餐厅后,塔彭丝大声诅咒道,"汤米,这事真不简单,一切似乎安排得天衣无缝。"

"好吧,我想我们应该一开始就知道这件事不会一帆风顺。"

"我在考虑,这之后是不是还有哪趟火车她能乘坐?"

"那时没有一趟车能把她载到伦敦,让她及时赶到萨伏伊。"

"好吧,"塔彭丝说,"最后一线希望,我要去和客房女服务员谈谈。乌娜·德拉克曾住过和我们同一层的一个房间。"

客房服务员是一位健谈的见多识广的女人。是的,她清楚地记得那位年轻女士,这正是那姑娘的照片,十分年轻漂亮,非常愉快健谈;告诉了她许多关于澳大利亚和袋鼠的趣闻。

这位年轻女士九点半钟打铃呼唤过她,让把暖水袋装满水再放到床上去,并且告诉她第二天一早七点半叫醒自己——同时送咖啡来,不要茶。

"你确实准点去叫床,而她那时也睡在床上?"塔彭丝问。

"什么?当然,夫人,当然。"

"哦,我只是想知道她那时是不是在锻炼之类的,"塔彭丝漫不经心地说,"许多人清早锻炼。"

"好吧,似乎足以板上钉钉了。"当这位客房女服务离开后,汤米说,"从这一切来看,只能得出一个结论:伦敦那边发生的一切一定是假的。"

"勒马钱特先生一定是远比我们想象得更高明的骗子。"塔彭丝说。

"不过我们有一个办法可以查证他的说法,"汤米很肯定地说,"他说坐在旁边桌子上的人多少认识乌娜。他们叫什么名字——奥格兰德,是这个名字。我们一定要找出叫奥格兰德的这家人,我们还应该去德拉克小姐在克拉吉斯大街上的公寓调查一下。"

第二天早晨,他们付了账单,多少有些失望地离开了。

借助电话号码簿,他们轻松找到了奥格兰德家的地址。这次塔彭丝扮演一份新插画报纸代理人的角色。她拜访奥格兰德夫人,采访关于上星期二晚上他们一家在萨伏伊举办的"时尚"家宴的几个细节。这些细节奥格兰德夫人巴不得告诉她。临走时,塔彭丝漫不经心地问:"让我想想,德拉克小姐是不是坐在您旁边的桌子?她真的和琼斯公爵订婚啦?您当然认识她吧?"

"我认识她,但不熟。"奥格兰德夫人说,"一个十分迷人的女孩,我相信,是的,她和勒马钱特先生坐在旁边的桌子。我的女儿们比我更了解她。"

塔彭丝第二个拜访的地点是克拉吉斯大街上的公寓。在这儿欢迎她的是马乔里·莱斯特,她是德拉克小姐的朋友,和德拉克小姐合租一间公寓。

"一定要告诉我这是怎么回事?"莱斯特小姐哀怨地问,"乌娜在玩一些狡猾的游戏,我一点也不清楚。当然,她上星期二晚上确实是在这儿睡的。"

"她进来时你看到她了吗?"

"没有,我当时已经睡了。她自己有大门的钥匙,当然。她大约一点进的门,我估计。"

"你什么时候看见的她?"

"哦,第二天早晨九点——或者可能差不多十点了。"

塔彭丝离开公寓时,几乎和刚进门的一个高个儿枯瘦的女人撞在一起。

"对不起,小姐,实在对不起。"这个枯瘦女人说。

"你在这儿工作吗?"塔彭丝问。

"是的,小姐,我每天都来。"

"上午您几点来这儿?"

"九点钟我当班,小姐。"

塔彭丝迅速往这个女人手中塞了两先令六便士的硬币。

"上周二上午你来时,看到德拉克小姐了吗?"

"当然,是的,她确实在这儿。当时她在床上熟睡,我给她端进去早茶时她还没醒呢。"

"哦,谢谢你。"塔彭丝说,闷闷不乐地下了楼。

她原定和汤米在索和区的一家小餐馆一起吃午饭,顺便互通信息。

"我见到了那个叫赖斯的家伙,他确实在托基远远地看见了乌娜·德拉克。"

"好吧,"塔彭丝说,"我们已经彻底查完了这些证词。这样,给我一张纸和一支铅笔,汤米,让我们像所有的侦探们那样,清楚地把调查到的情况罗列一下。"

1:30　乌娜德拉克被看到在火车餐车上吃午饭

4:00　到达卡斯尔旅馆

5:00　赖斯先生看到她

8:00　被看到在旅馆吃饭

9:30　要一瓶热水

11:30 被看到和勒马钱特先生在萨伏伊

7:30 被卡斯尔旅馆的女服务员叫醒

9:00 被克拉吉斯大街公寓的女佣叫醒

他们面面相觑。

"嗯，在我看来，似乎布兰特卓越侦探所的大师们败北了。"汤米说。

"哦，我们一定不能放弃，"塔彭丝说，"这其中一定有人在撒谎。"

"让我觉得奇怪的是，调查结果证明并没有人撒谎。所有证人看起来都十分诚实坦率。"

"但是一定有破绽，我们知道一定有。我认为所发生的一切，就像一条无人驾驶的船，它漂来荡去，就是不能把我们带向彼岸。"

"我不得不去相信灵魂之说了。"

"好，"塔彭丝说，"现在我们唯一能做的就是明天再说。沉睡时，潜意识还在工作，说不定我们会灵光乍现。"

"唔，"汤米说，"如果你的潜意识能在明天早晨前解开这个谜团，我将向您致敬。"

接下来他们没有再说话，一次次地，塔彭丝翻看那张罗列调查情况的纸片，不时在纸片上写下什么，又自言自语一番，对着这张纸苦苦地思索。但是最终他们都一无所获，只好起身准备回家睡觉去了。

"这真令人沮丧。"汤米说。

"这是我过过的最悲惨的一夜。"塔彭丝说。

"我想我们应该找一家音乐厅休息一下，"汤米说，"在那儿听几个关于继母、双胞胎之类的笑话,喝点啤酒,会让我们觉得好很多。"

"不,我要让你看到有志者,事竟成。"塔彭丝说,"接下来的八个小时,我们的潜意识得多么活跃啊!"带着这个希望,他们上床睡觉。

"早上好,"第二天早晨,汤米说,"你的潜意识起作用了吗?"

"我有了一个新的想法。"塔彭丝说。

"是吗?什么样的想法?"

"嗯,相当有趣的想法。在我以前读过的侦探小说里找不出蓝本,实际上是你启发了我。"

"那一定是个好主意。"汤米肯定地说,"快点,塔彭丝,说说看。"

"我要先发个电报证明一下,"塔彭丝说,"不,我先不告诉你,这是个十分稀奇古怪的想法,但它却是解开这些谜团的唯一钥匙。"

"好吧,"汤米说,"我必须去一趟办公室。我们不能让一屋子客人失望地等待啊,我把这个案子交给我最有前途的助手来办理。"

塔彭丝欢快地点点头。

她一天都没有出现在办公室。汤米大约晚上五点半回到家中,发现欣喜若狂的塔彭丝正在等他。

"我解决了,汤米,我解开了这个伪证的谜团。我们可以把花出去的十先令和两先令十二便士的小费挂在蒙哥马利·琼斯先生的账上了,并且还可以向他要求一笔可观的佣金。他也可以去接他心仪的姑娘回家了。"

"怎么解决的?"汤米惊讶地叫起来。

"非常简单,"塔彭丝说,"双胞胎。"

"什么意思?双胞胎?"

"啊,正是如此。这当然是唯一的答案。我得说,正是你昨晚提到继母、双胞胎、几瓶啤酒等事情时,我冒出了这个念头。我发电报给澳大利亚,得到了我想得到的回信。乌娜有一个孪生姐姐,薇拉——她上个月来到英格兰。这是她如此自信地打这个赌的原因。她只想对可怜的蒙哥马利·琼斯开个天大的玩笑而已。就这样,她姐姐去了托基,而她待在伦敦。"

"如果她输了,你认为她会非常失望吗?"汤米问。

"不会,"塔彭丝说,"我不这样认为。我之前就提出了我的观点。她会大大赞美蒙哥马利·琼斯。我一直认为对丈夫能力的钦佩是婚姻的基础。"

"我很高兴你受到了我的启发,塔彭丝。"

"这还不是一个真正令人满意的结局,"塔彭丝说,"因为没有按照弗伦奇探长的破案方式:先找到蛛丝马迹,然后顺藤摸瓜,顺利破案。"

"胡说,"汤米说,"我认为我给餐馆侍者辨认照片就正是弗伦奇探长偏爱的方式。"

"但是他不用像我们那样花那么多小费。"塔彭丝说。

"别介意,"汤米说,"反正这些额外花费我们会让蒙哥马利·琼斯先生报销。他肯定会狂喜得如白痴一般,毫不犹豫地签付一笔大账单。"

"这是自然,"塔彭丝说,"布兰特卓越侦探所不是取得了伟大的成功吗?哦,汤米,我真的认为我们无与伦比的聪明。有时自己都难以相信。"

"下次,我们来侦破一个罗杰·薛灵汉[①]的那类案子,塔彭丝,你就是罗杰·薛灵汉。"

"那我得唠唠叨叨说不少话。"塔彭丝说。

"你本来就话多。"汤米说,"现在我提议实施我昨晚提出的计划,找一个音乐厅,那儿有许多乐子,看看继母,'双胞胎',喝些啤酒。"

[①] Roger Sheringham 是英国侦探小说家安东妮·伯克莱(Anthony Berkeley,1893—1971)笔下的侦探,为人自大,喜欢说教训诫,惹人讨厌。

第十四章　牧师的女儿

"我希望,"塔彭丝说,无聊地在办公室里踱来踱去,"这次我们能帮到一位牧师的女儿。"

"为什么?"汤米问道。

"你可能忘了,我自己曾经就是牧师的女儿。我十分清楚他们的为人,他们主张利他主义——崇尚一切为他人着想的精神——弘扬——"

"看来你做好准备扮演罗杰·薛灵汉探长了,"汤米说,"如果你允许我提点意见的话,我认为:你如他般滔滔不绝,却不如他般妙语连珠!"

"恰恰相反,"塔彭丝说,"我的话语更有一种女性的细腻。这可是一种'难以描述的好品质',没有一个粗鲁的男人可以拥有。并且,我,有股潜在的力量促使我成为自己的榜样——'榜样'的意思是什么?语言是多么不确定的东西,它们通常听起来恰如其分,而背后的意思却和您所想的截然相反。"

"继续说。"汤米温和地说。

"当然要说,我只是停下来喘口气。为了验证我的能力,我希望今天就能帮到一位牧师的女儿。你看吧,汤米,今天第一个来布兰特卓越侦探事务所登记寻求帮助的就会是一位牧师的女儿。"

"我打赌,绝对不是。"汤米说。

"好,一言为定,"塔彭丝说,"嘘!回到你的打字机前,哦,上帝啊,有人来了。"

布兰特先生的办公室里立刻一派忙碌的气氛,里面充斥着机器的嘀嗒声,这时阿尔伯特推门通报。

"莫尼卡·迪恩小姐来了。"

一个身材苗条,满头棕发,衣着寒酸的女孩走了进来。她进门后犹疑不安地站着。汤米走上前来,"早上好,迪恩小姐,您请坐。告诉我们能为您做点什么?另外,请允许我介绍我的机要秘书,薛灵汉小姐。"

"很高兴认识您,迪恩小姐,"塔彭丝说,"您父亲过去在教堂担任圣职吧,我猜。"

"是的,确实是。但您是怎么知道的?"

"哦,我们自有办法。"塔彭丝说,"您一定不要介意我多嘴,布兰特先生就喜欢听我说话,他说这样总能带给他灵感。"

这个女孩盯着她。她是个苗条的小东西,不漂亮,但是有一种沉静的美。她有一头柔软的灰褐色头发,一双深蓝色的可爱眼睛,但是眼圈周围的黑色阴影却诉说着忧郁和焦虑。

"能告诉我您遇到的麻烦吗,迪恩小姐?"汤米说。

女孩转身感激地看着他。

"说来话长,头绪烦乱,"女孩说,"我叫莫尼卡·迪恩。我的父亲是萨克福郡小汉普斯利的教区长。他三年前去世了,留下我和我母亲,当时我们过得十分窘迫,可以说是穷困潦倒,我只好出去做保姆。雪上加霜的是,我母亲生了一场大病,我不得不回到家中照料她。但是有一天我们突然接到了一封律师函,上面说我父亲的一位姐姐去世了,把所有的遗产都留给了我。我以前经常听说这位姑妈,她多年前和我父亲吵过架,我知道她很有钱,所以似乎我们的苦日子真的到头了。但是事情并没有像我们希望的那样变好。我继承了她生前的房子,但是在付完一两笔遗产税之后,我们就分文不剩了。我猜她一定在战争中失去了不少钱,或者可能生前生活十分奢侈。但是不管怎样,我们拥有了这套房子,而且立刻就有一个机会可以以极合适的价格卖掉它。但是可能这样做很蠢,我拒绝了这个买家。我们当时租住在一间小而昂贵的房间,我想住在红房子里会好很多,这样母亲会有舒适的房间。我们还可以出租几间,用租金支付生活费用。

"我一直坚持这个计划,尽管那位想买这幢房子的绅士出了更高的价格。最终我们搬了进来,我登了出租房屋的广告。刚开始那段时间,一切顺利,看了广告后有几位客人住了进来;我姑妈原先的仆人留下来和我们住在一起。但是不久后,一些意想不到的怪事就发生了。"

"什么样的怪事?"

"最不可思议的事情。整个地方好像被施了魔法。墙上的画作掉下来,摆放的陶器滚落到房间里,摔成碎片;一天上午我们下楼,发现家具都挪动了地方。开始时我们以为有人在搞恶作剧,但是不久我发现并非如此。有一次,我们坐在一起吃晚饭,一声可怕的响声从头顶传来。我们上楼,却并没有发现什么人,只有一件家具被用力扔到了地上。"

"一个恶作剧鬼怪。"彭塔非常感兴趣地说。

"是的,这正是奥尼尔博士说的——尽管我并不知道那是什么意思。"

"那是一种总爱搞恶作剧的恶灵。"塔彭丝解释道,她实际上也不甚了解,甚至不确定是否抓住了"恶作剧鬼怪"这个说法的确切含义。

"哦，无论如何，这件事的影响非常坏。我们的房客都吓得要死，赶快搬走了。新来的租客也很快就被吓走。我都要绝望了，而雪上加霜的是，我姑妈原先投资的那家小公司又倒闭了，靠此得到的那点微薄收入也突然没有了。"

"可怜的姑娘，"塔彭丝同情地说，"你过的什么日子啊。你想让布兰特先生调查这件'悬案'吗？"

"不全是。三天前，一位绅士来到我家。他是奥尼尔博士。他告诉我们他是物理研究会的成员，他听说了发生在我们房子里的奇怪事情，非常感兴趣。所以，他准备从我们手中买下这幢房子，以便在里面做一系列实验。"

"哦，真的？"

"当然，一开始，我欣喜若狂，因为似乎这是解救我们走出困境的一条路。但是——"

"什么？"

"可能您会认为我多疑，但是——啊，我确信我没有弄错。是同一个人！"

"什么同一个人？"

"和先前想买下这幢房子的是同一个人。啊！我确信是同一个人。"

"但是为什么呢？"

"您不知道，这两个人完全不同，不仅名字不同，而且一切都不相同。第一个人十分年轻，衣着整洁，皮肤黝黑，三十多岁。但奥尼尔博士大约五十岁，灰色胡须，戴一副眼镜，有些驼背。但是我和他谈话时，看到了他嘴角边露出的一颗金牙。只有在他笑的时候才能看到。另外那个人也在同一位置有颗这样的牙。然后我仔细观察他的耳朵,我注意过另一个人的耳朵,因为耳垂形状十分特别。奥尼尔博士的耳朵也正是这样。这两件事不可能是巧合,对吧?我想了又想,最后我写信给他说我会在一周内答复。前段时间我看到了布兰特先生的广告——实际上是从垫在橱柜里的一张旧报纸上看到的。我便把报纸剪下,直接进城来了。"

"您做得很对,"塔彭丝精神十足地说,"这确实需要调查一下。"

"这是一个有趣的案子,迪恩小姐。"汤米说道,"我们很高兴为您调查这件事——是吧,薛灵汉小姐?"

"责无旁贷,"塔彭丝说,"我们一定会把这件事查个水落石出。"

"据您描述,迪恩小姐,"汤米接着说,"那幢房子里住着您和您的母亲,还有一位仆人。您能详细介绍一下那位仆人吗?"

"她叫克罗克特,跟了我姑妈大约八年或十年。她上了年纪,脾气不太好,但是位好仆人。她总是神气活现,因为她姐姐嫁给了一位颇有地位的人。克罗克特有个侄子,她总是说他是个'体面的'绅士。"

"哦。"汤米说,有些困窘,不知该怎么问下去。

塔彭丝一直审视着莫尼卡,突然果断发话。

"我认为最好是邀请迪恩小姐和我共进午餐。现在恰好一点整,她可以趁此向我详细介绍所有的细节。"

"当然,薛灵汉小姐,"汤米赞同说,"这是个绝妙的主意。"

"我说,"当两位女士舒服地安顿在旁边一家餐馆里的一张小桌旁时,塔彭丝说,"我想知道的是,有没有什么特殊的原因,让您想搞清楚发生的这一切?"

莫尼卡脸红了。

"好吧，您知道——"

"说出来吧。"塔彭丝鼓励道。

"嗯——有两个男人，他们——他们——都想娶我。"

"又是那类俗套的故事，我猜？一个富有，一个贫穷，而贫穷的这个恰是你心仪的！"

"我不知道您怎么这样料事如神。"这个女孩喃喃道。

"这是种自然规律，"塔彭丝解释道，"每个人都会遇到这样的事情，我也不例外。"

"您不知道，即使我卖掉这幢房子，得到的钱也不足以维持生活。杰拉尔德是多好的人儿啊，但是他非常穷——尽管他是位非常有才华的工程师。只要有一小笔资金，他的公司就会吸收他做合伙人。另一位，帕特里奇先生，人也不错，我确信——他十分富有，如果我嫁给他，我们就能摆脱困境。但是——但是——"

"我明白，"塔彭丝同情地说，"这根本不是一回事。你可以一直告诉自己他有多么好，多么值得珍惜，再加上他的美德，似乎它们都是附赠品——但这些都激不起你对他的热情。"

莫尼卡点点头。

"好吧，"塔彭丝说，"我想我们最好去现场勘查一下。您的地址是？"

"红房子，在马什的斯特顿镇。"

塔彭丝在笔记本上写下这个地址。

"我还没有问您——"莫尼卡开口道，"关于费用——"她住了口，脸微微涨红了。

"我们的收费取决于调查结果，"塔彭丝严肃地说，"如果红房子的秘密有利可图，比如有人急于想买到这幢房子而出高价，那我们可以拿到一小笔提成，否则——免费。"

"太感谢您了。"这个女孩感激地说。

"那么现在，"塔彭丝说，"别担心，一切都会好的。让我们享受午餐，聊点有趣的事吧。"

第十五章　红房子

"嗯,"汤米透过"皇冠和锚"旅店的窗户向外望去,"现在我们到了'癞蛤蟆进洞'镇——管它叫什么该死的名字。"

"让我们捋一捋这个案子。"塔彭丝说。

"当然,"汤米说,"首先,我要谈谈我的看法,我认为那位生病的母亲嫌疑最大!"

"为什么?"

"我亲爱的塔彭丝,假设这个'恶作剧鬼怪'事件是个阴谋,目的是促使这个女孩卖掉这所房子,那肯定是有人在屋里乱扔东西。这个女孩曾说所有人都在吃晚饭——但是有一个例外——那位母亲完全不能动,她一定待在楼上自己的房间里。"

"如果她没有行动能力,那她也不能到处扔家具。"

"啊哈!但是如果她不是真的没有行动能力呢?她可能是装的。"

"那她的动机呢?"

"这下可难倒我了。"她的丈夫承认道,"我实际上是继续秉承那条著名的侦破原则——重点怀疑那些貌似最不可能的人。"

"你总是异想天开,"塔彭丝严肃地说,"这其中一定有什么原因让那些人急于得到这幢房子。如果你不愿意去弄个水落石出,我去。我喜欢这个女孩,她是个可爱的姑娘。"

汤米十分严肃地点点头。

"我十分赞同,但我只是一直忍不住和你开玩笑而已,塔彭丝。当然,这所房子里发生的事情是有些奇怪,不管是什么秘密,肯定不那么容易破解。否则只要找个窃贼不就解决问题了,何必玩这种把戏?但是愿意买下这幢房子,就意味着要翻墙挖地,掘地三尺;要不就是后花园的地下有一座煤矿。"

"我不认为它是座煤矿,那下面埋藏着宝藏更浪漫些。"

"嗯,"汤米说,"既然这样,我想我应该去拜访一下当地银行的经理,就说我要在这儿待到圣诞节,有可能会买下红房子,要和他讨论一下银行开户的问题。"

"但是,为什么——"

"等着瞧吧。"

汤米半个小时后回来了,双眼兴奋地闪烁着。

"我们有进展了,塔彭丝。我们的会谈有了一丝眉目。我当时故作随意地问,是否有人在他们银行存过黄金,现在这种事经常在乡村小银行发生——一些小农场主在战争中囤积了大量黄金,你知道。接着我们很自然地谈到那些老太太的古怪行径。我编造说有一个姑妈,她在战争爆发时,坐四轮马车去过海军商店,回来时,车上居然带回来十六只火腿。他随即提到了他的一位顾客,说她坚持要把自己存在银行的每一分钱都尽可能地兑成——金子,还执意兑换了所有证券和无记名债券之类的东西,全部由她自己保管。我感叹说这样做太愚蠢了,而他随口说她就是红房子的前任主人。明白了吧,塔彭丝?她取出了自己所有的钱,藏在了什么地方。你还记得莫尼卡提到她的财产少得令人吃惊吗?是的,她把钱藏在了红房子里,并且有人知道这事。我能很有把握地猜出这个人是谁。"

"谁？"

"那个忠诚的克罗克特怎么样？她应该了解她主人的所有怪癖。"

"那么那个镶金牙的奥尼尔博士呢？"

"当然就是她那个很有绅士派头的侄子啊！正是他。但是她到底把钱藏在哪儿了呢。你比我了解那些老太太，塔彭丝。他们一般把东西藏在哪儿？"

"捆好装在袜子或裙子里，塞在床垫下面。"

汤米点点头。

"我希望你是对的。但是，她并没这么做，因为如果这样的话，她的东西早就被翻出来了。让我百思不得其解的也是这点——你知道，一个那样的老太太不可能撬起地板，也不可能在花园里挖个大坑。那这钱就一定依然还在红房子里。克罗克特还没有找到它，但是她知道钱就藏在红房子里，而一旦这幢房子到了他们自己手中，她和她那装腔作势的侄子就会把它翻个底朝天，直到找到他们要的东西。我们一定要赶在他们前面。来吧，塔彭丝，去红房子。"

莫尼卡·迪恩热情地迎接他们，对她母亲和克罗克特就介绍说他们想买红房子，这样就可以让两人到房子和院子中到处转转。汤米没有告诉莫尼卡他的结论，而是问了她各种令人不舒服的问题。那位去世的老太太的衣物和私人物品，一些送给了克罗克特，一些送给了几个贫穷的人家。每样细小的东西都被仔细检查过。

"您姑妈留下什么文件没有？"

"有，书桌塞得满满的，还有一些在她卧室的抽屉里，但是没有什么重要的。"

"扔掉了吗?"

"没有,我母亲一直不喜欢扔掉旧文件。其中有一些老食谱,她想哪天仔细看一遍。"

"好。"汤米赞许地说,然后指了指在花园中的花圃里工作的老人问道,"你姑妈在世时那位老人就是这儿的园丁吗?"

"是的,那时他一般一周来工作三天,他住在小镇里。可怜的老家伙,实际上已经做不了什么有用的活了,现在我们一周让他来一次收拾一下,因为付不起更多工资。"

汤米对塔彭丝使了个眼色,让她陪着莫尼卡,而他自己却走到那园丁工作的地方,问他老夫人在世的时候他是否在这儿干活,然后不经意地问道:"你曾经替她埋过一个箱子,对不对?"

"没有,先生,我从没有替她埋过什么。她埋个箱子干什么?"

汤米摇摇头,皱着眉踱回房子里。只能希望在那老太太的文件中会找到一些线索——否则这个问题将会十分棘手。这是幢老式的房子,但是还没有老到那个程度——里面有个密室或通道什么的。

离开前,莫尼卡给他们拿下来一个用绳子捆好的大纸箱。

"我收集了所有文件,"她小声说,"都在这儿了。我想你们可以带走这些,这样你们就会有充足的时间检查一遍——但是我不确定你们能从中发现什么线索来解开这幢房子的秘密。"

她的话被头顶一声可怕的"咔嚓"声打断了。汤米飞快地跑上楼梯,只见一把水壶和一个盆摔得粉碎,碎片撒了一地。房间里并没有人。

"这个鬼怪又在耍他的把戏。"他咧嘴一笑,自言自语。

他沉思着再次下了楼。

"我想，迪恩小姐，我能不能和那位女仆——克罗克特小姐谈一谈？"

莫尼卡起身去了厨房，带着那位年长的仆人回来，她先前曾为他们开门。

"我们正在考虑买下这所房子。"汤米愉快地说，"我的太太在想，既然这样，您能不能留下来？"

克罗克特那高傲的脸上没有一丝表情。

"谢谢您，先生，"她说，"我会考虑的。"

汤米转过身面对着莫尼卡。

"我对这房子很满意，迪恩小姐，我知道还有一位买家，也知道他给这所房子出的价，我还会多出一百英镑。而且，您注意，我出的可是好价钱。"

莫尼卡低声嘟囔了几句，贝尔斯福德夫妇就告辞离开了。

"我的推测是对的，"当他们走到屋外的车道上时，汤米说，"克罗克特肯定脱不了干系。你没注意到她刚才上气不接下气吗？那是因为摔碎了水壶和盆子之后，她刚从后面的楼梯跑下来。她时不时让她的侄子悄悄潜进来，由他来制造一些'灵异'事件，随你叫什么吧，而她却无辜地和全家待在一起。你看吧，今天晚上，奥尼尔博士就会出一个更高的价格。"

果然，晚饭后，一个便条捎过来，是莫尼卡叫人送来的。

"我刚刚从奥尼尔那里得到消息，他把先前的价格提高了一百五十镑。"

"那个侄子一定诡计多端。"汤米沉思道，"我告诉你什么来着，塔彭丝，他可能得到的回报一定很可观。"

"是，是，是，但愿我们能揭开真相！"

"好，我们开始艰苦繁重的准备工作吧。"

他们开始整理这一大箱子文件,这是一件十分乏味的工作,因为这些文件杂乱无章地混在一起。每隔几分钟他们就交流一下情况。

"有什么发现没有,塔彭丝?"

"两份老的烹饪菜单,三封不重要的信件,一个土豆保鲜的方子,一个柠檬奶油蛋糕的配方。你呢?"

"一张账单,一首歌颂春天的诗,两份剪报:'为什么女人买珠宝——理性投资',另一份是'一个男人,四个妻子——一个离奇的故事',一份炖兔肉的菜谱。"

"太让人失望了。"塔彭丝泄气地说。然后,两人继续这无聊的工作。最后,那个箱子终于翻捡完了,两人你看我,我看你,一无所获。

"先把这些放一边,"汤米说,拿起半页报纸,"而它让我觉得有点不寻常。但是我不认为这和我们正忙活的事有什么关系。"

"让我们看看。哦!一种好玩的游戏,人们叫它什么来着?对,字谜,猜字游戏什么的。"

她大声读道:

> 我的第一部分,你加上灼热的煤块,
> 里面融入了我的全部;
> 我的第二部分永远是第一;
> 我的第三部分讨厌冬天的寒风。

"唔,"汤米评论说,"我没太读出这首诗的韵律。"

"我也没看到你说的特别之处。"塔彭丝说,"大约五十年前,每个人都习惯于收集这类东西,并保存好。在冬天的晚上,就围着火炉玩这类游戏。"

"我说的不是诗，是诗下面的文字让我觉得有些特别。"

"路加福音，第十一章，第九节。"她读完后说，"这是《圣经》里的。"

"是的，难道这不让你觉得奇怪吗？为什么一位虔诚的老夫人要在一首字谜下面写这样一篇经文呢？"

"的确相当奇怪。"塔彭丝沉思着表示赞同。

"既然你是牧师的女儿，你会随身带着《圣经》吗？"

"事实上，我确实随身带着。啊哈，你没有想到吧。等一下。"

塔彭丝跑到自己的手提箱那儿，抽出一本红色的小书回到桌边。她迅速地翻着书页。"这儿，卢克，第十一章，第九首。哦，汤米，看。"

汤米弯下腰，塔彭丝的手指指着刚刚讨论的这节诗的一部分。

"仔细找，你会发现的。"

"正是这个，"塔彭丝喊了一声，"我们找到了！只要破解这个密码，宝藏就是我们的了——或者说是莫尼卡的。"

"好，让我们来研究一下这个密码，按你说的。'我的第一部分，你加入灼热的煤块，'这是什么意思？然后——"我的第二部分永远是第一。"这是纯粹的胡言乱语。"

"这很简单，真的，"塔彭丝爽快地说，"这里有窍门。让我看看。"

汤米弃械投降。塔彭丝埋进一把扶手椅中，开始自言自语，眉头紧皱。

"这很简单，真的。"半个小时匆匆流逝，汤米讽刺地嘟嘟囔囔。

"别叽叽歪歪！我们这代人不擅长这个。我有个好主意，明天回到伦敦后请教几位老太太，她们有可能轻轻松松就弄清楚。这只是个小小的文字游戏，仅此而已。"

"好吧，让我们再试一下。"

"能耐住灼热的煤块的东西并不是很多，"塔彭丝沉思着说，"如果是水，那火就会被浇灭，或者是木头，或者是水壶。"

"这一定是按音节拼的一个词，我猜？会不会是木头呢？"

"但是你没办法把什么东西放进木头里。"

"但就这首诗而言，没有什么词比'水'更恰当了。一定有'水壶'之类能放在火上烤的物品，并且它的名称还是单音节词。"

"平底锅，"塔彭丝沉思道，"平底煎锅。'锅'怎么样？或者'罐'，哪个带'pan'或'pot'的器皿可以用来煮东西？"

"陶器（pottery），"汤米提议，"可以放在火上烘烤，十分接近了吧？"

"但音节还是不对，煎饼锅？哦，更不对，真烦人。"

他们的谈话被一个小个子女仆打断了，她告诉他们晚餐几分钟后就会准备好。

"拉姆利夫人想知道您是喜欢油煎土豆呢，还是带皮煮土豆？她每种都有一些。"

"带皮煮，"塔彭丝干脆地说，"我爱吃土豆——"她突然愣住了，目瞪口呆地直视前方。

"怎么了，塔彭丝，看见鬼了吗？"

"汤米，"塔彭丝回过神来，大叫一声，"你明白了没有？就是它，这个词，我的意思是，土豆（potatoes）！'我的第一部分，你加上灼热的煤块'——这是'（罐）pot'，'里面融入了我的全部'——土豆是整个的煮！'我的第二部分永远是第一'，'那是A，"字母表（alphapet）"的第一个字母'，'我的第三部分讨厌冬天的寒风'——冰冷的'脚趾'（toes），当然是！"

"你是对的，塔彭丝，太聪明了。但是我恐怕咱们浪费了大把的时间却一无所获，土豆根本和失踪的宝藏沾不上边啊。嗯，等一下。你刚才读了什么来着，我们翻看那个箱子时？保存新土豆的秘方。我想这里面有点玄机。"

他迅速翻捡着那堆菜谱。

"在这儿。'新土豆保鲜法'：把新土豆放进罐子里，埋在花园中。即使在严冬，它们也会像刚挖出来一样新鲜。"

"我们找到了，"塔彭丝尖叫一声，"就是这个。财富就在花园中，装在罐子里埋在地下。"

"但是我问过园丁。他说他从没埋过什么东西。"

"是的，我知道，但那是因为人们从来不会如实回答你的问题，他们总是按他们的理解来回答。他只知道他没有埋过什么不寻常的东西。我们明天去问他把土豆埋在了什么地方。"

第二天是平安夜。靠着四处向人打听，他们终于找到了那个老园丁的小屋子。塔彭丝和他聊了几分钟后，就向自己关心的话题上靠拢。

"我希望圣诞节宴会上有新土豆，"她说，"它们和火鸡搭配不是很美味吗？您知道这附近有什么人在罐子里埋过土豆吗？我听说这样可以让土豆保鲜。"

"啊，是有人这样干，"这个老人大声说，"老迪恩小姐，红房子的主人，她每个夏天都要埋三罐，却每次都忘了再挖出来！"

"埋在房子旁边的花圃那儿，对不对？"

"不，靠着墙，冷杉树旁。"

得到了想要的信息，他们赶快离开这位老人，临走前给了他五先令作为圣诞节礼物。

"现在去找莫尼卡吧。"汤米说。

"汤米！你没有一点儿浪漫情调，这事交给我吧。我已经有了一个很妙的计划，你能设法去讨、去借或者偷到一把铲子吗？"

不管怎样，一把铲子还是如愿拿到了。那个晚上，深夜时分，两个人影悄悄潜入红房子的院子里。那个园丁说的地方他们很容易就找到了，汤米开始工作。他的铲子很快发挥了作用，几分钟后就挖出了一个大陶罐。这个罐子盖得紧紧的，瓶口用橡皮膏黏合密封。但是塔彭丝用汤米的小刀轻易就撬开了它。然后，她低声叫了一声，罐子里装满了土豆！她倒出土豆，把罐子倒了个底朝天，但是里面空空如也，再没有其他东西。

"继续挖，汤米。"

不一会儿，第二个罐子也挖了出来，像刚才一样，塔彭丝开了封口。

"怎么样？"汤米焦急地问。

"又是土豆！"

"见鬼！"汤米说，又开始挖。

"第三次会走运的。"塔彭丝安慰他说。

"我相信这一切都是镜花水月。"汤米沮丧地说，但还是继续挖下去。

最后第三个罐子出土了。

"又是土——"塔彭丝刚一开口，就闭了嘴，"哦，汤米，我们找到了。只有表层是土豆，看！"

她掏出一个老式的天鹅绒包。

"快回家,"汤米嚷嚷道,"这儿冷死了。拿上包走。我得先把坑填平。如果你在我回去之前打开了那个包,你会听到各种恶毒的诅咒!"

"放心,我行事光明正大,等你回来,哎哟!冻死我了。"塔彭丝匆匆撤退。

她并没有在宾馆等多久。汤米差不多和她前后脚回来,经过铲土和之后的一溜小跑,他满头大汗。

"那么,"汤米,"私人咨询代理一案成功结案!打开那个战利品,贝尔斯福德太太。"

包里有一个用油绸包裹的小包和一个沉甸甸的羊皮包。他们先打开羊皮包,里面装满了金币,汤米数了数。

"二百镑,这都是从那家银行换的,我猜。赶快打开那个包裹。"

塔彭丝立刻照做。里面满是紧紧折在一起的钞票。汤米和塔彭丝仔细地清点了一遍,共有整整两万英镑。

"哇!"汤米说,"我们既有钱又诚实,这对莫尼卡来说是件幸事吧?那张薄纸里裹着的是什么?"

塔彭丝打开那个小小的纸包,抽出一串华丽的珍珠项链——精致无比。

"我不太了解这种东西,"汤米慢慢地说,"但是我十分肯定,这些珍珠至少值五千镑。看它们的大小。现在我明白为什么这位老夫人保留着那份写有珍珠是最佳投资的剪报了。她一定兑现了她的债券,把它们兑成现金,买了珠宝。"

"哦,汤米,多好啊!亲爱的莫尼卡,现在她就能嫁给那个年轻人,从此以后过着幸福的日子,像我一样。"

"太好了,塔彭丝,那么你和我在一起很幸福喽?"

"说真的,"塔彭丝说,"是的。但是我本不想这么说,只是说漏了嘴。头脑一热,再加上今天是平安夜,这样那样的事儿——"

"如果你真爱我,"汤米说,"你能回答我一个问题吗?"

"我不喜欢被人不停地追问。"塔彭丝说,"但是……好吧……好吧。"

"那么你是怎么知道莫尼卡是牧师的女儿的?"

"哦,那只是骗你的,"塔彭丝愉快地说,"我看了她要求和我们见面的信。有位迪恩先生从前是我父亲的助理牧师,他有个小女儿叫莫尼卡,大约比我小四岁。所以我就把这两者联系了起来。"

"你这个厚脸皮的东西。"汤米说,"哎呀,十二点的钟声敲响了,圣诞快乐,塔彭丝。"

"圣诞快乐,汤米。这对莫尼卡来说也是个快乐的圣诞节——当然得感谢咱们俩。我很高兴。可怜的姑娘,她一直过得很悲惨。你知道吗,汤米,每当我想起这些时,我就觉得心里不舒服,嗓子里堵得慌。"

"亲爱的塔彭丝。"汤米说。

"亲爱的汤米,"塔彭丝说,"我们太多愁善感了。"

"圣诞节一年一度,"汤米简洁地说,"我们的爷爷、奶奶们都这样说,我希望圣诞节仍包含许多真理。"

第十六章　大使的靴子

1

"亲爱的老兄，老兄。"塔彭丝说，摇着手里的奶油松饼。

汤米看了她一两分钟，然后咧嘴一笑，低声道："我们应该特别小心谨慎。"

"当然，"塔彭丝愉快地说，"你不知道吧，我是大名鼎鼎的福琼博士，而你是贝尔警长[1]。"

"为什么你是大名鼎鼎的福琼？"

"哦，那是因为我喜欢热黄油。"

"这只是让人高兴的一面，"汤米说，"但凡事都有另一面。你必须查验大量被严重毁容的脸，以及形形色色的尸体。"

塔彭丝没有回答，而是扔过来一封信。汤米看后吃惊地扬起眉。

"伦道夫·威尔莫特。美国大使，他会有什么事请求我们帮忙呢？"

"明天十一点我们就知道了。"

第二天十一点钟，伦道夫·威尔莫特先生，美国驻英国大使，

---

[1] 福琼和贝尔分别是亨利·贝利（Henny.C. Bailey，1878—1961）所著《呼叫福琼先生》（*Call Mr.Fortune*）中的侦探和警长。

被准时领进布兰特的办公室。他清清喉咙,开始讲话,表情从容而有个性。

"我不得不亲自前来,布兰特先生——顺便问一下,您正是布兰特先生本人,对吗?"

"当然,"汤米说,"我正是西奥多·布兰特,这家机构的负责人。"

"我一向喜欢和部门负责人打交道。"威尔莫特先生说,"这样在各方面都更令人满意些。我要说的是,布兰特先生,这件事让我非常恼火。但也没有必要麻烦苏格兰场——我毕竟毫发无损,可能只是一个小小的误会,但是我却看不出这个误会是怎么造成的。我可以肯定地说,这其中没有丝毫违法乱纪的成分,但我还是想把这件事情搞清楚。如果弄不清楚一件事的前因后果的话,我会发疯的。"

"这是自然。"汤米说。

威尔莫特先生继续说下去。他缓缓道来,叙述得十分详细。最后汤米才设法插进一句话。

"您所说的情况大概是这样,"他说,"您一周前乘坐'流浪号'抵达英国。不知怎么搞得,您的旅行包和另一位绅士的包弄混了,这位绅士是拉尔夫·韦斯特勒姆先生,他名字的首字母和您的一样。您拿了韦斯特勒姆先生的包,而他拿了您的。韦斯特勒姆先生很快就发现弄错了,把您的旅行包送到大使馆,拿走了他自己的。是这样吧?"

"正是。这两个包几乎一模一样,而且行李标签上标注着同样的首字母 R.W.,这就不难理解为什么会拿错。我自己一直没有发现,直到我的男仆告诉我拿错了,那位韦斯特勒姆先生——他是位参议员,我很仰慕的一个人——已经派人拿走了他的旅行包,并送回了我的。"

"那么,我不明白——"

"您会明白的。这只是故事的开始,昨天,我碰巧遇到了韦斯特勒姆议员,我开玩笑地谈起这件事。令我十分惊讶的是,他似乎根本不知道我在说什么,而等我解释完这一切,他完全加以否认。他下船时根本没有把我的包当成他的拿走——实际上,他旅行的行李中根本就没有这么一个包。"

"多么离奇啊!"

"布兰特先生,这事确实奇怪,太莫名其妙了。如果有人想偷我的旅行包,他很容易就能办到,根本不需要这么大费周章。而且不管怎样,我的旅行包毕竟没有被偷,而是送回来了。从另一方面来分析,如果真是被拿错了,为什么那个人要冒充韦斯特勒姆议员?这事太疯狂了——但是恰恰勾起了我的好奇心,我要查清楚这件事。我希望您不会因为案子太小,不愿接手吧?"

"哦,不会不会。案子虽小,但十分有趣。如您所说,这件事虽然可能有许多简单的解释,但是乍看起来却十分令人困惑。首先,当然,如果真是偷梁换柱的话,那就要查查这样做的目的何在。您说您的旅行包送回来时里面什么也没丢?"

"我的仆人说一件不少,他很清楚。"

"那里面有什么,请允许我冒昧地问一下?"

"主要就是一双靴子。"

"靴子。"汤米说,显得有些失望。

"是的,"威尔莫特先生说,"是靴子,很奇怪,不是吗?"

"请您原谅我这样问,"汤米说,"但是您有没有把什么机密文件藏在靴子的里衬或假跟里?"

大使似乎被这个问题逗乐了。

"秘密外交不会到这个地步,我希望。"

"当然,这只会出现在小说中。"汤米带着些许歉意微笑着回应道,"但是您看,我们至少要想到各种可能。谁去使馆拿走的旅行包——另一个旅行包,我的意思是?"

"估计是韦斯特勒姆的一个仆人。很普通的一个人,并且有些木讷,据我所知。我的男仆没看出他有什么不对劲儿。"

"您知道这个旅行包是否被打开过吗?"

"我说不准,可能没有。可能您会愿意问我的男仆几个问题吧?他能比我更清楚地回答你的问题。"

"我想这是个极好的办法,威尔莫特先生。"

大使在一张名片上写了几个字,然后把它递给汤米。

"我想您愿意亲自去大使馆开展您的调查?我也可以派人叫他来。顺便说一下,他的名字叫理查兹。"

"不,谢谢,威尔莫特先生,我应该亲自去大使馆。"

大使站起身来,看了一眼手表。

"天啊,我有一个会面要迟到了。好吧,再见,布兰特先生,我把这件事交给您了。"

他急匆匆离开了。汤米看了看塔彭丝,她刚才一直在便签簿上认真地写着,扮演着能干的鲁宾孙小姐的角色。

"怎么样,老伙计?"他问,"看出什么来没有,正如这老家伙所说,整个事件莫名其妙。"

"一点儿也没有。"塔彭丝地轻松地回答。

"嗯,不管怎么说这只是开始!显而易见,这件事背后一定隐藏着什么。"

"你这样认为?"

"这是人人都可以接受的假设。还记得福尔摩斯说的'黄油浸入欧芹'中吗——我的意思是有时不妨也采用逆向推理。我总是急于去挖掘案子的真相，而福尔摩斯的搭档华生或许是从笔记中找出真相。那么我也能死而瞑目了。但无论什么方法，我们都要忙起来。"

"确实如此，"塔彭丝说，"但是令人尊敬的威尔莫特先生一定不是个性急的人。"

"她了解男人，"汤米说，"或许我得说'他'了解男人。你扮演一位男侦探时总会把人搞迷糊了。"

"哦，老兄，亲爱的老兄！"

"多些行动，塔彭丝，少些重复。"

"侦探故事里的经典语句怎么重复也不过分。"塔彭丝严肃地说。

"吃块松饼。"汤米温和地说。

"上午十一点我不想吃。不，谢谢。唉，这个愚蠢的案子。靴子——你说，为什么会是靴子呢？"

"那么，"汤米说，"为什么不能是？"

"不合逻辑啊，靴子，"她摇摇头，"根本不对劲。谁会想要其他人的靴子？事情从头到尾都很愚蠢。"

"可能他们拿错了包。"汤米提出看法。

"可能。但是如果他们要的是文件，那么公文包更有可能，而不是旅行包，能让人想到跟大使们有关的东西只能是秘密文件之类的。"

"靴子可以提供脚印啊，"汤米沉思道，"你觉得他们是不是想要在哪儿留下威尔莫特的脚印？"

塔彭丝暂时放弃了自己所扮演的角色，考虑了一下汤米的这个提议，然后摇摇头。

"好像不可能,"她说,"不,我相信我们不得不承认,靴子和这件事一点儿关系都没有。"

"好吧,"汤米叹了口气,"下一步是去见我们的朋友理查兹。他可能会提供一些线索。"

借助大使的那张名片,汤米获准进入美国大使馆。很快,一位脸色苍白的年轻人来见汤米,他态度礼貌,声音柔和,介绍自己后接受询问。

"我是理查兹,先生,威尔莫特先生的男仆,我想您希望见见我?"

"是的,理查兹。威尔莫特先生今天上午来访,建议我到这儿来问您几个问题,是关于旅行包的问题。"

"这件事让威尔莫特先生非常困扰,我知道,先生。我也不明白为什么出了这样的事,尽管这事并没有造成什么损失。我确实从那个来取韦斯特勒姆议员旅行包的人那儿得知包拿错了,但是显然,我也许犯了个错误。"

"那人长什么样?"

"中年,灰白头发,举止高雅,十分有教养,我得说——十分可敬。我心想他准是韦斯特勒姆议员的男仆。他留下威尔莫特先生的包,拿走了另外一个。"

"那个包根本就没打开过吗?"

"哪个,先生?"

"我指的是你从船上拿的那个。但我同时想知道另外一个——威尔莫特先生的那个,打开过吗?"

"没有,先生。还是像我刚拿上船时一样用皮绳捆着。那位绅士——不管他是谁——只是打开了一下,意识到不是他的,又关上了。"

"什么都没丢？哪怕小东西？"

"我想没有，先生，实际上我也不太确定。"

"那么现在来说另一个包。你有没有打开？"

"事实是，先生，在韦斯特勒姆议员的人来时，我正准备打开，刚要解开绳子。"

"那你到底打开它没有？"

"我们一起把它打开了，先生，为了确保这次别再弄错。这个人说没问题，然后又捆好拿走了。"

"里面有什么？也是靴子？"

"不是，先生，大部分是洗漱用品，我想。我看到了一罐浴盐。"

汤米放弃了这条调查线索。

"在你主人船上的客舱里，你有没有看到什么可疑的人或东西？"

"哦，没有，先生。"

"没有任何可疑的事情？"

汤米问完就带着一丝自嘲暗想，可疑的事情——只是说说罢了！

但他面前的这个人犹豫了一下。

"现在我想起来——"

"好的，"汤米急切地追问，"什么？"

"我不知道和这件事有没有关系。但是有一位年轻的女士。"

"哦？一位年轻的女士，你说，她干了什么？"

"她昏倒了，先生。一位很讨人喜欢的年轻女士。她的名字是艾琳·欧哈拉小姐。漂亮，不高，一头黑发，长得有一点像外国人。"

"是吗?"汤米说,显得更加急切。

"正如我刚才所说,她不舒服,恰好晕倒在威尔莫特先生的客舱外。她让我去请医生,我先把她扶到沙发上,然后赶紧去找。

"我费了点时间才找到医生,但当我把他带过来时,这位年轻女士已经差不多恢复正常了。"

"哦!"汤米说。

"您不认为,先生——"

"就目前这些情况很难发表什么看法,"汤米不表态,"这位欧哈拉小姐是独自一人旅行吗?"

"是的,我想是的,先生。"

"你下船后就没有再看见过她?"

"没有,先生。"

"好,"汤米思考了一会儿说,"我想问的就是这些。谢谢你,理查兹。"

"谢谢您,先生。"

回到侦探所办公室,汤米向塔彭丝详细复述了他和理查兹的谈话内容,塔彭丝专注地倾听着。

"你有什么想法,塔彭丝?"

"哦,老兄,我们医生总是习惯于怀疑那种突然的昏厥!这伎俩太容易了。艾琳·欧哈拉,听起来不像是爱尔兰人,不是吗?"

"最后会有定论的。你知道我现在要去干什么,塔彭丝?我要登寻人启事寻找这位女士。"

"什么?"

"是的,寻人启事上就说,艾琳·欧哈拉小姐某月某日坐过某某号轮船,我们急于获得她的任何信息。如果确有其人,她会自己前来,或者会有人来提供她的有关信息。就目前来说,这是唯一找到这条线索的希望。"

"你这样做也会让她提高警惕,别忘了。"

"嗯,"汤米说,"有些事总要冒些风险。"

"我还是看不出他们这样做的动机何在,"塔彭丝说,皱起了眉头,"如果一群窃贼拿到大使的包,一两个小时后送回来,这对他们有什么好处?除非里面有他们想复制的文件,但威尔莫特先生一口咬定里面没有这些东西。"

汤米若有所思地盯着她。

"你的分析很有道理,塔彭丝,"他最后说,"你给了我一个启发。"

2

两天后。塔彭丝出去吃饭。汤米独自一人在西奥多·布兰特先生那间简朴的办公室里,阅读最近流行的惊险小说,扩展一下眼界。

办公室的门开了,阿尔伯特出现在门口。

"一位年轻女士要见您,先生。西塞莉·马特小姐。她说她是为那个寻人启事来的。"

"马上带她进来。"汤米喊道,把手中的小说扔进旁边的抽屉。

不一会儿,阿尔伯特带进来一位年轻的女士。汤米刚来得及打量她一眼,只看到她一头金发,非常漂亮,令人吃惊的一幕就发生了。

阿尔伯特刚进来的那扇门突然被粗暴地撞开,门口赫然站着一个彪形黑大汉。他看起来像西班牙人,戴一条火红的领带,凶神恶煞,手中拿着一把闪亮的手枪。

"那么这儿就是那位爱管闲事的布兰特先生的办公室喽,"他操着一口流利的英语,声音低、沉充满恶意,"举起手来,马上——否则我就开枪了。"

这可不是闹着玩的。汤米立刻顺从地举起手来。而那个女孩,蹲在墙角,恐惧地大口喘着粗气。

"这位年轻女士必须跟我走一趟,"这个男人说,"是的,你要跟我走,亲爱的。你以前从没有见过我,但是没关系。我不能让自己的计划被你这样一个黄毛丫头毁了。我好像记得你是'流浪号'上的一位乘客。你一定刺探到了什么与你无关的事情——而我可不想让你泄露给这儿的布兰特先生。他可是一位十分聪明的绅士,布兰特,居然整出那么一份充满想象力的寻人启事。不过恰好,我一直关注寻人启事专栏,因此才得知他的这个小把戏。"

"你的话真是让我太感兴趣了,"汤米说,"你不继续说下去吗?"

"油嘴滑舌对您可没好处,布兰特先生。从现在开始,你可就被盯上了。停止调查,我们就相安无事。否则——上帝保佑!挡我者死!"

汤米一声不吭,而是盯着入侵者的身后,仿佛见了鬼。

事实上,他所看见的那个身影带来的恐惧远比魔鬼带来的要大得多。直到现在,他从没把阿尔伯特算在这个游戏之中,他以为阿尔伯特早被这个神秘的陌生人处理了。就算他曾想过,也只能想到阿尔伯特震惊地昏倒在外面办公室的地毯上。

现在他看见阿尔伯特神奇地避开了这个陌生人的注意,却并没有冲出去以动听的英国口音呼叫警察，反而选择做一次孤胆英雄。这位陌生人背后的门无声地打开了，阿尔伯特站在门口，手中举着一根绳子绾成的套圈。

汤米突然爆发出一声叫喊试图阻止他，但是为时已晚，阿尔伯特已经迅猛地把绳套套在了入侵者的脖子上，紧接着往后猛地一拉，那人就双脚离地向后倒去。

不可避免的事情发生了，那人的手枪怒吼一声，汤米瞬间觉得耳朵一阵灼热，疾驰而过的子弹射进了他身后墙壁的石灰中。

"我抓住他了，先生，"阿尔伯特大喊，得意地涨红了脸，"我套住他了，我在空闲时间一直练套索。先生，您能帮我一把吗？这家伙反抗得太厉害了。"

汤米迅速冲过去协助他忠诚的手下，心里却暗下决定：不能让阿尔伯特再有空闲时间了。

"你个傻瓜，"他说，"你为什么不去叫警察？拜你这个愚蠢的把戏所赐，他差点把什么东西射进我的脑袋。哇，我还从没有这样与死神擦肩而过。"

"紧急关头套住他的是我，"阿尔伯特说，他的热情丝毫不受影响，"只有大草原上的小伙子才能做到。现在，我亲爱的先生，"他对他的手下败将说，"我们该怎么处置你呢？"

对方只是用某国语言发出一串尖利的诅咒。

"嘘，"汤米说，"我一个字也听不懂，但我还是觉得这些话不适合在一位女士面前说。原谅他，好吧，小姐——你知道吗，经过这一小阵亢奋，我忘了您叫什么名字？"

"马特。"这个女孩说，她依然脸色苍白，浑身发抖。但是她走上前来，站在汤米身边，低头打量着被打倒在地的陌生人。"你们打算怎么处置他？"

"我现在去叫警察吧。"阿尔伯特提议。

但是汤米抬起头,看到那个女孩轻轻摇了摇头,他不失时机地接受了这个暗示。

汤米松开套索,把这位败将拉起来,轻松地推着他穿过外面的办公室。接着外面传来一阵尖叫,然后是砰的一声闷响。汤米走了回来,满脸通红,但喜形于色。

这个女孩瞪圆眼睛盯着他。

"你——打他了?"

"我希望如此,"汤米说,"但是这些外国佬还没受伤就大喊大叫——所以我不太确定。我们回办公室吧,马特小姐,继续我们中断的谈话?我想我们不会再被打断了。"

"我已经准备好我的套索了,先生,以防万一。"阿尔伯特极为热心。

"扔了它。"汤米严厉地命令道。

他跟在女孩后面进了里面的办公室,坐在办公桌前,而她拉了把椅子坐在他对面。

"我不知道从哪儿说起。"这个女孩说,"正如您刚才听那个男人所说,我是'流浪号'上的一位乘客。你登报寻找的那位女士,欧哈拉小姐,也在船上。"

"正是,"汤米说,"这些情况我们已经知道了,但是我想您一定知道她在船上的一些行为,否则那位特殊的先生也不会急于打断我们。"

"我会告诉您一切。美国大使也在船上。一天,我经过他的客舱,看到有个女人在里面,她的行为十分古怪,所以我就停下脚步看了一眼。她手里拿着一只男人的靴子——"

"一只靴子?"汤米兴奋地叫了一声,"对不起,马特小姐,请您继续。"

"她正用一把小剪刀剪开衬里。然后,似乎在里面塞了什么东西。就在这时,医生和另一个人沿着走廊走过来,她立刻倒在沙发上呻吟起来。我等了一会儿,推测她应该是假装昏倒。我说是假装,因为我之前看到她时,她明显什么事也没有。"

汤米点点头。

"然后呢?"

"我很不愿意告诉您接下来的事情,我——出于好奇,我也读过一些离奇的小说,我怀疑她是不是放了一颗炸弹或一根毒针在威尔莫特先生的靴子里。我知道这个想法很荒谬——但我当时就是这么想的。因此,我再次经过这间客舱时,发现里面没人,于是就悄悄溜进去,仔细检查了那只靴子,从衬里内抽出一张纸条。我刚拿到手,就听到乘务员的脚步声。我赶紧出去,以免被抓个正着。那张折叠的纸条还在我手中。等回到自己的客舱,我急忙打开纸条。奇怪的是,布兰特先生,上面什么也没有,除了《圣经》中的几行诗。"

"《圣经》中的几行诗?"汤米很有兴趣地追问。

"至少当时我是这样认为的。我读不明白,因此我想这几句话可能来自于狂热的宗教作品。总之,我觉得没有必要再放回去。于是,我就保留了这张纸条,也没有再多考虑这件事。直到昨天,我用它为我的小侄子叠了一只小船,放在浴盆里航行。这时纸湿了,我看到上面显示出一个奇怪的图案。我迅速从浴盆中把它捞出来,擦干展平。是水使隐藏的秘密显现出来。是一张描摹图——看起来是个港口。紧接着,我就看到了您的寻人启事。"

汤米从椅子里"嚯"地站起来。

"这事关重大。我现在全明白了。这张图可能是重要军港的防御计划。这个女人偷了它,担心被人追踪,不敢把它藏在自己的行李里面,于是巧妙地找到这么一个藏匿地。后来,她拿到装靴子的那个包时,却发现里面的纸条不见了。告诉我,马特小姐,你现在带着这张纸条吗?"

这个女孩摇摇头。

"我把它放在了我的店里。我在邦德大街开了一家美容院。我实际上是纽约'仙客来'化妆品的品牌代理,这也是我会去美国的原因。我想这张纸条可能十分重要,所以出门前把它锁在了保险柜中。先生,是不是应该把这件事报告给苏格兰场?"

"是的,当然。"

"那我们是不是现在就去拿纸条,然后直接去警察局?"

"我今天下午非常忙,"汤米说,摆出十分专业的架势,看了下手表,"伦敦大主教想让我接一个案子。十分奇怪的案子,牵涉几件祭袍和两位助理牧师。"

"既然这样,"马特小姐说,站起身来,"我只好自己去了。"

汤米举手拦住她。

"但是,"他说,"大主教可以等。我会给他留言,让阿尔伯特转告。我确信,马特小姐,在那张纸条安全送达苏格兰场前,你的处境仍然十分危险。"

"您这样认为?"这个女孩怀疑地问。

"我不是这样认为,是我确信。稍等。"他在面前的便签本上飞快地写了几个字,然后撕下那页纸折好。

拿起帽子和手杖后,他告诉女孩自己准备陪她前往。来到外面的办公室之后,他一脸郑重地把折叠的纸条递给阿尔伯特。

"我得出去办一个紧急的案子。如果主教大人来,向他解释一下。把这张纸条给鲁宾孙小姐,上面是关于这个案子的简要情况。"

"好的,先生,"阿尔伯特说,又添油加醋地问,"那么公爵的珍珠怎么办?"

汤米不耐烦地挥挥手。

"那也得等着。"

他和马特小姐急匆匆出了办公室,楼梯下到一半,正好遇到上楼的塔彭丝。汤米不高兴地叫住她:"你又迟到了,鲁宾孙小姐,我要出去办一个重要的案子。"

塔彭丝站在楼梯上,盯着他们;然后扬起头,继续上楼回办公室了。

他们来到街上,一辆出租车穿过车流开到他们身边。汤米刚想抬手招呼,又突然改变了主意。

"您喜欢步行吗,马特小姐?"他严肃地问。

"喜欢,但是为什么呢?我们乘坐那辆出租车不是更好吗?那会更快一些。"

"可能您没注意到。那辆车的司机刚才在街对面稍远一点的地方拒绝了一位乘客,他应该正专门等着我们。您的敌人一直在监视我们。如果您不反对,我们最好步行到邦德大街。在人来人往的大街上,他们无法进一步采取什么行动。"

"很好。"这个女孩说,但神情充满怀疑。

他们向西走去。大街上,正如汤米所说,人来人往,他们行进的速度很慢。汤米警惕地四处张望,偶尔他会迅速把这个女孩拉到一边,尽管她自己并没有看到什么可疑的人。

他瞥了她一眼,有些内疚地说:"您看起来筋疲力尽,肯定是受到了那个男人的惊吓。来,咱们到街边那家咖啡馆,喝一杯浓咖啡。我想您不会愿意喝白兰地吧?"

女孩摇摇头,脸上带着一丝微笑。

"那么就咖啡吧,"汤米说,"我想我们不会被下毒的。"

他们慢慢地喝着咖啡,消磨了一些时间,最后又轻松上路了。

"我想我们已经甩掉他们了。"汤米说,扭头看了看。

"仙客来化妆品公司"实际只是邦德大街上一个小小的店面,橱窗里悬挂着浅粉色的窗帘,里面陈列着两罐面霜和一块香皂。

西塞莉·马特进了店门,汤米紧随其后。里面空间狭小,左边是一个玻璃柜,摆放着化妆品。柜台后面站着一位灰发的中年女人,妆容精致,她微微点头和进来的西塞莉·马特打了个招呼,然后继续和她正在服务的女顾客交谈。

这位顾客是位小个子黑人女人。她背对着他们,因此看不到她的脸。她以蹩脚的英语说着话,右边是一只沙发、一对椅子和一张桌子,桌上有些杂志。这儿坐着两个男人——明显是不耐烦地等待妻子的丈夫们。

西塞莉径直经过他们身边,进了最里面的一扇门,她留了条门缝,以便汤米跟进去。就在他进门的瞬间,那位女顾客说:"啊,我想那是我的一位盆(朋)友。"紧跟着冲过来,及时地把脚斜插在门缝里,以免它关上。同时那两个男人也站起来,一个紧随女人穿过那道门,另一位冲到店员身边捂住她的嘴,以免她喊出声。

与此同时,在摇摆的门后,汤米刚一进去,一件衣服猛地扔过来罩住他的头,一股难闻的气味袭来。几乎同时,这件衣服又被猛拉下来,一个女人的尖叫声突然响起。

汤米眨了眨眼,又连咳了几声,才看清眼前的一幕。他右边站着几小时前见过的那位神秘的陌生人,忙着给这位陌生人戴手铐的是商店里其中一位不耐烦的男人。在他面前,西塞莉徒劳地挣扎着，而那位女顾客则紧紧地抱着她。这位女顾客转过头来，她戴着的面纱掉下来，塔彭丝的脸出现在面前。

"干得漂亮，塔彭丝，"汤米说，冲向前来，"让我来帮你。如果是我，就乖乖地束手就擒，欧哈拉小姐——或者您更愿意叫马特小姐？"

"这位是格雷斯探长，汤米，"塔彭丝说，"我看了你的留言就给苏格兰场打了电话，然后格雷斯探长和另一位先生就与我在这家店外会合了。"

"很高兴抓住这个家伙，"探长说，指着他的犯人，"我们一直苦苦找他，但从未怀疑过这个地方——我们一直认为这儿是一家货真价实的美容店呢。"

"您看，"汤米温和地解释，"我们确实需要特别细心！为什么有人想要大使的包，却只保留了一两个小时？我从反面分析这个问题。假设另一个包才是重要的那个。有人想要让这个包混在大使的行李中一两个小时。这样就明朗多了！外交官的行李无须经过海关检查。他们的目的显然是走私，但是走私什么呢？绝不是太笨重的东西。我马上想到了毒品。然后那位特别的小丑在我办公室里表演了一通。他们看到了我的寻人启事，想让我停止追踪——如果不成功，就干掉我。但是我恰好注意到，当阿尔伯特玩他的套索时，这位迷人的女士眼中表现出的惊慌神色。这和她的立场十分不符。陌生人的袭击是想让我相信她。于是我就全力扮演一个容易上当的侦探——听信她那个离奇的故事，让她把我引到这儿来。临出发前，我小心地留下处理后面事宜的详细指令。然后我还找各种借口拖延到达这儿的时间，以便给你们留足时间。"

西塞莉·马特冷冷地看着他。

"你疯了,你指望从这儿找到什么?"

"记得理查兹说曾在那个旅行包中看到一罐浴盐,咱们就从浴盐开始如何,探长?"

"很好的主意,先生。"

汤米拿起一个精致的粉色罐子,在桌子上把它倒空。这个女孩哈哈大笑起来。

"真正的晶体,啊?"汤米说,"难道全都是碳酸盐吗?"

"打开保险柜看看。"塔彭丝提议。

屋内角落里有一个小保险柜镶在墙壁中。钥匙就插在锁孔里。汤米旋转钥匙,打开保险柜,满意地叫了一声。保险柜背面竟现出一个大大的凹室。这个凹室塞满了同样精致的浴盐罐,一排排全都是。他拿出一罐,撬开盖子。上面是同样的粉色仙客来浴盐,但是下面却是细细的白色粉末。

探长激动地叫了一声。

"您找到了,先生,十有八九这些罐子里装的是纯净可卡因。我们早就知道这一片有一个毒品集散地,以便于把毒品发散到伦敦西区,但是一直没有找到任何线索。您立了大功,先生。"

"不如说是布兰特卓越侦探事务所的功劳。"

当他们一起走到街上时,汤米对塔彭丝说:"做个已婚男士真好,你的谆谆教诲最终教会了我识别过氧化物之类的化学品。那位金发女郎一定用了点真东西骗我。我们得炮制一封官方信件给大使,向他报告这件事已经圆满解决。那么现在,我亲爱的朋友,来杯茶,再多来几块热奶油松饼怎么样?"

第十七章　代号十六的男人

1

汤米和塔彭丝与探长卡特关在那间私人办公室里密谈着。探长热情而真诚地称赞他们俩。

"你们取得的成绩令人钦佩。由于你们的出色工作,我们已经抓到至少五名警方十分关注的人物,从他们口中我们得到不少有价值的情报。同时,我得到可靠消息,莫斯科间谍总部对他们的特工人员屡遭失败已深感警觉。我想尽管我们尽可能小心,但他们还是已经开始怀疑这一切不顺的原因就在于你们,在于这个堪称警局分中心的地方——西奥多·布兰特先生的办公室,即国际侦探所。"

"哦,"汤米说,"我想他们总有一天会找到这儿的,先生。"

"正如你所说,只能寄希望于将来了。但是我有点担心——汤米太太。"

"我会一直照料她的,先生。"汤米说,几乎同时,塔彭丝说:"我可以自己照料自己。"

"唔,"卡特先生说,"过分自信一直是你们俩的特色。但是我得说,不管你们对挫折的'免疫力'是完全归功于你们的过人才智呢,还是有一小部分要靠悄然而至的幸运——对此我不想下定论——但是，好运气不会一直相伴，你们要知道。而且，我不想在这点上争论。根据我对汤米太太的充分了解，我想，要求她之后一两周不再抛头露面，估计是不可能的吧。"

塔彭丝猛烈地摇头。

"那么我能做的只能是尽可能地给你们提供信息。我们有充分的理由相信，莫斯科已决定派一位特工人员潜入这个国家。我们不知道他以什么名字旅行，不知道他什么时间到达。但是我们确实了解到一些情况。战争中他给我们制造了巨大的麻烦。这位先生简直是无处不在，神出鬼没。他出生在俄国，语言能力出色——出色到能在六个国家畅行无阻，当然也包括我们国家。他也是一位伪装高手。他老谋深算，就是他发明了第十六号代码。

"他什么时间出现，以什么方式出现，我不得而知。但是我相当肯定他一定会出现。我们清楚地了解到一点——他个人并不认识真正的西奥多·布兰特先生。我想他会出现在你的办公室，借口委托你办案子，尝试用暗号试探你。第一个问题，如你所知，就会提到数字十六——你应该回答一句含有同一个数字的句子。第二个问题，我们也是刚刚得知，是你是否曾穿过英吉利海峡。答案是：'我上个月十三号在柏林。'至今我们就知道这些。我建议你要正确无误地回答暗语，尽最大努力赢得他的信任，尽可能地扮演好你的角色。但是即使他表现得已经完全上当，你也要保持警惕。我们的朋友特别狡猾，能同时扮演两面派，比你玩得更好。但是不论发生什么情况，我都希望通过你抓住他。从今天起，我要采取特殊的防范措施。昨晚我们在你办公室里装上了一个窃听器，这样我在楼下房间安插的人手就能听到你办公室里的一切动静。一旦有情况，我就能立刻接到报告，从而采取必要的措施保护你和你太太的安全，同时也能把我一直追踪的案犯缉拿归案。"

探长又作了进一步指示,讨论了下一步行动方案后,这两个年轻人就告辞了,他们要尽快赶往布兰特卓越侦探所。

"太晚了,"汤米说,看看表,"已经两点了。我们和探长待了好长时间。希望我们没有错过什么有趣的案子。"

"总体来说,"塔彭丝说,"我们干得不赖。我改天列个成绩单。我们已经破了四桩令人困惑的谋杀案,围捕了一个假币犯罪团伙和一个毒品贩卖团伙——"

"两个团伙,"汤米插话道,"这么多啊!我很高兴。'团伙'这个词让我们显得很专业。"

塔彭丝继续说,扳着手指逐条计数。

"破了一件珠宝盗窃案,两次虎口脱险,找到了一位想隐藏自己行踪的女士,帮助了一个穷困潦倒的女孩,破解了一个天衣无缝的不在场伪证。哦,天啊,还有一个案子我们出了洋相。总体来说,好极了!我们非常聪明,我认为。"

"你应该这样认为,"汤米说,"你一直都很聪明。现在我隐约觉得我们多少还是有些幸运。"

"胡说,"塔彭丝说,"一切都是我们那小小的灰色脑细胞的功劳。"

"好吧,我有一次就是交了好运,"汤米说,"就是阿尔伯特玩套索那天!但是,一切好像要结束了,塔彭丝?"

"是的,"塔彭丝说,她动情地放低了声音,"这是我们的最后一个案子。等他们追踪到那个超级间谍,伟大的侦探们就要退休了,养养蜂,种种西葫芦[①]。一切就结束了。"

[①] 本故事中汤米夫妇模仿的侦探是赫尔克里·波洛。

"退休，啊？"

"是——是的，退休。而且，我们现在这么成功——运气可能会改变。"

"现在是谁在说'运气'啊？"汤米得意扬扬地问。

这时他们拐进一幢大楼的门，国际侦探所的办公室就在楼里，塔彭丝没有回答。

阿尔伯特正在外面的办公室值班，利用空闲时间练习，或者说努力在鼻梁上平衡一把办公尺。

伟大的布兰特先生严厉地皱起眉头以示责备，从他身边走过进了自己的办公室。他脱下外套，摘下帽子，打开橱柜，书架上静静躺着他的经典文学——著名的侦探小说。

"可供选择的范围越来越小了，"汤米喃喃道，"今天我该效仿哪位大师呢？"

塔彭丝的声音响起来，带着一种不寻常的语调，这让他迅速转过身来。

"汤米，"她说，"今天是这个月的几号？"

"让我看看——十一号。怎么啦？"

"看看日历。"

墙上挂着那种可以每天撕下一页的日历。上面鲜明地印着星期日，十六号。而今天才星期一。

"天啊，这太奇怪了。阿尔伯特一定多撕了好几页，这个粗心的小鬼。"

"我认为不是他干的。"塔彭丝说，"不过我们还是问问他。"

阿尔伯特被叫来询问，似乎十分吃惊。他发誓自己只撕下了两页，上个星期六和星期天的。他的说法很快得到了证实，因为阿尔伯特撕下的那两页在壁炉里找到了，而后面被撕下的几张却整齐地躺在废纸篓中。

"一位利落而有条理的罪犯,"汤米说,"他今天上午来过。阿尔伯特,今天有没有什么客人?"

"只有一位,先生。"

"他长什么样?"

"是'她'。一位医院的护士。非常困扰,急于见您。她说要等您来。我把她带进办公室,因为那里暖和点。"

"那她当然可以方便地从那儿走进这里,而且不会让你看见。她在这儿待了多久?"

"大约半个小时,先生,她说下午还会再打电话。她是一个慈眉善目的人。"

"慈眉善目?——哦,出去吧,阿尔伯特。"

阿尔伯特有些委屈地退下了。

"奇怪的信号,"汤米说,"似乎是无心之举,但我们不能掉以轻心。我想壁炉里不会有颗炸弹之类的东西吧?"

在确保安全之后,汤米坐在办公桌后面,对塔彭丝滔滔不绝地演讲起来。

"我的朋友[①],"他说,"我们现在面临最严峻的考验。你记不记得那位四号人物,我在多洛米蒂把他炸得像鸡蛋壳一样碎——借助烈性炸药的威力,当然[②]。但是他并没有死——啊,没有,他们永远不会真正地消亡,那些超级罪犯们。这位就是那种人——甚至更加穷凶极恶,依我之见。他是四的平方——换句话说,他就是代号十六。你明白了吗,我的朋友?"

"当然,"塔彭丝说,"你现在是伟大的赫尔克里·波洛。"

[①]原文为法语。
[②]原文为法语。

"正是。虽没有胡子，但有许多灰色脑细胞。"

"我有种感觉，"塔彭丝说，"这次特殊的历险可以叫作'黑斯廷斯的胜利'。"

"不行，"汤米说，"这是不可能的。笨朋友终究是笨朋友，这类游戏是有规矩的。顺便提个建议，我的朋友，你的头发能中分，而不是偏分吗？现在这个发式看起来既不对称也不好看。"

汤米桌上的蜂鸣器尖锐地叫起来，他回复了，阿尔伯特带着一张名片进来。

"弗拉迪罗夫斯基亲王，"汤米以低沉的声音读道，他看了看塔彭丝，"我想——带他进来，阿尔伯特。"

进来的男人中等身材，举止优雅，蓄着漂亮的小胡子，年纪大约三十五岁。

"布兰特先生？"他问道，英语十分标准，"有人向我极力推荐您，您能为我处理一个案子吗？"

"如果您能详细描述一下——？"

"当然，这事关系到我朋友的女儿——一位十六岁的女孩。我们担心丑闻传出去——我想您能理解。"

"我亲爱的先生，"汤米说，"敝所已经成功运作了十六年，这都得归功于我们严格遵守的那一条特殊原则。"

他隐约感到那个人的眼睛突然亮了一下，但这种神色转瞬即逝。

"你们设有分部，我相信是在英吉利海峡的另一边？"

"哦，是的。事实上，"汤米小心地选择措辞，"我本人上个月十三号就在柏林。"

"既然这样，"陌生人说道，"那就没有必要绕弯子了，我那位朋友的女儿也可以不用再提。您应该知道我是谁——至少我看您已经明白了我要来的信号。"

他朝墙上的日历点点头。

"是的。"汤米说。

"我的朋友——我来这儿是要调查一些情况。最近发生了什么?"

"背叛。"塔彭丝说,她此刻再也不能保持缄默。

这位俄国人把注意力转向她,扬起了眉毛。

"啊——哈,果然是这样,是吗?我也这样认为。叛徒是塞尔吉斯吗?"

"我们认为是的。"塔彭丝面不改色地说。

"这不奇怪。但是你们自己怎么样,是不是也被监视了?"

"我想没有。我们做了许多真生意,您明白。"汤米解释道。

这个俄国人点点头。

"这样做很明智。同样,我想如果我不再来这儿,你们会做得更好。这一阵子我住在布利兹。我会带走玛丽斯——你是玛丽斯吧,我猜?"

塔彭丝点点头。

"在这儿怎么称呼您?"

"哦,鲁宾孙小姐。"

"很好,鲁宾孙小姐,你和我一起回布利兹,在那儿共进午餐。我们三点钟在总部会合,明白了吗?"他看着汤米。

"十分清楚。"汤米回答道,心里却想这总部到底在哪儿。

但是他猜卡特先生最急于找到的也是这个总部。

塔彭丝站起身,披上她那件带有豹纹领的黑色长外套。然后,端庄地说她已经准备好与亲王出发。

他们一起走出去,汤米一个人留在办公室里,心中五味杂陈。

难道窃听器出了问题？难道那位神秘的护士不知怎么觉察到安装了窃听器，把它弄坏了？

他一把抓起话筒，拨了一个特殊的号码。一分钟后，一个熟悉的声音响起。

"很好。立刻到布利兹！"

五分钟后汤米和卡特先生在布利兹酒店的棕榈园会面了。卡特先生显得兴致勃勃、胸有成竹。

"干得好。亲王和那位小巧的女士在饭店吃午餐呢。我带了两个人来，扮成侍者。他可能会怀疑，也可能不会——不过我相当肯定他不会察觉，他已是俎上鱼肉。我还在楼上安排了两个人，盯着他的套房，外面有更多的人手，准备好跟踪他们。不用担心你太太，她一直都在我们的视野之中。我不会冒任何风险的。"

偶尔会有情报局的人员进来报告事情进展。第一次进来的是一位侍者，他负责给亲王送鸡尾酒，第二次是一位一脸茫然的时髦年轻人。

"他们走出了餐厅，"卡特先生说，"我们躲到这根柱子后面，以防他们过来坐在这儿，但是我想他会带她上楼去套房。啊，是的，我的想法是对的。"

借助于有利的地势，汤米看到那个俄国人和塔彭丝穿过大厅，进了电梯。

过了一会儿，汤米开始坐立不安。

"您认为，先生，孤男寡女在那个套房里——"

"我安排了一个人进去——藏在沙发后面。别担心，年轻人。"

一位侍者穿过大厅来到卡特先生面前。

"有信号说他们乘电梯上楼了,先生——但他们还没有上楼。不会有什么问题吧,先生?"

"什么?"卡特先生跳起来,"我亲眼看到他们进了电梯,刚刚。"他扫了一眼钟表,"四分半钟之前,他们还没有出现……"

他迅速穿过大厅,跑向电梯,电梯恰好再次下来,他对身着制服的服务员说:"你刚才带了一位蓄着漂亮小胡子的绅士和一位年轻女士到了三楼,对吧?"

"不是三楼,先生,这位绅士要求去四楼。"

"哦!"探长跳进电梯,示意汤米和他一起上去,"请带我们去四楼。"

"这是怎么回事?"他低声嘟囔道,"但是别慌,旅馆的每个出口都有人监视,我也在四楼安排了一个人——实际上,每层楼都有,力求万无一失。"

电梯门在四楼打开,他们跳出去,迅速沿走廊跑去,跑到半路,一个身着侍者制服的男人走向他们。

"一切顺利,头儿,他们在三一八房间。"

卡特长出了一口气。

"很好。没有其他出口?"

"那是一个套房。但是只有两扇门通往走廊,从任意一个房间出来,他们都得经过我们才能到达楼梯间或电梯。"

"好吧,那么。给楼下打电话,问问是谁订的这个房间。"

这位侍者一两分钟后又回来了。

"是从美国底特律来的科特兰·万辛德夫人。"

卡特先生若有所思。

"我想,这位万辛德夫人是不是同谋?或者她是——"

他没有说下去。

"听到里面有什么动静吗？"他突然问。

"什么也没有。房门紧闭，什么也别想听到。"

卡特先生突然做出决定。

"我想不能再等了，我们必须马上进去，拿到万能钥匙了？"

"当然，先生。"

"叫埃文斯和克雷德斯利上来。"

另外两个人过来增援，他们向套房走去。打头的人插入钥匙，门无声地打开。

他们发现自己置身于一间小小的门厅里，只见右边浴室门敞开着，前面是客厅。左边紧闭的门后传出微弱的声音——很像一只哈巴狗在喘粗气。卡特先生推开门进去。这是一间卧室，一张大双人床，上面铺着玫瑰色和金色相间的华丽床单。上面躺着一位打扮时尚的中年女子，她手脚捆绑着，嘴里塞着毛巾，一双眼睛充满了痛苦和愤怒，眼珠几乎要瞪出眼眶。

卡特先生一声令下，其他人立刻把整个套房警戒起来。只有汤米和他的长官进入卧房。汤米弯下腰，费力地解开绳结的同时，卡特困惑地扫视着这个房间。除了许多典型的美式行李之外，这个房间再无他物，没有那位俄国人和塔彭丝的一丝踪迹。

又过了一会儿，那位侍者再次急匆匆进来，报告说其他房间也是空的。汤米走到窗边查看，结果也只是退回来并摇摇头。没有阳台，高墙连着下面的街道，外面空空如也。

"确定他们进了这个房间？"卡特断然问道。

"肯定是。并且——"侍者指了指床上的女人。

借助铅笔刀，卡特割开围巾，这东西几乎勒得她快要窒息了。显然，不管她受了什么苦，他们都不可能放过科特兰·万辛德夫人的证言。

当她怒气稍稍平息了些，卡特先生温和地说："您不介意告诉我发生了什么事吧——从头到尾？"

"我想我要起诉这家酒店。这是赤裸裸的侮辱。我当时正在找我的那瓶治流感的药，然后一个男人从后面扑过来，在我鼻子底下打开一个小玻璃瓶，然后我就喘不过气来，浑身瘫软了。等我醒过来，我就躺在了这儿，五花大绑，只有上帝知道我的珠宝怎样了，他拿走了不少，我猜。"

"你的珠宝很安全，我想。"卡特先生冷冰冰地说，他转过身去，从地板上拿起一些东西，"他扑向你的时候你就站在这儿？"

"就是这样。"万辛德夫人赞同道。

卡特先生捡起来的是一片薄玻璃。他闻了闻，递给汤米。

"是氯乙烷，"他嘟囔道，"有立竿见影的麻醉效果。但是效果只能持续一两分钟。因此当你醒来时他一定还在这个房间里，万辛德夫人？"

"难道我刚才没有告诉您？哦！眼睁睁地看他逃走，而我却束手无策，一动不能动，简直要把我气疯了。"

"逃走？"卡特尖锐地问，"从哪儿？"

"从那道门，"她指着对面墙上的一道门，"他挟持着一个女孩，她看起来有些软弱无力，似乎也被下了那种麻醉药。"

卡特疑惑地看着他的手下。

"那扇门通往下一个套房，先生，门连通两个房间——可能两边都被闩住了。"

卡特仔细检查那扇门。然后他直起腰来，转身面向那张床。

"万辛德夫人，"他平静地说，"您仍然坚持您的说法，那个人是从这儿出去的？"

"哇，当然，为什么不是？"

"因为这扇门恰恰是从这边闩住的。"卡特先生冷冷地说。他边说边"咯咯"地摇着把手。

万辛德夫人脸上浮现出十分震惊的表情。

"除非有人在他走后又把门闩住,"卡特先生说,"否则,他不可能从这扇门出去。"

他转向埃文斯,后者刚刚进入房间。

"确定他们没在那个套房里?还有没有其他门通往别处?"

"没有,先生,我相当肯定。"

卡特来回打量这个房间,打开吊橱,检视床底,爬上烟囱,掀开窗帘。最后,他突然想到了什么,完全不顾万辛德夫人尖叫反对,打开大衣橱,迅速在里面翻找。

突然,本来一直在连通门旁边的汤米发出一声喊叫。

"过来,先生,看这儿。他们就是从这儿离开的。"

门闩被巧妙地挫断了,离得这么近观察窝槽,才勉强能看到挫断的地方。

"这门打不开,因为另一边锁死了。"汤米解释。

过了一会儿,他们又回到走廊里,侍者用万能钥匙打开邻近套房的门。这套房并未租出去,他们走向连通门,看到同样的把戏再次上演,这个门闩也被挫断,然后门被从外面锁上,钥匙被拔了下来。但是这间套房中并没有塔彭丝和那位小胡子俄国人的踪迹,并且这个房间并没有另外一扇连通门,只有一扇通往走廊的门。

"但是我应该看到他们出来啊,"侍者提出异议,"不可能看不到,我发誓他们根本没有出来。"

"活见鬼,"汤米喊道,"他们不可能凭空消失。"

"给楼下打电话,看看这间套房里最后的顾客是谁,什么时间订的房间。"

埃文斯过来和他们会合，留下克雷德斯利在另外一间套房蹲守。埃文斯马上执行卡特的命令，他很快从电话机旁抬起头来。

"是一位法国小伙，保罗·德瓦雷泽先生，他有些残疾。一位护士陪着他。他们今天上午才离开。"

另一位情报局特工，即那位侍者突然叫了一声，脸色变得死灰一般。

"残疾小伙——护士，"他结结巴巴地说，"我——我们在走廊里擦肩而过。我做梦也没想到——我以前经常看到他们。"

"你肯定就是那两个人吗？"卡特先生喊道，"肯定吗，伙计？你看仔细了吗？"

这个人摇摇头。

"我几乎没看他们。我在等待，您知道，密切注意着那个蓄着小胡子的男人和那个女孩。"

"当然，"卡特先生呻吟了一声，"他们就是这么谋划的。"

伴随着一声喊叫，汤米弯下腰，从沙发下面拽出了什么，那是一个小小的卷成一团的黑色包裹，汤米展开它，几件东西掉落下来。包裹皮是从塔彭丝当天所穿长外套上撕下来的一块布，里面是她外出时穿的衣服、她的帽子，以及一条长长的漂亮胡子。

"现在事情足够清楚了，"他痛苦地说，"他们抓了她，抓了塔彭丝。这个俄国魔鬼给了我们信号。那个护士和男孩是他们的同谋。他们待在这家旅馆一两天，以便人们都习惯他们进出。那个男人一定在午餐时就意识到有圈套，接下来就开始实施他的阴谋。可能他原本以为隔壁房间是空的，因为他处理插销时确实如此。然后，他又让隔壁房间的女人和塔彭丝都闭了嘴，带塔彭丝来这个房间，让她穿上男孩的衣服，自己也乔装打扮，然后大摇大摆地出去。衣服一定是事先都藏好的。但是我不明白他如何让塔彭丝听任他的摆布。"

"我明白,"卡特先生说,从地毯上捡起一小截闪光的钢针,"这是半截注射针头,她被麻醉了。"

"我的天啊!"汤米痛苦地呻吟了一声,"他逃之夭夭了。"

"我们还不确定,"卡特飞快地说,"别忘了每个出口都有人把守。"

"但我们的人只会留意一个男人和一个女孩,而不是一位护士和一个残疾男孩。他们现在一定已经离开了这家旅馆。"

一番询问之后,结果证明就是这样。那位护士和他的病人五分钟前就乘坐一辆出租车离开了。

"听着,贝尔斯福德,"卡特先生说,"看在上帝的分儿上,振作起来,你知道我会千方百计找到塔彭丝。我马上回办公室,五分钟后部门所有人员都会行动起来。我们会找到他们的。"

"是吗,先生?他是个狡猾的恶魔,那个俄国佬。看看他这次狡猾的行动。但是我知道您一定会尽全力。只是——老天,但愿还为时未晚。他们这次采取了非常手段来对付我们。"

他离开布利兹旅馆,漫无目的地沿着大街走,不知道自己该去哪儿。他觉得自己完全无能为力。去哪儿搜索?接下来干什么?

他走进格林公园,跌坐在一个石凳上,几乎没有注意到有一个人在另一头坐下来。汤米被吓了一跳。他听到一个熟悉的声音响起。

"如果您愿意,先生,我能不能冒昧——"

汤米抬起头。

"哦,阿尔伯特。"他无精打采地说。

"我都知道了,先生——但是请别这样。"

"别这样——"汤米哼笑了一声,"说起来容易,不是吗?"

"啊,但是想想,先生,布兰特卓越侦探事务所!永不言败。请您原谅,今天上午我恰好听到您和夫人谈论的事情。波洛先生,还有他那小小的灰色脑细胞。那么,先生,为什么您不动用一下您的灰色脑细胞,看看能干什么呢?"

"在小说中动脑筋要比在现实中容易得多,我的孩子。"

"好吧,"阿尔伯特固执地说,"我不相信有人能干掉夫人,让她永远消失。您知道,先生,她就像您给小狗买的橡胶骨头——保证嚼不烂,打不垮。"

"阿尔伯特,"汤米说,"你鼓舞了我。"

"那么用用您的灰色脑细胞,先生?"

"你是个固执的孩子,阿尔伯特。直到现在你都为我们服务得很好,顺带装傻充愣。我们再试一次。让我们再完整地梳理一遍。两点十分整,我们的猎物进了电梯。五分钟后,我们和电梯服务员交谈,听了他的说法我们上到四楼。两点十九分时,我们进入万辛德夫人的套房。至此,有什么重大发现吗?"

一阵静默,没有重大事件触动他们。

"房间里有没有像行李箱之类的东西?"阿尔伯特问,他的眼睛突然闪了一下。

"我的朋友[①],"汤米说,"你不懂一个刚从巴黎回来的美国女人的心理,房间里有,我得说,差不多十九只箱子。"

"我的意思是,如果你有尸体想处理掉,每只箱子都是便利的运送工具——我不是说她已经死了,只是暂时昏迷。"

---

①原文为法语。

"只有两只箱子足够装下一具尸体,我们都搜查了。那么按时间顺序,接下来会发生什么?"

"你们忽略了一点——夫人和那个家伙装扮成护士和走廊里的侍者擦肩而过的时间。"

"那一定是我们准备上电梯的时候,"汤米说,"如果我们曾面对面遇到,他们一定没有机会逃走。行动好快啊,他们,我——"

他停下来。

"怎么了,先生?"

"安静,我的朋友①。我有个小想法——但会产生巨大的、惊人的结果——赫尔克里·波洛总是有这样的小想法。但是如果这样——如果是这样——哦,上帝,我希望我能来得及。"

汤米拔腿跑出公园,阿尔伯特费力地紧随其后,边跑边上气不接下气地问:"怎么了,先生?我不明白。"

"没事,"汤米说,"你没必要明白。黑斯廷斯先生就从来没明白过。要是你的灰色脑细胞比我的更发达,我还怎么愉快地赢得这场游戏啊?我在说些什么废话——但是我控制不了自己。你是好样的,阿尔伯特,你知道塔彭丝的价值——她抵得上一打你和我。"

汤米边跑边气喘吁吁地说,最终跑进了布利兹酒店的大门。他看到埃文斯,把他拉到一边急匆匆说了几句,这两人就进了电梯,阿尔伯特紧随他们一起进去。

"到三层。"汤米说。

在三一八房门口,他们停下来。埃文斯有一把万能钥匙,立

---

①原文为法语。

刻派上了用场。他们一声不吭径直进了万辛德夫人的卧室。这位女士还躺在床上,但是现在换上了家居服。她吃惊地看着他们。

"请原谅我没有敲门,"汤米愉快地说,"但是我来找我的太太。您不介意从床上下来吧?"

"我想您一定疯了。"万辛德夫人叫道。

汤米若有所思地审视着她,歪着脑袋。

"非常巧妙,"他说,"但也没用。我们曾看过床底下——但是没发现什么。我记得小时候我用过那种藏身地,就是与地面平行的床的夹层,在衬垫下面。当然,那个漂亮的行李箱是准备装尸体的。但是我们刚才来得有点快,让你只来得及给塔彭丝注射了麻醉剂,把她放进了衬垫中。由于你被隔壁的同谋塞住了口,捆绑住了手脚,我得承认我们当时完全相信了你的故事。但是清醒过来后就会想到——通过井井有条地梳理——给一个女孩注射麻醉剂,给她穿上男孩的衣服,再塞住另一个女人的嘴,并捆绑好,然后自己乔装打扮——所有这些不可能在五分钟之内完成。从常识来说,绝无可能。护士和那个男孩只是个诱饵。我们顺着那条线索追查,万辛德夫人就是个值得同情的受害者。现在帮助这位女士下床,可以吗,埃文斯?您要自己下来?好。"

尽管极不情愿,万辛德夫人还是慢慢从床上挪了下来。汤米掀开被子和床垫。

在那儿横躺着的正是塔彭丝,她双眼紧闭,脸色苍白。瞬间,汤米觉得一阵恐惧,但是接着他看到她的胸脯微弱地起伏着。她是被麻醉了——没死。

他转身面对着阿尔伯特和埃文斯。

"那么现在,先生们,"他夸张地说,"最后一击!"

他以迅雷不及掩耳之势抓住了万辛德夫人精心梳理的十分优

雅的头发,头发从她头上掉了下来。

"不出所料,"汤米说,"他就是代号十六。"

2

半个小时后,塔彭丝睁开眼睛,看到一位医生和汤米弯腰看着她。

接下来的一刻钟内,医生采取了一些必要的救护措施。然后,医生告辞并保证,现在她没有问题了。

"啊,老朋友①,黑斯廷斯,"汤米怜惜地说,"我多高兴啊,你还活着!"

"我们抓到十六号了吗?"

"我再次像粉碎鸡蛋壳一样击碎了他——换句话说,卡特抓住他了。小小的灰色脑细胞!顺便说一下,我给阿尔伯特涨了薪水。"

"给我说说。"

汤米向她生动地叙述了事情的经过,当然有些地方被省略了。

"你没有因为担心我而发狂吗?"塔彭丝虚弱地问。

"倒不至于。我必须要沉着冷静,你知道。"

"撒谎!"塔彭丝说,"你现在看起来还很憔悴呢。"

"好吧,可能。我是有点担心,亲爱的,我说——我们现在要金盆洗手了,不是吗?"

"当然。"

汤米解脱似的叹了口气。

---

①原文为法语。

"我希望你能更敏感些，经过这次的打击——"

"这不是打击。你知道，我从来不在乎打击。"

"橡胶骨头——嚼不烂、打不垮。"汤米嘟囔着。

"我有更有趣的事情要做，"塔彭丝继续说，"更刺激的事情，我还从来没有做过。"

汤米看着她，一脸恐惧。

"我不允许，塔彭丝。"

"这你可阻止不了，"塔彭丝说，"这是自然法则。"

"你在说什么，塔彭丝？"

"我说，"塔彭丝，"咱们的孩子。妻子们现在不用羞于启齿了，可以大声地喊出来。我们的孩子！汤米，一切是不是太奇妙了？"

Partners in Crime
Copyright © 1929 Agatha Christie Limited. All rights reserved.
Letter for Chinese Reader, New Star Edition by Mathew Prichard © 2013 Mathew Prichard.
Translation © 2023 arranged by New Star Press, Agatha Christie Limited. All rights reserved.
www.agathachristie.com
AGATHA CHRISTIE, TOMMY & TUPPENCE, PARTNERS IN CRIME, *Agatha Christie*® and the AC Monogram Logo are registered trade marks of Agatha Christie Limited in the UK and elsewhere. All rights reserved.
Published by agreement with ACL.
Simplified Chinese edition copyright: 2023 New Star Press Co., Ltd.

图书在版编目（CIP）数据

犯罪团伙 /（英）阿加莎·克里斯蒂著；林培菊译. —— 北京：新星出版社，2023.6
（阿加莎·克里斯蒂侦探小说全集：精装典藏版）
ISBN 978-7-5133-4914-7

Ⅰ. ①犯… Ⅱ. ①阿… ②林… Ⅲ. ①侦探小说 – 英国 – 现代 Ⅳ. ① I561.45

中国国家版本馆 CIP 数据核字 (2023) 第 054514 号

午夜文库
谢刚 主持